FOLIO POLICIER

Harry Crews

La malédiction du gitan

Traduit de l'américain
par Philippe Garnier

Gallimard

Titre original :

THE GYPSY'S CURSE

Harry Crews est né en Géorgie en 1935.

Il s'engage dans les Marines et suit des cours à l'université de Floride. Puis il décide de voir du pays et enfourche sa moto pour faire un tour à l'Ouest. Après de nombreuses aventures, il revient dans l'Est, se marie et commence à écrire.

Ce livre est pour
JOHN CIARDI et
BYRON JASON CREWS,
deux sacrés bons gars.

Ce que j'aime par-dessus tout c'est aller où je ne suis jamais allée.

DIANE ARBUS

PREMIÈRE PARTIE

1

Pour la petite histoire, appelez-moi Marvin Molar. Je dis de m'appeler Marvin Molar rapport que c'est pas mon vrai nom. Seulement celui que je me donne. Mon vrai nom je le connais pas. Personne le connaît. Enfin, si, mais eux je sais pas où ils sont. C'est Al Molarski qui m'a élevé et qui m'a nommé Marvin, et son nom c'est tout ce que j'ai. Mais j'ai laissé tomber le « ski » et je m'appelle Marvin Molar. Je me suis dit que j'avais assez de trucs contre moi, j'allais pas en plus passer pour un Polack. C'est de là qu'il est, Al.

J'habitais en haut dans une suite de piaules par-derrière, au Fireman's Gym, avec Al et un gars de Géorgie nommé Leroy, et aussi un ancien boxeur de soixante-dix ans du nom de Pete, un nègre pas mal sonné du cerveau. Le môme s'occupait de nettoyer le gymnase tout en faisant mine de s'entraîner pour le prochain combat. Le nègre faisait le chauffeur et causait tout seul. Moi je faisais de mon mieux à grappiller les petits cachetons aux galas du Rotary Club, dans les centres commerciaux et partout où on voulait bien me voir faire mon numéro.

Al le Gym était à lui. Gym qui entre parenthèses n'a jamais rien eu à voir avec les pompiers. C'était juste son nom, le Fireman's Gym. Probable qu'on l'avait toujours appelé comme ça, encore que j'en sache trop rien. Al pour ça il est pas très causant. J'ai habité ici toute ma vie — depuis que je suis tout môme — mais je sais toujours pas au juste comment les choses en sont arrivées là où elles sont, vu qu'Al il cause presque jamais et que moi je peux parler qu'avec les mains, ou alors en écrivant sur un bout de papier, donc c'est facile de m'ignorer si on veut bien. Mais bien sûr la plupart des gens font tout sauf ça, m'ignorer. La plupart font bien trop attention à moi, sauf Al. Il cause pas beaucoup, et c'est rare qu'il vous regarde seulement en face. Il regarde pas très loin, remarquez, mais jamais en face. Il a la sainte manie de vous regarder l'oreille gauche. Il la fixe juste comme ça, et ça lui donne l'air ahuri, comme si ses yeux arrivaient pas bien à s'ajuster, comme s'il avait un petit grain, ce qui est sans doute le cas. Avec tout ce qui lui est arrivé dans la vie, c'est fou, comme une belette qu'il aurait dû être.

Moi j'avais largement de quoi en avoir gros sur la patate, mais j'étais pas amer pour autant. Et j'étais pas aussi mal loti qu'on pourrait le croire à m'entendre. À vrai dire, et à plein d'égards, j'étais foutrement mal loti, mais pas aussi mal qu'on pourrait le croire — ni aussi mal loti que j'en avais l'air, d'ailleurs. Je lis beaucoup, pour commencer. J'ai rien d'un demeuré. Il y en a qui croient ça, mais c'est pas le cas. C'est facile de croire qu'un gars qui peut ni causer ni entendre est forcément un demeuré, mais celui qui penserait ça serait loin de la vérité. Tout le mur au-dessus de mon lit est couvert d'étagères et de bouquins. Et je les lis, en plus, ils sont pas là pour la décoration. Moi j'étais pas comme Pete ou Al, ni comme le gars de Géorgie qu'on appelait Leroy et qui *lui* était un parfait abruti, à force de se faire sonner la hure un peu trop souvent. Je suis pas aussi futé que j'aimerais l'être — je suppose que c'est le cas de tout le monde — mais je suis pas mal futé quand même pour quelqu'un qui a largement de quoi en avoir gros sur la patate.

Le jour qu'elle a téléphoné c'était un dimanche, et le dimanche pour moi c'était un petit peu différent des six autres jours de la semaine, encore que pas tellement. Le dimanche je commençais pas l'entraînement avant neuf heures, au lieu de huit les autres matins. C'est pour ça que j'étais encore au pieu. Quand j'ai ouvert les yeux ce matin-là, la première chose que j'ai vue c'est ce que je voyais tous les matins en me réveillant. Le mot que mes parents m'ont laissé.

Il était dans un de ces cadres dorés bon marché que les gens achètent au Woolworth pour encadrer le certificat d'études du petit. C'est d'ailleurs là qu'il l'avait dégotté, Al, au Woolworth. Le cadre, pas le mot. Et ce matin-là je l'ai lu comme tous les autres matins. Pourtant Dieu sait que j'avais pas besoin. Je l'avais toujours vu accroché au mur, depuis le temps que j'habitais là, et ça faisait bien seize ans. Pour la petite histoire, seize ans c'est l'âge que j'ai. Le vingt et un janvier j'en aurai dix-sept. On faisait comme si mon anniversaire tombait le vingt et un janvier, mais en fait non. C'était juste le jour où mes parents m'avaient laissé en bas de l'escalier du Fireman's Gym. Le mot était épinglé à la couverture qui m'enveloppait.

Al disait que c'était une couverture tout ce qu'il y a de bien, pas de la gnognote. Une couverture classe. Et vous me croirez si vous voudrez, mais le mot il était tapé à la machine. J'en reviens pas moi-même, qu'il soye tapé. Le mot. Il était devenu tout jaune sous le verre du cadre, mais on pouvait toujours le lire depuis l'autre bout de la pièce :

ON EST NORMAUX COMME VOUS TOUS ET ON PEUT PAS SUPPORTER. ON PEUT SIMPLEMENT PAS SUPPORTER. QUI VOUS SOYEZ, ON SERAIT RACONNASSANT SI VOUS POUVEZ VOUS EN CHARGER POUR NOUS RAPPORT À CE QUE NOUS ON PEUT PLUS LE SUPPORTER.

MERCI
LES SIENS

P.-S. : Il cause pas.

Et moi j'étais là sous la couverture, un grand garçon costaud déjà, probablement trois ans ou presque quatre. C'est Al qui me l'a dit. Il a beau pas causer des masses, j'ai quand même pu lui soutirer quelques trucs en seize ans de temps. Et un des trucs que j'ai appris c'est que j'avais bien trois, pas loin de quatre ans, quand il m'a trouvé sur les marches. Alors de vous à moi, j'ai pas seize ans. J'en ai probablement dix-neuf ou vingt, mais comme j'ai dit, Al il comptait mon anniversaire du jour qu'il m'avait trouvé. Et s'il disait que c'était ce jour-là mon anniversaire, qu'est-ce que je pouvais y faire ? Sûrement que ça serait pas difficile de se montrer amer, mais moi pas. J'ai autre chose à faire de mon temps que de me montrer amer. Quand même, je regardais beaucoup ce mot encadré, je dois reconnaître. Ça me faisait mal au cœur que ces mots soient écorchés comme ça. Taper une notice à la machine pour abandonner un bébé et en plus pas être fichu d'épeler les mots correctement, ça la fout quand même mal. Il y avait de quoi l'avoir lourd. C'était des gens qui devaient pas lire beaucoup. Peut-être même que c'étaient des demeurés comme Leroy ou le négro. Ça me faisait mal au sein d'envisager ça, mais enfin ça se pouvait.

Je me souviens bien du moment où le téléphone a sonné. Je pouvais le sentir à travers la pièce courir le long du plancher depuis la petite table près de la porte et monter jusque dans le lit. Al me tournait le dos, debout devant le fourneau en train de préparer les œufs au bacon qu'ils allaient se taper, lui,

Leroy et Pete. Moi j'avais pas droit de manger tant que j'avais pas fini l'entraînement. Même le dimanche. Son dos s'est immobilisé, on aurait dit un mur. Il savait que je pouvais entendre le téléphone sonner. Il a enlevé la poêle du brûleur et il est allé jusqu'à la petite table. Doucement il a mis le combiné contre son oreille en chou-fleur et il s'est tourné pour fixer son regard juste au-dessus de ma tête sur un point de l'étagère du bas. Je regardais ses lèvres. Mais il disait rien. Il restait piqué là, l'air ahuri et distant. J'ai sorti une main de dessous les couvertures et j'ai demandé qui c'était. Je le savais déjà et il savait que je savais mais j'ai demandé quand même, histoire de l'asticoter un peu. Je regardais sa bouche, et finalement il a dit : « Elle. »

« Demande-lui ce qu'elle veut », j'ai fait.

Il a rapproché le combiné de sa bouche en tournant la tête, si bien que je pouvais à peine lui voir le coin des lèvres. « Il dit de te dire qu'il peut pas causer maintenant. »

J'ai attrapé un livre de l'étagère du bas et je l'ai balancé de toutes mes forces. Il a percuté une photo de Al en train de poser en maillot de bain sur le pont d'un destroyer de la Navy. Lentement Al a relevé la tête, son regard de vieux mec passant de la photo tombée par terre à mon oreille gauche. Tout ça très lentement, comme avec tout ce qu'il faisait.

« Tu veux mentir », j'ai dit, « tâche au moins de tourner la tête comme il faut. »

« Tu traites Al de menteur ? »

Il parlait toujours comme ça, avec son nom à la troisième personne. Je crois qu'il se disait que ça le rendait plus terrifiant, ce qui était le cas.

J'ai fait : « Si tu veux mentir, tourne la tête complètement. Je peux lire le coin de tes lèvres. Même ton menton si tu le bouges je peux le lire. »

« Al il ment pas. »

« Je peux causer, baby », j'ai dit à Al. « Tu sais bien comme j'adore te faire la causette. » Al relayait ce que je disais au téléphone. Son regard s'était fait calme et morne, comme perdu dans la moquette de poils noirs frisés qui recouvrait mon fantastique poitrail.

Je surveillais ses lèvres, qui disaient : « T'es pas repassé, hier soir. »

« Tu sais bien que je l'aurais fait si j'avais pu », j'ai dit.

« Tu passes me voir aujourd'hui ? »

« Et comment », j'ai dit. « Juste une fois fini l'entraînement. Pete me déposera. »

Leroy s'était amené entre-temps à la porte, il en louchait presque de nous regarder, Al et moi, il clignait des deux yeux en même temps et il faisait le va-et-vient entre mes mains et la bouche de Al. Il savait lire ni les lèvres ni les mains quand je signais, ni probablement rien d'écrit non plus, encore que ça j'en sais trop rien. Tout ce que je sais par contre, c'est qu'il était persuadé que ce qu'on faisait Al et moi c'était de la magie. Pas que je l'aie jamais vu le dire en autant de mots, mais je sais que c'est ce qu'il pensait. Leroy je lui fichais un petit peu la trouille, et s'il nous regardait Al et moi parler avec les mains un peu trop longtemps il virait au gris comme s'il allait se mettre à dégobiller. Mais là je faisais pas gaffe à lui. J'étais rivé sur la bouche à Al, comme si c'était celle d'Hester que je regardais à la place. Je voyais sa chouette petite langue pointue toute luisante de salive au peppermint, là en plein dans la bouche à Al.

« T'aimes ça quand je te le fais, non ? » qu'elle disait.

« À en tourner de l'œil. »

« Tu veux le faire cet aprèm ? »

« Et comment. »

« Je te le ferai au petit poil. »

« Comme tu le fais toujours. »

Al et moi on se dévisageait d'un bout à l'autre de la pièce. Son regard se faisait toujours vide et plat quand il parlait pour moi au téléphone. Presque comme s'il écoutait pas, même si ça devait pourtant passer par lui. Mais je savais qu'il en perdait pas une miette.

Finalement elle a dit : « Tu lui as demandé, au fait ? »

« Quoi ? »

« Est-ce que tu lui as demandé ? »

« On causera plus tard », j'ai dit. « Quand je serai à la plage. »

« Tu lui as pas demandé. »

« Faut que j'y aille, maintenant », j'ai fait.

« Demande-lui avant de venir, t'entends ? »

« Faut que j'y aille, ma puce. À tout à l'heure. »

Al a raccroché. Il est retourné au fourneau, le dos comme un mur à nouveau, même s'il avait les bras qui s'activaient sur les casseroles. J'ai jeté un autre bouquin, mais cette fois-ci en faisant gaffe de rien faire tomber. Fallait pas mettre Al trop à cran tout de même.

Quand le livre a frappé le mur, Al a attendu une bonne minute avant de se tourner lentement et d'ajuster son regard sur mon oreille. Il a rien dit. Leroy s'était mis à table, les yeux rivés sur mes mains. Ça faisait qu'un petit mois qu'il habitait avec nous, et quand je parlais il regardait mes mains comme s'il s'attendait à en voir sortir des lapins.

« Elle a dit au revoir ? » j'ai demandé.

Il m'a juste regardé. Je pouvais voir la graisse gicler de la poêle sur le fourneau derrière lui, et les petites étoiles bleues que ça faisait dans le feu. Finalement il a dit : « Oui. »

« Aboule », j'ai dit.

Il s'est retourné devant le fourneau pour secouer la poêle une fois ou deux, ensuite il m'a regardé par-dessus son épaule et m'a fait : « Au revoir. »

« Bon », j'ai dit, « au revoir. » Mais ça il l'a pas vu parce qu'il avait déjà tourné la tête.

Je me suis redressé sur mon lit, j'ai pris la sangle en nylon qui pendait à son crochet dans le mur, et j'ai entrepris de me ficeler les jambes. Voyez, c'est pour ça que ma famille — mes parents, je suppose que je devrais dire, sauf que j'ai jamais pu m'y faire pour de vrai — pour ça que les gens qui m'ont laissé sur les marches du Fireman's Gym avaient pas à se faire de mouron sur un point : je risquais pas de me lever pour cavaler, tout grand gars que j'étais. Ces guiboles que j'ai eues à la naissance, on les souhaiterait même pas à un chien.

Je me défends bien à nager, mais j'ai jamais beaucoup fait de natation, du jour où un môme de cinq ans à peine qui se tenait près du bassin m'a dit que j'avais tout du têtard. Mon torse a rien à envier à personne, mais dans l'eau c'est vrai mes petites jambes flottent à la traîne comme, eh bien oui, ça fait comme un têtard, je suppose. Pour la petite histoire, elles font seulement sept centimètres et demi, avec l'air de pas avoir d'os dedans, sauf que c'est pas le cas. Des os, mais pas de sensation du tout. J'ai bien songé une fois ou deux à me les faire couper mais j'ai jamais pu m'y résoudre. Après tout c'est mes jambes, même si je peux rien faire avec. Je les garde repliées en arrière, maintenues collées au joufflu par la sangle en nylon, et pour marcher je me sers de mes mains. Mon numéro consiste entièrement en ces trucs d'équilibriste que m'a enseignés Al, et sur les mains je peux faire pratiquement tout ce que vous pouvez faire sur les jambes. Je veux dire, mes bras quand ils sont échauffés font cinquante centimètres de circonférence, et je sais pas si vous vous y connaissez en la matière, mais j'aime autant vous dire qu'une paire de bras qui affichent cinquante centimètres de tour, ça vous arrête n'importe qui dans la rue. Ça aurait même tendance à créer des attroupements.

Je me suis laissé glisser du lit et suis allé ramasser la photo d'Al que mon livre avait fait tomber de la table. Je me suis maintenu d'une main, et de l'autre j'ai remis le cadre en place. Au Fireman's Gym ou dans nos piaules on peut poser les yeux nulle part sans tomber sur des photos d'Al en maillot de bain ou en collant de lutteur, généralement avec quatre mecs suspendus sur chaque bras ou une voiture en train de lui rouler sur la poitrine, ou alors debout sur une estrade avec une petite vache dans un harnais accrochée à ses dents ou quelque chose dans ce goût-là. Étant jeune il est resté champion de lutte de la United States Navy six ans de suite, et il s'en est jamais vraiment remis. Il a passé le restant de sa vie à déchirer des balles de tennis en deux, tordre des pièces de dix entre ses méchants doigts, faire des nœuds avec des tire-fond, et généralement foutre les chocottes à tout le monde. En plus des photos, c'est plein de tire-fond tordus comme des bretzels, de jeux de cartes avec le coin tout arraché, juste de la taille d'un pouce, sans parler des pièces de vingt-cinq qu'il tord comme un U et qui traînent partout. Al ses mains et ses poignets c'est le cauchemar absolu.

Une fois la photo remise en place, je me suis hissé sur une chaise à dos droit avec des barreaux à l'horizontale qui faisaient comme une échelle. Entre-temps Al avait mis la bouffe sur la table et Pete s'est amené en traînant la savate tout en causant à deux assistants invisibles, leur disant que s'ils pouvaient seulement arrêter le sang qui lui pissait de la bouche il allait se faire ce mariole au prochain round. Il s'est étranglé sur son sang en toussant et s'est posé les fesses tout près de Leroy qui avait déjà deux gros bouts de pain dans chaque main et s'en servait pour envoyer valdinguer ses œufs d'un bord et de l'autre de l'assiette. Al dans son cœur il a un endroit spécial pour les boxeurs parce que c'est si facile de leur chavirer la tête.

Dieu sait où il a déniché Pete ; il était là quand je suis arrivé, dans le même état qu'il est maintenant. Mais le gars de Géorgie, Leroy, lui il s'est amené de la rue il y a à peine un mois. Il avait un sac en toile à la main et il portait comme une casquette de chemineau sur la tête. Al était assis sur le tabouret derrière la cage en grillage où on garde les serviettes, l'huile à massage et les produits Hoffman vitaminés. C'est là qu'il était presque toujours, Al, quand la salle était ouverte. Des fois il décarrait pas du tabouret pendant cinq ou six heures. J'étais en train de m'exercer aux anneaux quand le môme est arrivé. Il s'est arrêté en haut de l'escalier et il est resté piqué là. Il est resté un bout de temps à regarder les fous de la fonte pousser et tirer leurs poids et leurs haltères dans la salle par-devant, là où la lumière est meilleure. Ensuite il a repéré Al assis derrière l'écran en grillage. Il s'est approché, s'arrêtant juste à la porte de la cage.

Moi je les regardais, suspendu aux anneaux.

« Chui boxeur. M'appelle Leroy. »

Al l'a pas regardé. Ni rien dit non plus.

« Pensais m'entraîner ici », a fait le môme.

Al lui a presque tourné le dos pour regarder tout au fond de la salle, comme si l'idée qu'un boxeur puisse s'entraîner là lui était jamais venue. Mais il y avait un ring là où il regardait, et puis des sacs de sable, un punching-ball, et des trucs qui pendaient du mur.

« J'ai un peu d'argent », le môme a fait.

Il a farfouillé dans sa poche arrière et en a extrait un porte-monnaie. Même d'aussi loin que j'étais sur les anneaux je pouvais voir les billets qui formaient un petit rouleau. Al regardait ni l'argent, ni le porte-monnaie, ni le môme.

« Bacon County, c'est de là que je viens, Géorgie », a fait le môme, « pris le Greyhound aujourd'hui. » Il a baissé les yeux sur le sac qu'il portait à la main. « Je prends n'importe qui. Ça m'est égal. »

Il restait là à passer d'un pied sur l'autre et je voyais qu'il avait comme des bourrelets cicatrisés sur chaque arcade sourcilière. J'ai cessé de regarder et je me suis mis en croix de fer sur les anneaux et j'ai tenu comme ça jusqu'à ce qu'il me vienne des points noirs devant les yeux et dans l'oreille le sifflement aigu que j'entends quand je suis sur le point de m'évanouir. Je crois que ça vient du trop-plein de sang que j'ai dans le cœur.

Quand finalement j'ai regardé à nouveau, le môme était en train de dire : « ... et tous les dimanches j'attelais la charrette, faisais la tournée des fermes, à me colleter tous ceux qui veulent bien mettre les gants contre moi. Des fois je m'en colletais trente, trente-cinq, en un seul dimanche. » Il s'est arrêté et s'est remis à regarder le sac et le porte-monnaie qu'il cherchait toujours à montrer à Al. « Je prends n'importe qui. »

Là Al s'est levé et il a posé sa paluche sur l'épaule du gars. Je le revois encore faire la grimace sous cette grosse patte. Al ses doigts ils font bien vingt centimètres — vous croyez sans doute que j'exagère, mais c'est pourtant comme ça —, ils faisaient vingt centimètres de long à l'aise. Il peut tenir un medecine-ball avec, comme on tiendrait une orange, et je revois encore les yeux du môme sur la grosse paluche, comme s'il avait trouvé un serpent à sonnette sur son épaule. Mais je voyais bien aussi l'adoration dans les yeux du môme, à quel point il aurait voulu que cette paluche soit la sienne. Merde, moi aussi je peux comprendre ça.

Al l'avait toujours pas regardé et lui avait toujours rien dit, ou du moins rien que j'avais pu voir, quand il a indiqué le fond du gymnase en direction de la pièce où étaient les vestiaires et les douches, là où il y avait toujours un peu de vapeur qui passait sous la porte, et il a comme qui dirait poussé le môme. Le gamin a regardé et a bredouillé quelque chose du genre — je pouvais pas bien voir — « merci bien », et il était pour y aller quand Al l'a retenu par l'épaule et lui a pris le porte-monnaie des doigts. Il a pris tout son temps pour regarder dedans et le vider. Il a pris tout l'argent et s'est mis à le compter très lentement. Le môme le regardait toujours, et c'est à ce moment-là qu'Al l'a regardé pour la première fois. Pour lui rendre son porte-monnaie vide. Le môme l'a tenu un petit moment et s'en est allé vers les vestiaires. Au bout d'une minute il est ressorti de là vêtu de sa casquette de chemineau, d'un maillot de bain jaune, tennis et socquettes noires en nylon. Il a passé le reste de l'après-midi à cogner comme un sourd sur le sac de sable. Moi le soir je devais faire mon numéro au Springfield Shopping Mall, et quand le négro m'a ramené la nuit tombée il y avait une autre couchette là où on dormait et le môme était dedans, tourné vers le mur. Il pionçait ferme.

Ça c'était Al Molarski tout craché. Le genre à vous détrousser de tout ce que vous possédez, et ensuite à vous héberger pour la nuit.

Ils avaient fini de manger maintenant. Pete s'était soigneusement essuyé la bouche et les mains sur sa manche de chemise et Leroy crochetait et uppercutait le dernier morceau de jaune d'œuf sur son assiette. Leroy passait tout son temps en crochets du gauche et directs du droit. Il frappait même dans son sommeil.

Al s'est levé de table. Les deux autres ont fait pareil. C'était l'heure de l'entraînement et j'étais impatient d'en finir. J'avais le reste du dimanche pour moi si j'avais pas d'engagement quelque part, et le seul que j'avais était à sept heures et demie dans le sous-sol de l'église baptiste, une bande de boy-scouts à épater. Sinon, j'avais ma journée.

Je me suis laissé glisser de ma chaise et je les ai

suivis dans le couloir en direction du sauna. Je prends toujours un peu de vapeur pour m'échauffer avant l'entraînement. Je ne portais rien d'autre qu'une paire de caleçons, que j'ai gardés. Al m'a tenu la porte ouverte, je suis entré et je me suis hissé sur le banc en bois. La vapeur restait suspendue en couches sous l'ampoule jaune au plafond. Au bout d'une minute ils sont entrés à poil l'un après l'autre. Al et le môme étaient de la même couleur, pas blancs mais plutôt grisâtres, comme s'ils s'étaient fait broyer sous quelque chose pour être comme ça. Le nègre était violet sous la lampe, et la vapeur lui faisait comme des gouttes d'huile sur le corps. Je me suis allongé sur le dos et Pete est venu se mettre au-dessus de moi pour me frotter la poitrine, me tirer et claquer doucement les épaules. Au-dessus de moi comme ça, quand il parlait ça lui faisait les dents blanches sur fond violet. Il était d'abord son soigneur, puis son manager, puis lui-même, puis l'arbitre, puis le type contre qui il boxait, et même des fois quelqu'un que je ne connaissais pas. Derrière lui Al était adossé les yeux fermés sans bouger du tout, sauf les mains qu'il se passait et repassait l'une sur l'autre, douces et lentes comme avec une fille. Le môme était à côté de lui, crochet du droit, esquive du gauche. Je pouvais pas lire son nez, mais je savais qu'il ponctuait avec des reniflades.

« Colles-y au corps, colles-y au corps », Pete faisait. Ses vieux poignets cassés gardaient son rythme de boxeur en me travaillant l'estomac. « Colles-y au corps », il faisait comme un refrain percé. « Y tombe, tu le chopes à la tête, à la tête. »

« Le nègre il a pas toute sa tête à lui, hein ? » a fait Leroy.

Al continuait à se laver les mains dans la vapeur et ne disait rien.

« Y me sonne la tête, y me sonne la tête », faisait Pete. « Faut feinter, faut rouler », il disait soudain pris de panique. Il dérouillait salement. « Pas les pouces, pas de coups de boule. » En arbitre, Pete se montrait calme au milieu des coups de poing, de la sueur et de la douleur.

Leroy a remis ça : « L'a été oublié le jour de la distribution, le négro. L'a pas tout ce qui lui revient. »

Leroy son dernier et unique combat chez les pros lui avait laissé la cervelle comme des œufs brouillés, il en était ressorti sonné définitif, s'il ne l'était pas déjà avant. Sonné à dix-sept ans. C'est l'âge qu'il a, pareil que moi plus ou moins, mais je le vois toujours comme un môme rapport à ce qu'il a la cervelle scrambouillée comme ça. Chacun a largement de quoi l'avoir gros sur la patate, dans le fond.

Al s'est mis à bouger les lèvres et j'ai senti les petites vibrations râpeuses de sa vieille voix cassée rebondir contre le carrelage. « Al connaît bien Pete », il a fait.

Leroy s'est mis à loucher dans la vapeur. « Hein ? »

Al ses mains se sont remises à tricoter, du même

mouvement souple. Il vous faisait tout le temps ce coup-là, soit rien répondre du tout, ou alors répondre tellement à retardement qu'on savait plus de quoi on causait.

Al une fois il s'est fait rouler dessus sur la tête. J'ai découvert ça dans l'album qu'il garde dans la petite malle en cuir sous son lit. Tous ses autres albums traînent partout dans la turne, mais pas celui-là. Celui-là avait un grand article qui racontait comment il s'était fait écrabouiller la tête. Et une photo, en plus. Il la gardait planquée vu qu'il racontait à tout le monde que c'est en gagnant le championnat de lutte de la U.S. Navy qu'il s'était fait mettre les oreilles en chou-fleur. Mais c'était pas vrai. Il se les est chopées en se faisant écrabouiller la tête.

Comprenez, il était censé se faire passer dessus par une bagnole, une roue sur la grande planche qu'il s'était mise sur la poitrine, mais le chauffeur a fait une erreur, ou alors il était saoul, ou il l'a fait exprès — est-ce qu'on sait dans ce bas monde, faut s'étonner de rien — enfin bref, notre vieux Al s'est bel et bien fait rectifier la hure. Elle s'est retrouvée écrabouillée et enfoncée à moitié dans le sol par une roue d'Hudson Hornet. Un type a pris la photo juste au moment où la voiture lui monte sur la tête. Al a la bouche ouverte, mais les yeux fermés. Bon Dieu, il était en train de hurler. Des fois je la sortais de cette malle sous le lit et je passais l'après-midi à regarder cette roue qui lui roulait sur la tronche.

« Y dérouille, y dérouille », continuait de faire

Pete en s'accrochant à moi, attaquant le plexus solaire. « Maintenant vas-y, coupes-y la route, coupes-y le ring en *deux*. »

Sa vieille voix de nègre était remontée maintenant. Elle sentait le sang. Il me travaillait les bras. Il adorait ça, me travailler les bras. Il les dérouillait comme il faut. J'étais détendu et fin prêt. Échauffé et prêt à m'entraîner. Lui il en était au finish, il terminait en tête, aux points.

« Qu'est-ce qu'y déguste », Pete faisait.

Puis : « Qu'est-ce que je prends », faisait Pete.

« Il va au tapis », Pete faisait.

« Je vais au tapis », disait Pete.

Et il était par terre. Debout au-dessus de lui-même, à compter.

« Un. Deux. Trois... »

J'ai pas attendu qu'il finisse. J'ai roulé une fois ou deux sur mon cul et me suis redressé, calé sur mon fantastique joufflu. Juste en face de moi sur l'autre banc, Leroy avait l'air paumé. Les yeux vitreux. La bouche ouverte, rendue lâche par la douleur. Il s'était laissé prendre par le radotage de Pete et il était raide pour le compte. Ça arrivait tout le temps. C'est pour ça que Leroy aimait pas Pete, enfin une des raisons. Je le voyais se remettre peu à peu. Finalement ses yeux ont pu se réajuster suffisamment pour gratifier Pete d'une longue œillade rancunière.

« L'a pus toute sa tête, l'enfoiré », Leroy a décrété.

Al m'a tenu la porte et je suis passé dans le couloir qui menait à la salle. C'était la mi-juillet et il n'y avait pas de climate. Un ventilo gigantesque tournait bien au plafond, mais personne sentait jamais rien. Il couinait, par contre, le matin je le sentais couiner à travers le plancher dès qu'Al le mettait en route. La seule raison qu'il avait ça installé là-haut c'est que ça lui permettait de montrer le plafond quand quelqu'un lui disait qu'on étouffait dans sa salle et qu'il devrait faire quelque chose pour ça.

Ils m'ont suivi à la queue leu leu, chacun sa serviette autour des reins, en laissant une trace d'eau par terre derrière eux. Al est allé chercher le tabouret dans la cage en grillage et s'est posé dessus. Pete et Leroy se tenaient de chaque côté de lui. Pete fait bien attention à garder ses distances avec Leroy, du jour que Leroy s'est laissé emporter à me voir m'entraîner un matin et a décoché un crochet du gauche à Pete, en plein au cœur, un coup qui l'a terrassé comme s'il était mort. J'ai d'ailleurs bien cru qu'il l'était, jusqu'à ce que je sois sur lui, et là j'ai vu qu'il avait les yeux ouverts et qu'il restait couché exprès, se forçant à rester comme ça jusqu'à huit, pendant que de l'autre côté il se comptait K.-O.

J'ai commencé l'entraînement comme je faisais toujours, en empilant les briques. Ça impressionne toujours. Je le fais dans mon numéro, mais en réalité c'est juste la fin de l'échauffement. J'empile dix briques sur deux colonnes. En plus de l'équilibre, tout ce que ça demande c'est de se soulever sur une main. Je me suis approché de la pile et j'ai pris une brique dans chaque main et me suis mis à marcher comme ça avec les briques. Je me suis placé devant Al et j'ai posé les briques par terre espacées de soixante centimètres environ. Ensuite je suis retourné prendre deux autres briques et je les ai mises sur les deux premières. C'est pas bien sorcier jusqu'à ce qu'on arrive au niveau des cinq briques à peu près, parce qu'avec Al il faut non seulement mettre les briques en piles, mais aussi monter dessus. Arrivé au cinquième niveau, je dois à partir du sol atteindre le haut d'une pile avec une main, me hisser dessus et me rétablir, tout ça d'une seule main. C'est généralement à partir de ce stade que Leroy commence à s'exciter sérieusement. Arrivé à la cinquième brique, il est déjà bien lancé à feinter et tressauter de haut en bas, la bave aux lèvres. Et toutes les deux minutes, paf, le crochet.

Et il sait cogner, le môme. C'est tout ce qu'il a, le crochet ; ça et une tête en fonte. C'est ce qui l'a presque tué dans le combat qu'Al lui a arrangé, ou peut-être que je devrais dire qu'il s'est fait arranger par Al, ça serait plus près de la vérité.

Leroy ça faisait à peine cinq jours qu'il habitait au Fireman's Gym, à balayer et nettoyer derrière les fous de la fonte tout en continuant à massacrer le sac de sable tous les après-midi, toujours en maillot de bain jaune et tennis — et il couchait toujours avec nous là-derrière — quand un beau jour vers midi Al est sorti de sa cage pour annoncer à

Leroy qu'il avait un combat vendredi contre Millard Fillmore.

Leroy ça lui a fait le même effet que si on lui avait dit qu'il avait de la jugeote. Ses yeux se sont mis à briller et ses mains à sursauter de tics. Quand il a essayé de parler, tout ce qu'il a réussi à faire c'est coller un grand ramponeau dans le bras du nègre en répétant : « Vendredi. Vendredi qui vient. »

On était déjà mercredi, ce qui vous donne une idée du genre de combat que c'était. Je me figurais que le mec prévu pour combattre Millard Fillmore avait dû clamser, ou alors ils se disaient qu'ils pourraient pas le faire dessoûler à temps, en tout cas le Grec qui a la salle sur Catherine Street a dû appeler Al, qui a le coup d'œil pour ces choses-là et connaît toujours quelqu'un prêt à se faire démolir. Leroy aurait pas été chez nous à ce moment-là, Al aurait sûrement jeté le négro dans l'arène.

Putain, ils avaient même pas chacun leur vestiaire, Millard Fillmore et Leroy. Le premier combat, celui à Leroy, était prévu de commencer à huit heures et quart, et à sept heures on quittait le Fireman's Gym entassés à quatre dans la Dodge : Pete au volant, moi, Al et Leroy à l'arrière. Arrivés là-bas on est passés par la porte de derrière, et il a fallu s'enfiler un long couloir jusqu'au vestiaire qui faisait pas plus de quatre mètres de long, et très étroit. Dedans il y avait une table, et deux tabourets.

Millard Fillmore était assis à un bout de la table.

Il nous tournait le dos et un mec tout droit sorti d'un roman de Budd Schulberg était en train de lui bander les mains. Il avait un feutre cradingue rabattu très bas sur les yeux et un cigare éteint coincé entre des dents tout ce qu'il y a de sinistrées. On aurait dit qu'il avait pas mangé depuis l'hiver. On est restés un instant à la porte, mais comme ils levaient pas les yeux, Al a pris Leroy par l'épaule et l'a comme qui dirait assis à l'autre bout de la table. Leroy avait l'air un peu paumé, mais il rayonnait quand même ; il a posé son sac et sorti son maillot de bain jaune et ses tennis.

C'était censé être une rencontre de lourds-légers, mais de sa vie Leroy a jamais pesé plus de soixante-dix kilos, alors que Millard Fillmore devait bien faire dans les quatre-vingt-dix. Ça devrait vous donner une idée du Grec et de sa salle sur Catherine Street. J'ai trouvé un tabouret et je me suis posé dessus en face d'un placard de vestiaire cassé. Le temps que Millard se tourne pour regarder le bout de la table, Al avait déjà bandé une main à Leroy. C'est moi qu'il a regardé le plus longtemps et je lui ai dit qu'il pouvait s'étouffer sur sa merde et crever la gueule ouverte. Par moments on trouve une certaine satisfaction à parler avec ses mains. Mais pas tellement, en fait. Millard a repoussé son manager de côté et s'est levé de table. Il avait les jambes en serpettes, de la brioche, et il marchait surtout sur les talons. Sa figure était bleuâtre tellement il avait de cicatrices. Il restait là à dévisager Leroy, ce qui a fini par faire rougir Leroy.

« Je m'appelle Millard Fillmore », il a dit comme ça.

Al a continué à fixer le mur par-dessus son épaule sans rien dire. Leroy a dit : « Moi c'est Leroy Johnson. »

« Combien que t'as de combats, p'tit gars ? » a fait Millard.

« Oh », qu'il a fait Leroy, « je... plein. Je sais plus. »

Millard s'est retourné vers son manager, ensuite de nouveau vers Leroy. « Tu sais plus ? »

« Comprenez, c'est que le dimanche j'attelais la charrette, et... »

Millard s'est penché en avant, presque sous le nez de Leroy. « Attelais la putain de charrette ? La *charrette* ? » Il a regardé son manager. « Nom de Dieu, George... »

George a changé son cigare de côté. « L'a pas encore eu de combat. »

Là c'est vers Al que Millard s'est tourné. « Le gars débute et tu le laisses se frotter à mézigue ? »

Al son regard est juste passé sur la figure de Millard. Il est allé se fixer sur l'autre mur. « Al sait ce qu'il fait. »

« Ah bon », a dit Millard. « Et qui c'est cet Al de mes deux ? »

« Al c'est lui », a fait Leroy, en piquant de plus en plus son fard.

Pete, les yeux au sol à l'autre bout de la table,

s'est mis à compter tout d'un coup : « Un, deux, trois, quatre... »

Millard s'est retourné vers son manager. « Où c'est que tu les dégottes, dis donc ? »

George a haussé les épaules. « On les prend où on peut. »

Millard a fait rouler sa tête sur son cou noueux et a fixé le plafond pendant un long moment, avant de dire : « Écoute, p'tit gars, c'est rien que pour croûter, tu piges ? Je veux dire, tu peux à peine te payer le petit-dèje avec ce qu'on va gagner, O.K. ? Moi j'ai plus de cent combats. *Ring* magazine me classait dixième quand j'avais vingt-deux ans, tu saisis ? Combien que t'en as, d'abord ? »

« Dix-sept », a fait Leroy.

« Putain, George », a fait Millard. Et puis : « On va aller là-bas et on va valser pendant six rounds, Leroy. Tu saisis bien ce que je dis ? Vas-y mollo et ça sera du gâteau, juste une petite danse. Tu verras que ça ira peinard. »

Al a repoussé Leroy contre la table et s'est mis à lui bander l'autre main. « Al ses boxeurs dansent pas la valse », qu'il a fait.

Millard, qui regagnait l'autre bout de la table, s'est arrêté pour regarder par-dessus son épaule. « Et après ce soir quand tu te seras sorti de là, p'tit gars, fais-toi un cadeau : plaque cette bande de zombies. »

« Je m'entraîne dans sa salle », a dit Leroy.

« Ça m'étonne pas », a fait Millard Fillmore. « Ça m'étonne pas du tout. »

Al, Leroy et le nègre étaient tous là à crier et hurler comme des malades. Ils faisaient toujours ça quand j'en arrivais à la partie des exercices qui faisait jongler pour de bon. Je les regardais pas, mais je sentais leurs voix bourdonner le long des murs, remonter jusqu'au plafond et redescendre par les cordes des anneaux où j'étais suspendu dans la position de la croix de fer. Ils se tenaient tranquilles tant que j'empilais mes briques et faisais mes pompes, et même quand je descendais et remontais les escaliers dix fois de suite ils faisaient toujours pas beaucoup de bruit, mais quand j'en arrivais aux doigts ils commençaient à marmonner et à papoter, pour finalement carrément hurler. La seule raison pour laquelle je peux faire tous ces trucs sur mes doigts c'est que je pèse pratiquement rien. Les gens arrivent pas à croire que je fais seulement quarante-cinq kilos. La fille qui m'a appelé ce matin en pèse quinze ou vingt de plus que moi, mais elle fait cinquante centimètres de tour de taille, et moi la même chose de tour de bras. Considérez ça une minute et c'est tout de suite plus facile de croire ces trucs que je fais avec mes doigts.

Je me tenais bien à plat sur la paume des mains et je me hissais sur la pointe de mes dix doigts. Un équilibre à dix doigts. Je revenais ensuite à ma position de départ et quand mes paumes touchaient terre à nouveau je me hissais sur huit doigts. Ensuite six. Ensuite quatre. Je me hissais sur deux, et toute la taule résonnait de leurs voix. Finalement je me penchais sur le côté et restais sur la pointe de mon incroyable doigt. C'est celui du milieu sur ma main droite, et une fois trouvé mon équilibre je me mettais à tourner et pivoter dessus, lent et régulier comme une horloge. Ça les rendait dingues. À chaque tour je les voyais à l'envers, Al, Pete et Leroy, qui hurlaient dans ma direction. Al en tombait du tabouret et bavait un petit peu, et tous ils agitaient les bras et trépignaient des pieds. Après ça, plus moyen de les calmer de tout le restant de l'entraînement.

Bien que je sache par cœur ce qu'il était en train de me dire, j'ai regardé en bas, suspendu aux anneaux comme j'étais, là où Al se tenait en dessous de moi, poings serrés et veines gonflées.

Il criait : « Al il t'aime, Marvin ! Al il t'aime, fiston ! » Il vous dit ça quand vous dérouillez comme il faut. Ça rate jamais, je l'ai toujours vu dire ça. Derrière lui, Leroy et Pete se fichaient des gnons et s'envoyaient des cris à la figure. Millard Fillmore avait complètement fichu en l'air le peu d'équilibre et de coordination qui restaient à Leroy, alors Pete évitait tout ce que Leroy lui balançait, tout en lui donnant ses instructions quand même. « Crofé du gauche ! Crofé du gauche ! Combinaison, combinaison ! »

Al Molarski hurlait : « Al il t'aime, Marvin ! Al il t'aime, fils ! »

Leroy gueulait : « Je prends n'importe qui, ça m'est égal. »

Pete suppliait : « Frappe et retire-toi ! Frappe et retire-toi ! »

Pete a attrapé Leroy par les épaules et l'a fait pivoter. Déséquilibré et déboussolé comme ça, Leroy m'a regardé là-haut sur les anneaux avec la même expression paumée que quand il était revenu dans son coin après le troisième round contre Millard Fillmore. Le premier round avait été qu'une simple valse, juste comme Millard avait dit. Ça se traînait tellement que le public avait hué en y mettant aussi peu de cœur que Leroy et Millard en mettaient à se bouger sur le ring. Quelques-uns ont jeté des cacahuètes et des capsules de canettes. Leroy s'est ramené dans son coin, la bouille rayonnante malgré son protège-dents. Al a fait passer le tabouret entre les cordes et Leroy s'est assis.

Al s'est penché sur Leroy et a dit : « Al il aime pas. »

« Huh ? » a fait Leroy.

Al lui a collé une baffe.

« Tu m'as collé une baffe », a fait Leroy.

« T'as pas reçu plus dur de toute la soirée. Al il aime pas. »

J'étais assis sur le bord du ring et je voyais bien comment Al se rapprochait de plus en plus du môme et lui poussait sa vieille tronche de lutteur toute plissée sous le nez.

« Fais-y mal. Faut que tu lui fasses mal. » Al a saisi Leroy par une oreille et l'a tordue. Et pas qu'un peu. « T'as dit à Al que tu boxais. Prenais n'importe qui. Tu vas là-bas et tu lui fais mal. Plein de mal. »

« Plein de mal », qu'il a dit Leroy. C'était pas une question, il faisait que répéter.

Ils se sont traînés tout le second round aussi lentement qu'au premier. Je sentais les vibrations des mêmes huées pas convaincues. Millard faisait même pas gaffe. Je crois qu'il était embarrassé que ça lui arrive finalement, de se retrouver comme ça dans le ring avec un gamin de dix-sept ans à moitié sonné et en maillot de bain jaune. J'avais connu ça une fois quand on m'avait fait faire mon numéro devant une chambrée pleine de soldats paraplégiques. Le genre de trucs qui vous indique ce qui pourrait vous arriver un jour dans la vie. Enfin bref, Millard faisait pas attention et s'est fait cueillir à froid, les pieds plats, par le meilleur punch que le môme possédait, son crochet du droit. Comme j'ai déjà dit, Leroy avait deux choses pour lui, son crochet et une tête en fonte. Une bonne chose qu'il l'ait eue, cette tête, sans ça Millard l'aurait tué, au lieu de seulement lui brouiller salement la cervelle. Avec Pete dans son coin qui hurlait « Combinaison ! Combinaison ! » le premier crochet a cueilli Millard et l'a fait flageoler sur les genoux, le second lui a pété le nez et a éteint momentanément la lumière derrière ses petits yeux pincés. Millard Fillmore s'est accroché et a maintenu Leroy contre les cordes le temps de se secouer la tête. À la suite de quoi il s'est dégagé, ramenant Leroy au centre du ring, et là il l'a méthodiquement démoli au cours des trois rounds qui restaient. Deux ou trois fois c'est même arrivé qu'il soutienne Leroy d'une main tout en cognant de l'autre. Mais chaque fois qu'il retournait en titubant dans son coin, Al lui aspergeait la tête en l'étreignant : « Al il t'aime ! Al il t'aime, Leroy ! »

Et Leroy faisait comme un sourire ahuri derrière son protège-dents et louchait vers Al à travers la fente qui lui restait d'ouverte sur son œil gauche. Au cinquième round quand Millard Fillmore a fait faire trois quarts de tour à la tête de Leroy avec une droite expédiée de haut, Al a jailli entre les cordes et s'est accroupi au-dessus de Leroy qui gisait au tapis, pour lui souffler dans les bronches : « Al il t'aime, Leroy ! Al il t'aime, fils ! »

On a finalement réussi à remettre Leroy sur pied, mais pas à le faire parler, même pas dans la voiture en rentrant au Fireman's Gym, si bien qu'il est allé se coucher encore tout ballot, la figure enflée et tailladée, on aurait dit un chou qui saignait.

J'ai abandonné ma croix de fer aux anneaux et suis redescendu par la corde lisse. Là je suis resté sur le dos jusqu'à ce que ma respiration redevienne normale, à la suite de quoi j'ai dit à Al de dire à Pete de sortir la voiture.

« Faut que tu manges », a fait Al.

« Je mangerai à la plage. »

« Al veut pas que tu manges ces saletés. »

« C'est dimanche, merde », j'ai dit.

Leroy en avait que pour nos mains.

« Al il s'en fout. »

« On peut pas vivre que de pain », j'ai dit.

« Mange de la viande alors. Le pain c'est mauvais. »

Al pour plein de choses il était vraiment con, un vrai taré, même.

« Je me prendrai un steak », j'ai dit.

« Amène la voiture, Pete », a fait Al. « Marvin s'en va à la plage. »

Je me suis rétabli sur les mains en roulant une fois ou deux sur place et je suis allé me doucher. Je me sentais bien après l'entraînement, chaud et compact. Je voulais plus qu'une chose, être à l'Ocean Club sur les genoux d'Hester. Des genoux fabuleux, elle avait.

2

Hester c'était une normale. Pour dire comme Leroy, elle avait pas été oubliée le jour de la distribution, elle avait tout ce qui lui revenait, bras, jambes, doigts de pied et tout, et en plus elle pouvait parler, entendre et voir. Mais elle avait tendance à se montrer amère. Ses parents étaient sourds-muets et sa première langue c'était les mains. Elle pouvait lire sur les lèvres aussi bien que n'importe qui, moi compris. Mais elle avait tendance à être amère, et je me serais probablement pas mis à la colle avec elle si elle avait pas eu ces genoux fantastiques. Elle avait les plus belles cuisses et les plus beaux genoux au monde, et je pouvais pas m'en passer.

Il faisait beau et j'ai mis mes lunettes de soleil. On quittait juste la route qui relie Clearwater à Clearwater Beach. Vous avez peut-être entendu parler de Clearwater Beach. Une des plus belles plages — la plus belle à mon avis — de toute la Floride. C'est du côté golfe du Mexique, juste au-dessus de Tampa, et question eau et sable on peut pas demander mieux. L'ennui c'est que par contre c'est pas terrible pour la fesse dans ce coin-là de la Floride, et le peu qu'on trouve est généralement défectueux. Surtout des vieilles peaux, et quand je dis vieilles peaux ça veut dire vraiment vieilles, quatre-vingt-cinq, quatre-vingt-dix balais, dans ces eaux-là. Rien de mal à se taper une vieille peau de temps en temps, vous me direz, mais s'en taper régulièrement c'est singulièrement déprimant. Enfin moi ça me déprime, je sais pas pour vous. Je sais pas si vous êtes au courant, mais cette partie de la Floride — Saint Petersburg, qui se trouve juste au bout de la route en dessous, et Tampa, tout comme Clearwater — c'est rien qu'un hospice en plein air pour vieux birbes. Ils sont partout, où qu'on se tourne on les voit tomber comme des mouches. De temps en temps il y a une poignée d'étudiants qui s'y égarent, mais faut pas trop compter dessus, sauf pendant les vacances scolaires. Moi je m'en fous pas mal, notez bien, parce que comme j'ai dit, j'ai Hester, et Hester elle a des cuisses à vous en donner un arrêt du cœur.

Quand Pete s'est garé de l'autre côté de la rue en face du Clearwater Beach Hotel, c'était que des vieux dorés-sur-tranche à perte de vue. Je les appelle dorés-sur-tranche parce que ces vieux-là ils aiment rien tant que de rester étalés au soleil à cuire dans leur graisse comme du bacon. Ils viennent prendre leur retraite ici et c'est à qui chopera son cancer de la peau le premier. Tout juste s'ils font pas des concours.

Ils sont toujours là à guetter quand j'arrive. Ils connaissent la voiture, et bien qu'ils puissent pas me voir sur la banquette arrière, quand j'ouvre la portière et que je touche le trottoir sur les mains, toutes les vieilles têtes chenues qui dépassent des couvertures se tournent d'un seul mouvement vers moi, on dirait qu'ils ont passé la matinée à répéter. Là c'était pareil, ils étaient tous tête levée, le cou tendu à s'en donner le torticolis, et ils m'ont suivi de leurs yeux délavés de soleil tout le temps que je traversais le sable. Je me souviens plus si je l'ai dit — je suis un avide lecteur de revues et magazines, *Time, Harper's, Atlantic Monthly*, tout ça — et ces derniers temps j'arrête pas de voir des trucs sur les retraites anticipées, mais je vous jure que si vous vivez un petit moment auprès de ces vieux dorés-sur-tranche, c'est pas la retraite anticipée qui vous vient à l'esprit, c'est la mort anticipée. Ils restent étalés là à peler tout ce qu'ils savent, bordel, à encombrer la putain de plage comme des papiers gras.

Je traversais le sable en faisant bien attention à pas en regarder un seul, parce qu'autrement ils se mettent à vous faire la conversation. Ils se font tellement chier, ils ont tellement envie de parler, qu'ils se foutent pas mal si vous pouvez entendre ou non. Et avec leurs vieilles bouches effondrées, c'est presque jamais possible de lire leurs lèvres. C'est ça qu'il y avait de bien avec Al Molarski, il avait beau avoir soixante-douze balais, il avait presque toutes ses dents. Probablement rapport aux vaches et à tous ces trucs qu'il avait soulevés accrochés à sa bouche.

L'Ocean Club était seulement à cent mètres sur le sable, et arrivé à mi-chemin j'ai vu Hester se pointer sur la véranda. Elle était en train de siroter une bière, une grande boîte, mais quand elle m'a vu elle l'a posée sur la rambarde et elle est venue me trouver en courant sur le sable. J'ai cambré un peu plus les reins et secoué les cheveux qui me pendaient dans les yeux pour mieux la regarder courir dans le sable. Avant de rencontrer Hester je me faisais toujours couper les cheveux court, mais elle les aimait longs, alors je les laissais pousser. Assis ça allait encore, mais c'était chiant comme tout quand j'étais sur les mains. Enfin, tout ce qu'Hester souhaitait ça valait le coup de lui faire plaisir. Je me suis arrêté et je l'ai regardée arriver en bikini noir luisant, tout en hanches et nichons du tonnerre, les cuisses qui en mettaient un sacré coup comme ça dans le sable. Ses jambes je m'en fatiguais jamais. Des fois je passais tout un après-midi à lui lécher les cuisses. Putain, comme ça au soleil elle faisait qu'un muscle qui ondulait et tressautait, fallait voir.

Arrivée devant moi elle m'a étreint les hanches et j'ai pressé ma tête entre ses cuisses, en remontant vers ce que je pense. Elle m'a soulevé pour me remettre à l'endroit et m'embrasser, sa bouche encore chaude et juteuse à cause de la bière. Elle pesait soixante-cinq kilos, et elle avait assez d'énergie pour six. Des fois fallait faire attention, parce que c'était des coups à se faire du mal.

« T’as l’air en forme », elle a dit. « Tes bras ont vraiment l’air gonflés à bloc. »

Elle s’est éloignée de moi de dix pas environ, que je puisse lire ses lèvres. Tant que j’étais sur les mains je pouvais pas bien lui répondre, mais je me défendais avec un sourire ou un clin d’œil. Ça me plaisait bien de marcher avec elle à mes côtés sur le sable. J’avais les bras, le dos et la poitrine comme elle avait dit, gonflés à bloc par l’exercice. Je portais un T-shirt moulant et mon short violet avec la fermeture Éclair par en dessous. Le soleil tapait dur sur mon cul.

« T’y as demandé ? » elle a fait.

Je l’ai juste regardée, et puis j’ai fait une petite roue sur mes mains, histoire de passer à autre chose.

« Rien qu’à ton air je vois bien que t’y as pas demandé. »

Elle s’est mise à regarder le golfe, tout blanc, sans vagues, avec deux voiles immobiles qui faisaient comme des cales minuscules sur l’horizon. J’avais l’impression qu’elle parlait. Rien qu’aux petits tressautements sauvages qui animaient sa nuque. Elle était peut-être même en train de crier. Quand elle s’est retournée, elle avait le sang aux joues, mais ses yeux étaient calmes et composés.

« T’y as même pas demandé », elle a répété. « Peut-être que tu veux pas de moi là-bas avec toi. Peut-être que tu veux pas de moi tout court. »

Je regardais ses cuisses de façon désespérée et je la haïssais.

« Je vois pas ce que ça peut bien lui faire », elle a dit. « Vu qu'il a déjà un putain de corniaud du Sud et un négro avec lui là-bas. »

Je me suis laissé tomber sur le sable et me suis essuyé les mains. « Tu comprends rien à rien. Je fais du mieux que je peux. »

« J'en ai marre d'entendre ça », elle a fait. « C'est ce que mes parents me disent, c'est ce que tu me dis, c'est ce que tout le monde me dit. Qu'est-ce que ça peut bien me foutre si c'est le mieux que tu peux, si je peux pas le supporter ? Ton mieux que tu peux y m'intéresse pas, t'entends ? C'est ce que je peux supporter qui m'intéresse. »

On était presque arrivés là où la boîte de bière était posée sur la balustrade. Je me suis laissé tomber sur le sable à nouveau. « Ça t'irait pas, là où j'habite. »

« Faudra bien que ça m'aille quelque part », elle a dit. « Je me suis fait vider de chez moi. »

« Je te crois pas. »

« Tu me crois pas ? Qu'est-ce qu'il y a à croire ou pas croire, bordel ? Ils disent que je peux plus rester habiter là-bas. C'est fait. Fini. » Là elle a regardé les voiliers un moment. « Tu m'as fichu ma journée en l'air. Sans blague, je croyais vraiment que tu lui aurais demandé. »

« Ben c'est pas le cas », j'ai dit. « Parce que je connais la réponse d'avance. Et t'as rien fait d'extraordinaire pour ma journée non plus, si tu veux savoir. » Je me suis rétabli sur les mains.

« Et pis merde », elle a fait. « Allons boire une bière. »

Elle a récupéré la sienne et l'a vidée le temps de traverser la véranda. Il était pas encore midi, mais il y avait un groupe de rock and roll — dents blanches et huile de coude — qui jouait sur une petite estrade dans le fond, et la piste de danse était bondée de danseurs qui se trémoussaient en tournant comme des toupies. Je suis resté debout un moment à regarder l'orchestre, le gars à la batterie et le gars à la guitare électrique, et en me concentrant bien je pouvais entendre tout : le batteur aux balais qui faisait des bruits de crachats avec, le hurlement de la guitare, jusqu'au bruit que faisaient les grains de sable sur la piste sous les pieds nus des danseurs.

J'ai jamais pu causer — j'ai le palais c'est qu'un trou — mais j'ai perdu l'ouïe que vers dix ans. Al m'avait fait jouer devant ces vieilles peaux, toutes avec des fleurs au corsage et les cheveux bleutés qui flottaient sur leurs crânes poudrés, et Al il m'avait fait mettre en équilibre sur deux chaises, une main sur chaque dossier et les chaises penchées en arrière sur deux pieds seulement. L'estrade était cirée, et j'étais à peine en équilibre sur les mains qu'une des chaises a giclé. Je suis tombé tout droit comme un plongeur et me suis planté le front dans le carrelage en bas. Quand je me suis relevé toutes ces vieilles peaux étaient en train d'applaudir tout ce qu'elles savaient en montrant leurs râteliers, et moi j'étais sur mon cul à les regarder applaudir

— probable qu'elles croyaient que ça faisait partie du numéro parce qu'elles semblaient absolument ravies — mais moi j'entendais plus rien. C'était silencieux, j'aurais pu être quinze mètres sous l'eau. Et c'est resté tranquille comme ça depuis. N'empêche que je sais quand même quel son font la plupart des choses, alors si je me concentre bien je peux me les rappeler jusqu'à ce qu'elles me sonnent dans l'oreille.

L'équipe de volley des sourds-muets était assise au grand complet tout au fond sur la droite du podium où jouait l'orchestre, et j'ai vu les mains d'Herby jaillir de dessous la table pour me dire : « Ramène tes fesses par ici boire une bière, p'tite souche de nave. » Herby est encore plus petit que moi, et pourtant lui il a des jambes. Un drôle de numéro, celui-là, mais drôlement balèze aussi comme joueur de volley. Bien sûr Herby peut pas smasher, mais pour ce qui est de faire les passes au filet, il est aussi fortiche que n'importe qui dans notre équipe. Hester m'a mis la main au cul, qui lorsque je suis sur les mains lui arrive à hauteur de hanche, et m'a guidé pour naviguer entre les tables et les danseurs jusqu'à l'estrade. Dans une foule je peux pas bien voir ce qui arrive, alors je suis une cible idéale pour n'importe quel ivrogne qui regarde pas où il met les pieds. Si on fait pas gaffe, c'est des coups à se faire renverser et marcher dessus. Particulièrement dans un endroit comme l'Ocean Club, où c'est plein de défectueux.

Herby était dans mon fauteuil quand je suis

arrivé à leur table, mais il s'est levé et m'a laissé la place. Lui au moins faisait preuve d'un peu de décence. Il y avait un pichet de bière sur la table et Hester m'en a versé un verre. Elle a tiré une chaise près de moi et m'a embrassé dans le cou. Moi l'entraînement ça me déshydrate toujours, alors j'ai englouti une grande gorgée en regardant les danseurs. C'est une des choses que j'ai toujours regrettées, de pas pouvoir danser. De temps en temps je me laisse traîner sur la piste par Hester et on se bouge un peu, avec elle qui m'étreint le cul en frottant de près. Mais j'ai jamais aimé ça parce que c'est une chose à laquelle je peux pas exceller. Toujours un connard pour vous marcher sur les doigts ou vous faire perdre l'équilibre. Notez bien, je me défends pas mal au tango. Mais allez vous en trouver un tango, de nos jours. Ça me fait mal au sein de dire ça, mais danser le rock c'est trop dur pour moi. Le boogie c'est pas mon fort.

Herby était en train d'essayer de me parler, mais je voulais pas regarder ses mains, j'embrassais Hester en faisant mine de pas le voir. Elle me frottait le dos et m'avait ramené une main sur ses fantastiques genoux.

« Tu veux venir chez moi après la partie ? » elle a fait.

« Je croyais qu'ils t'avaient fichue dehors. »

« Ils ont pas dit que je pouvais plus baiser là-bas. Seulement que je pouvais plus y habiter. »

Herby a tendu la main et m'a donné une petite claque sur la nuque. Je l'ai regardé.

« Elle s'est fait virer de chez elle ? » il a demandé.

C'est ça l'ennui de parler avec les mains. N'importe quel enfoiré avec des yeux pour voir peut écouter.

« C'est vrai », a dit Hester. « Mais je me bile pas pour ça. »

« Où c'est que tu vas crécher, alors ? » a demandé Herby.

« Oh, quelque part. » Elle m'a regardé. « Je me fais pas de bile pour ça. Pas les amis qui manquent. »

Je la voyais venir. Je savais ce qui allait se passer. Hester savait comment je raffolais d'être assis sur ses genoux. Elle savait l'effet qu'elle me faisait, ça et le fait qu'elle avait pas été oubliée le jour de la distribution et qu'il lui manquait rien nulle part. Quand j'ai rencontré Hester à l'époque je sortais avec une fille plutôt jolie mais qu'avait pas de courbe dans le dos. C'est ça l'ennui avec les sourds-muets, ils ont presque toujours quelque chose d'autre qui déconne en plus : un œil qui dit merde à l'autre, ou alors ils sont nains, albinos, cul-de-jatte, chauves ou est-ce que je sais. Une fois j'ai couché avec une sourde-muette, quand j'ai été pour lui baisser sa culotte j'ai vu qu'elle était hermaphrodite, elle avait une petite quéquette et des roustons tout rentrés, juste à côté de son trou à miel. Ça m'a pas empêché de continuer, remarquez. Quand on est désavantagé comme je le suis, c'est suffisamment dur de trouver à tirer son coup sans encore en plus faire la fine gueule. Enfin bref, je lui ai juste écarté les couilles qu'étaient comme qui dirait dans le passage, et je me suis mis à limer comme si de rien n'était.

Mais Hester, c'était autre chose. Non seulement elle pouvait voir et parler, mais elle avait la chevelure épaisse et coupée au casque, ses nénés rien que de les regarder la bouche vous en faisait mal, et elle avait les jambes longues, droites et puissantes comme une championne de cent mètres. Si je la laissais filer, ce serait de nouveau les dos tordus et les petits lots bigleux pour ma pomme. Rien que l'idée ça m'en a fait pousser un gros soupir et me frotter les yeux avec le bout de mes pouces. Bordel, des fois quand même la vie vous pressurait de tous les bords.

Hester m'a pris la tête entre ses mains et m'a tourné pour que je puisse la voir. « Qu'est-ce qu'il a qui va pas mon bébé ? »

« J'ai pas mangé », j'ai fait. « Trois œufs au plat et un steak, ça m'irait. »

Hester a levé la main pour commander le steak à Arnie, le propriétaire de l'Ocean Club, un sourd-muet lui aussi, et pédé par-dessus le marché, mais sa main est restée en l'air et à la façon dont sa figure a changé subitement j'ai tout de suite su qu'Aristote avait fait son entrée. J'avais pas besoin de regarder la porte pour savoir que c'était lui. J'avais juste à regarder la figure d'Hester, qu'était pas à proprement parler un joli visage, juste un visage fort, rendu plus fort encore du fait qu'elle avait roulé sa bosse. Pas mal de bosses, même. Et parmi les bosses qu'elle avait roulées il y avait celle d'Aristote Parsus. Elle couchait avec lui dans le temps. Elle me l'avait jamais dit, mais je le savais. Aristote il habitait un endroit nommé Tarpon Springs à un peu plus de trente bornes au nord le long de la côte, une colonie de Grecs qui carburaient à l'huile d'olive et qui vivaient de la pêche aux éponges. Me demandez pas ce que c'est. En gros, je crois que c'est un piège à touristes qui consiste à aligner deux-trois vieux rafiots pourris et faire payer le prix fort aux mémés de l'Iowa pour monter à bord et regarder un tas de Grecs déconner avec des éponges.

J'ai regardé derrière moi, et par-dessus la tête des danseurs c'était bien Aristote juste à l'entrée, grand, brun et huileux, des dents comme des piquets de clôture, vêtu d'un polo rouge-blanc-bleu, en train de faire des tours de passe-passe avec un ballon de volley blanc. Son équipe était avec lui et ils étaient tous là à déconner ensemble, tous en polo comme celui d'Aristote, et en shorts bleus. Quand il a acheté les uniformes pour son équipe, je me souviens lui avoir dit que c'était une bonne idée de leur donner un peu de classe comme ça, vu que comme joueurs ils en avaient pas du tout, ce qui n'était pas tout à fait vrai, d'ailleurs. Nos deux équipes se valaient à peu près.

J'ai touché Hester sur ses cuisses mirifiques. Elle m'a regardé. « Va dire à Arnie de m'amener le foutu steak », j'ai dit. « Je crève la dalle. »

Aristote était en train de parler à Arnie d'une

main, et de l'autre il faisait tourner le ballon de volley blanc en équilibre sur un doigt. Quand Aristote parlait à Arnie, Dieu le Père en personne aurait pas pu en placer une ni attirer son attention. De cette façon qu'elle a de marcher, comme montée sur roulements à billes, Hester a traversé la piste et est allée se pencher par-dessus le bar pour parler à Arnie, juste sous son nez. Arnie s'est légèrement tourné et a écrit la commande sur la sorte de roue qui donnait dans la cuisine. Aristote a mis la main sur l'épaule d'Hester et l'a gratifiée du fameux sourire en piquets de clôture.

« Comment ça va, depuis le temps ? » il a demandé.

« Bien... est... et... assez », c'est tout ce que j'ai pu voir.

Les danseurs qui se trémoussaient sur la piste arrêtaient pas de s'interposer entre moi et leurs mains. J'ai empoigné la table et me suis hissé sur le dossier de la chaise pour essayer de mieux voir.

« ... et t'as bonne mine », disait Aristote.

« Merci, Ari », a dit Hester, l'air très sérieuse.

« C'est foutrement dommage que je peux jamais... sauf le dimanche », il a dit.

« Oui », elle a fait. « Je... oui. »

« Bon. Ça me va. »

« Tu joues... et... », elle disait, « ... un sacré smash. »

Un jeune gommeux rastaquouère arrêtait pas de me bloquer leurs mains, à tourner comme un moulin à vent. Il portait une chemise jaune et des souliers jaunes, l'enfoiré. Personnellement, j'ai jamais pu saquer ces enfoirés à brillantine, et c'est pas des blagues, on aurait dit que la moitié de Cuba avait échoué à Tampa, tous avec la chemise jaune, les souliers jaunes, et l'haleine qui pue les pois chiches.

« Ça arrive tout de suite, baby », a fait Hester en tirant une chaise près de la mienne. « Arnie a dit qu'il allait t'apporter ça vite fait. »

« T'es très copine avec le Grec », j'ai dit comme ça.

« Hein ? »

« Je sais pas comment tu peux supporter un enfoiré pareil. »

« Ça fait un bail que je le connais », elle a dit. « Et pis d'abord, qu'est-ce qu'y a à supporter ? On faisait que causer. »

Le loufiat, un gars nommé Bill, m'a amené ma bouffe. Ça se présentait sur une énorme assiette ovale, avec les lettres OC inscrites dessus. Pour une pédale, Arnie était plutôt classe, question service. J'ai coupé un bout de viande et j'ai mâché consciencieusement.

« Les Grecs je les estime pas beaucoup », j'ai dit.

« Il est pas si mal », elle a fait.

« J'ai jamais dit qu'il était mal. Seulement que les Grecs moi je les estime pas beaucoup. De quoi vous causiez, au fait ? »

« Il m'a juste demandé comment j'allais. »

« Il a beau être grec », Herby a fait comme ça, « pour ce qui est de danser, il se pose un peu là. »

Herby était attablé en face de nous avec une fille

mignonne dont le front était pourri d'acné, comme brûlé. Son nom c'était Sarah ; elle pouvait parler, mais elle s'était arrêtée d'entendre à quinze ans.

« Juste parce qu'il est beau mec, y a pas de quoi en être jaloux », a dit Sarah.

« Personne est jaloux de personne », a fait Herby.

« Il est beau », a dit Sarah. « Pour un peu moi je le sucerais. »

« Toi tu sucerais une statue de Napoléon, si on te laissait faire. »

« Qu'est-ce que tu sous-entends par là, Herby ? »

Elle mâchait du chewing-gum et buvait de la bière en même temps. De temps à autre elle s'en collait un autre dans le bec, et après ça elle s'enfilait une gorgée de bière. Elle avait mauvais genre. Ils avaient tous les deux très mauvais genre. Moi j'engloutissais mes œufs en tâchant de pas regarder la piste de danse qui était maintenant monopolisée par Aristote et son équipe de volley-ball. Mais j'avais beau faire, juste là passé le rebord de la table je pouvais pas m'empêcher de voir le tourbillon flou des polos rouge-blanc-bleu, et je pouvais pas m'empêcher non plus de sentir comme Hester se tenait raide près de moi. Si bien que j'avais la puanteur de l'huile d'olive plein les naseaux.

J'avais terminé le steak et les œufs, alors il a bien fallu regarder la piste, et Aristote était là à se trémousser et tournoyer, carrément vissé à sa meilleure smasheuse en une danse obscène. Elle était grande comme fille, en polo elle aussi et en short bleu, et elle dansait la tête renversée en arrière et la bouche ouverte, avec sa langue qui lui pendait sur le menton comme si elle pouvait pas la retenir. Et des gouttes de bave brillante sur les lèvres.

En face de nous la fille au front pourri d'acné a levé la main pour dire comme ça : « Moi pour un peu je le sucerais. »

« Tu devrais surtout fermer ta gueule », j'ai dit.

« Il a raison », a fait Herby. « Tu devrais la mettre en veilleuse un moment. »

« Tu devrais essayer de pas être jaloux », elle a remis ça. « Tout le monde peut pas faire un mètre quatre-vingts et danser comme ça. »

« Pourquoi tu la fermes pas une minute ? » a fait Herby. « T'es même pas foutue de te débarrasser de ton acné, merde. »

L'orchestre en mettait un sacré coup. Chaque fois qu'Aristote dansait ça les galvanisait. Et je veux pas lui retirer ça ; il avait beau être grec, il savait danser. Mais qu'est-ce qu'il y a de si fortiche à savoir danser, bordel ? Suffit d'avoir une paire de guibolles.

L'équilibre, par contre, ça c'était fort. Suffit d'avoir des bras, vous me direz, mais on peut le faire que si on a des bras spéciaux. En fait c'est *tout* qu'il faut avoir de spécial. Les poils dans les oreilles faut les avoir spéciaux. La discipline doit être spéciale. Personne a jamais marché sur les mains par accident. Et personne n'y est jamais parvenu du premier coup.

Probable que c'est tout ça qui m'a poussé à faire

ce que j'ai fait ensuite. C'est comme s'il *fallait* que je le fasse. Je veux dire, je sentais bien Hester là toute raidie à côté de moi, et ce trouduc qui se donnait en spectacle là-bas, qui montrait ce qu'il était, si vous comprenez ce que je veux dire. Alors j'ai mis mes mains à plat sur la table devant moi. La musique pulsait à travers le bois. C'est là-dessus qu'ils dansaient, le tempo que leurs pieds sentaient à travers le plancher. Il y avait probablement pas plus d'une demi-douzaine de personnes dans la taule — et Hester bien sûr en faisait partie — qui pouvait entendre la musique pour de vrai. Mais on la sentait tous sonner dans les verres, les canettes de bière, et surtout on sentait le tempo à travers le bois.

J'ai jeté un dernier coup d'œil à la piste, à présent complètement monopolisée par Aristote et son équipe de volley, et avec mes mains bien à plat sur la table j'ai évacué ma chaise, là, tout près d'Hester, et je me suis mis en équilibre sur les mains. Mes hanches étaient à peine en l'air que déjà je sentais la musique ralentir à travers le bois. Lent comme pas possible, je suis passé à une main, et sous ma main à travers la table la musique a raté trois mesures.

Ils en connaissaient un rayon, pourtant, les mecs du groupe qu'Arnie s'était dégotté pour jouer ici, mais eux non plus ils entendaient pas la musique. Ils sortaient de la Miffit Exceptional School of Music là-bas à Saint Petersburg, une école qui enseigne la musique aux sourds-muets — il y en a même qui sont aveugles par-dessus le marché. Mais moi ma façon de voir, jouer d'un instrument c'est à peine un cran au-dessus de la danse. Si c'était si coton que ça, y aurait pas autant de monde capable d'en jouer. Par contre vous pouvez coller la pagaille dans une équipe de volley en vous mettant en équilibre sur quatre doigts. Je sentais plus grand-chose à travers la table, côté orchestre. Plus grand-chose du tout. Et quand je suis passé de quatre doigts à trois, tout s'est arrêté. Mais je sentais toujours Aristote sur la piste en train de se démener et tourniquer, mollement à présent.

Tout le monde me regardait. Je le savais. L'Ocean Club tout entier avait cessé de bouger, parce que bon sang de bois, se tenir en équilibre sur un doigt c'est un putain de miracle. Chaque cellule de votre corps doit coopérer. Alors le sourire en piquets de clôture d'un Grec qui pompe l'huile d'olive comme un buvard, c'était quoi, à côté ? C'était rien. Rien de rien, bordel de merde, et c'était bien le but de la manœuvre, d'ailleurs.

Je me suis mis à tourner. Lent comme on respire. Je tournais et tournais sur deux doigts — pouce et index — de la même main. Hester sa figure rayonnait comme une loupiote, à me regarder de là où elle était assise. Et celle à Herby est passée aussi devant moi, qui me regardait comme Pierre devait regarder Jésus, pareil. Oh, ils étaient fiers d'être assis là, pour ça oui. Ensuite c'est la tronche de Sarah qui m'est apparue, et ses yeux à elle me regardaient comme si j'étais transparent, ajustés sur un point derrière moi comme je pivotais toujours lentement et que j'en arrivais au clou de mon numéro. Sa mocheté de front était tout rouge, et il enflait, on aurait dit qu'il allait se mettre à saigner ou éclater, et je voyais bien que c'était pas moi qu'elle regardait, mais Aristote qui devait se tenir tout près, juste derrière moi sur la piste.

Quand j'ai pivoté encore un peu sa figure a disparu et je me suis retrouvé avec les hanches minces et cagneuses d'Aristote Parsus sous le nez. Je me suis arrêté de pivoter. Il s'est rapproché. Il s'est penché pour coller sa trogne juste devant la mienne. Sa bouche à l'envers paraissait énorme au-dessus de mes yeux. Nos nez se touchaient presque.

« C'est un numéro de singe », il a dit. Sauf que je l'ai pas compris tout de suite. Les mots étaient à l'envers. Et puis il a inversé sa main.

J'ai levé ma main libre — comme si j'allais me mettre à parler — mais au lieu de ça je me suis gratté le cul, posément.

« C'est toujours un numéro de singe », il a dit. Toute son équipe rouge-blanc-bleu faisait front derrière lui et me regardait d'un air outré.

J'ai commencé à faire une pompe sur mon doigt — si lentement qu'au début personne s'est même aperçu que je descendais. La table tremblait légèrement sous l'effort. Dans mon cœur j'entendais siffler le sang. Ensuite j'ai senti mon menton toucher la table et avant que je puisse revenir lentement en extension, une ovation du tonnerre de Dieu s'est mise à secouer la table sous moi. Jusque-là j'avais gardé les yeux fermés pour me concentrer, et quand je les ai ouverts l'Ocean Club tout entier était en train d'applaudir à tout rompre et à l'envers, trépignant des pieds et cognant les verres les uns contre les autres. Même l'équipe de volley d'Aristote — tous sauf la grande tringle de smasheuse — ils avaient le sourire et applaudissaient aussi.

« Faut toujours que tu foutes ta merde, hein, l'asticot de foire ? » Sa main était si rigide qu'il pouvait à peine parler correctement. « Freak. »

Moi j'étais très calme. Je me sentais bien. Très lentement, comme si c'était Al qui parlait, comme si mes doigts parlaient en bâillant, j'ai dit : « J'ai jamais pu saquer les Grecs. Pourquoi tu retournes pas d'où tu sors ? »

« Pourquoi tu sors pas sur le sable jouer au volley ? » il a fait comme ça.

« C'est pas de refus », j'ai dit. En arquant des hanches je lui ai poussé mon cul dans la figure, et puis j'ai sauté de la table, me recevant sur les mains. Une nouvelle ovation a fait trembler le sol sous mes doigts et l'orchestre s'est mis à attaquer ce qui ne pouvait être qu'un salut. L'Ocean Club tout entier m'a suivi en bas des marches et sur le sable. Je me sentais on ne peut mieux.

3

On était couchés dans le lit d'Hester, avec sa mère qui brodait des gants de cuisine juste derrière la cloison. Elle était là quand on était arrivés un peu plus d'une heure avant, assise dans un carré de lumière près d'une fenêtre ouverte, à l'endroit où on la trouvait toujours chaque fois que je m'amenais avec Hester. Un petit bout de femme avec la peau grise, qui portait toujours un bonnet bleu et des lunettes en fil de fer. Ses doigts allaient très lentement sur la broderie. Le soleil renvoyait des petites étincelles de lumière sur son dé et son aiguille. Moi je regardais toujours de l'autre côté, au cas où ils auraient voulu dire quelque chose. Je respecte la vie privée des gens. Mais je pense pas qu'ils se soient jamais rien dit.

« T'étais merveilleux aujourd'hui, putain », Hester a fait comme ça.

« Tu t'es pas mal défendue toi-même. »

Tous les stores étaient fermés et il y avait tout juste assez de lumière pour parler. Hester était sur les genoux à quatre pattes, lovée sur moi qui étais sur le dos dans son lit. On était nus tous les deux et sa peau était pratiquement noire à part le triangle de peau blanche en travers du cul, grand comme une couche-culotte, et les deux nichons qui me pendaient devant les yeux comme des glaces à la vanille.

« C'est pas tout ça », j'ai fait, « tu sais que je dois faire mon numéro chez les scouts, là-bas. »

« On a tout le temps. »

« Pas tant que ça. »

« Je te conduirai », elle a fait. « On a tout le temps. »

Quand on avait quitté la plage il était pratiquement cinq heures. Aristote et moi on avait parié deux cents dollars, savoir qui gagnerait sur trois manches. On en a d'abord gagné une chacun, et la belle avait duré près de deux heures. Du coup Hester avait conduit sa Volvo toute cabossée à travers les rues de Clearwater en fonçant comme une cinglée, sa part des gains coincée dans son soutien-gorge de bikini.

« On aura jamais le temps », que je disais.

« T'aimes plus ça ? »

Grogner, c'est tout ce que j'ai pu faire.

« Avoue-le », elle disait, « t'adores ça. »

On était huilés comme il faut, à cause de la plage. Elle était assise à présent. Sur moi. J'essayais de penser à autre chose. La façon dont les choses s'étaient passées à la plage. Le ciel. La partie.

« Et en plus on a pas triché », elle a dit. « Putain

non, on a pas triché. » Son souffle sifflait dans sa gorge.

Et c'est un fait. Je joue toujours réglo. Une fois prêts à jouer — l'équipe d'Aristote bien en position d'un côté du filet et Herby, Hester et le reste de l'autre côté, je suis monté sur la tour du maître nageur, d'où j'arbitre toujours, j'ai levé la main et j'ai donné le signal de commencer le match. Les deux équipes, entourées de vieux birbes à présent, me regardaient fixement de leur place dans le sable brûlant. Hester, qui avait gagné le tirage au sort et servait la première, a tapé dans le ballon qui a fait comme un arc par-dessus le filet, et Aristote, pratiquement de la ligne du fond, a fait une passe au filet pour la grande tringle, sa meilleure smasheuse. La partie était commencée.

Au-dessus de moi, Hester s'était mise à pivoter lentement sur mes hanches. La cloison était tout contre le lit et elle la fixait d'une expression rêveuse, les yeux partis à cinq mille mètres, jamais ajustés sur la cloison. Elle avait été sensationnelle dans cette partie, on n'avait vu qu'elle sur le sable à passer au filet, smasher, enfoncer le ballon dans le gosier d'Aristote de l'autre côté du filet, jouant toujours nez à nez avec lui sans jamais lui céder un point. Sur le sable, les vieux birbes mangeaient leurs sandwichs, buvaient des Cokes dans des tasses en papier et acclamaient Hester.

« Sais pas si je peux supporter ce que tu me fais, là », j'ai pas pu m'empêcher de dire.

« Sûr, tu peux », elle a fait. Ses doigts épelaient

posément les mots, de plus en plus lentement. « Tu te rappelles quand tu t'es mis à pivoter ? »

« Pivoter. »

« Au club », elle a dit. « Sur la table. »

« On est pas sur une table. Ni au club. Et je crois pas pouvoir supporter ça bien longtemps. »

Elle continuait de tourner, là où elle était vissée sur moi. Elle tournait au poil et au secours, les deux en même temps.

« Tu lui as brouillé les idées », elle a dit, « tourné la tête quelque chose de bien. »

« Tourné la tête », j'ai fait, « tourné la tête. »

Elle m'avait taillé la mine au petit poil. J'arrêtais pas de la perdre, de pas saisir ce qu'elle disait, ou essayait de dire.

« C'est la seule raison qu'on a pu le battre », elle a fait. « Il s'est pas remis de te voir pivoter comme ça en équilibre sur deux doigts. Quand la musique s'est arrêtée et que tout le monde s'est mis à applaudir et acclamer, j'ai su qu'on allait l'avoir. On pouvait plus perdre. »

Sur la balle de match, Hester avait smashé en plein sur Aristote Parsus, et le ballon avait rebondi sur sa sale tête de Grec. Moi j'étais perché sur la tour de maître nageur avec ma Timex sur la rambarde, et quand Aristote s'est pris le ballon entre les deux yeux et qu'Hester a remporté le second des deux points consécutifs qu'il faut pour gagner la partie, j'ai jeté la bouée du maître nageur entre les deux équipes. Aristote Parsus était resté là à la regarder où elle était tombée entre Hester et lui.

Une bosse de la taille et de la couleur d'une mandarine était en train de lui pousser sur le front juste au-dessus du nez. C'est là qu'il a levé les yeux et m'a regardé.

« Empoche l'argent », il a dit.

« Tout le monde te remercie », j'ai fait.

« Pas besoin de la ramener. Personne aime les gros malins qui la ramènent. »

« Personne aime perdre, tu veux dire. »

« Toi t'as commencé à perdre rien qu'en naissant », qu'il a fait comme ça. Il m'a regardé un long moment en silence. « *Freak*. T'es qu'un singe de foire qui peut faire que des trucs de singe. »

Hester en avait pas perdu une miette. Tout le monde avait regardé ce qu'on s'était dit. Elle s'est adressée à Aristote Parsus, tout sourire.

« T'as pas idée des trucs de singe que Marvin Molar peut faire au lit », elle lui a sorti.

La croupe huilée d'Hester avait cessé de pivoter sur mon pelvis. Elle fixait la cloison, et plus du même regard perdu à cinq mille mètres. Un petit nœud de colère lui était monté à la base du nez.

« Qu'est-ce qu'il y a ? » j'ai dit. Mais je savais déjà.

« Bordel alors. Ce que j'en ai marre de cette putain de turne. »

J'ai posé ma paume contre la cloison près du lit. Je savais que je la trouverais pleine de phalanges en train de frapper de l'autre côté. C'était sa mère. C'est comme ça qu'ils se parlaient, en frappant — elle et sa mère et son père — à travers les murs et les planchers de la maison. Ils se bouffaient le nez entre eux chacun dans leur pièce dans toute la carrée. En morse. Hester disait qu'elle avait grandi avec. Que son père aimait pas se disputer avec un membre de sa famille qu'il avait sous les yeux. Des fois je me dis que j'ai eu du pot qu'on m'ait abandonné sur les marches du Fireman's Gym. Même un truc comme ça peut se révéler être une fichue bénédiction par moments.

« Bon Dieu », elle a remis ça. « Cette turne. »

Elle a tendu la main et s'est mise à frapper fort plusieurs fois contre la cloison. Moi je sais pas le morse, mais là je savais quand même que c'était pas des choses à dire à sa mère.

« Qu'est-ce qu'elle veut ? » j'ai demandé.

Hester s'est penchée en avant pour me lécher le cou. La glace brûlante de ses nichons me frôlait la poitrine.

« Elle veut savoir ce qu'on fabrique. »

« Tu lui as dit quoi ? »

« Je lui ai dit qu'on aurait fini dans une minute. »

« Fini quoi ? »

« Fini, quoi. Fini tout court. »

J'ai toujours su qu'il pouvait vous arriver pire que d'être abandonné sur des marches. Hester était contre moi à me bécoter le cou, mais j'avais toujours la main contre la paroi.

« Ton paternel est rentré », j'ai dit.

Elle a relevé la tête pour que je puisse voir sa bouche. « Je suis pas sourde », elle a fait, les lèvres toutes pincées de colère.

Son paternel s'était joint à sa mère de l'autre côté. Ils frappaient de façon continue, et pressante.

« Oh, putain », j'ai dit. Ce qu'elle était en train de me faire suivait le même rythme que ce qu'ils faisaient à la cloison.

« Papa veut savoir si on veut une tasse de thé. »

« Oh, putain. »

« T'en fais pas. Je leur ai cloué le bec. »

« Tu leur as dit quoi ? »

« Que j'aimais pas parler la bouche pleine. »

Ça c'était Hester. Tout craché. Je vous ai dit qu'elle avait tendance à se montrer amère. Mais c'était égal, parce que ça les a pas arrêtés pour autant. Ils continuaient à taper. Et elle à frapper en réponse. Leur disant — elle a avoué — ce qu'on était en train de faire. Sa langue. Ses fines dents. S'étendant en détails sur les jambes nouées, les dos arqués et tout ça. Et comme quoi on s'était tous les deux remis à transpirer.

Du coup moi aussi je me suis mis à frapper contre la cloison. Pas pour dire rien à personne — je sais pas le morse — mais parce que je pouvais pas m'en empêcher. Hester m'avait coincé contre la cloison et je m'étais mis à cogner du poing contre le mur, et avec l'arrière de mon crâne aussi.

« Ils veulent savoir ce que tu dis. »

En réponse je pouvais que la regarder d'un air fumasse, et l'adorer, et la supplier des yeux de ne surtout pas s'arrêter.

« Ils disent qu'ils peuvent pas te suivre, de parler plus lentement. »

J'en étais à cogner des deux poings et à flanquer des coups de tête dans le plâtre du mur. Elle m'avait acculé à l'angle le plus fermé du lit et du mur. Et c'est là que ça s'est terminé, avec nous quatre tapant comme des perdus, à l'aveuglette, contre la cloison.

Quand on s'est arrêtés de cogner, son père et sa mère ont laissé tomber aussi. Je suis resté en silence, à écouter mon sang siffler. Elle s'est assise sur le bord du lit, les yeux perdus à nouveau, dans cette zone intermédiaire. On était tous les deux luisants de sueur. Il commençait à faire nuit dans la pièce. J'ai tendu la main et lui ai touché la hanche. Quand elle m'a regardé j'ai fait signe en direction de ma Timex, que j'avais enlevée et laissée sur la table de nuit.

« Quelle heure il est ? » j'ai demandé.

Elle a regardé la montre et m'a regardé ensuite, mais sans rien dire.

« Il est temps d'y aller », j'ai dit. « J'ai encore les scouts à me fader. Ils sont en train de m'attendre dans le sous-sol de l'église. T'as promis de m'y amener. »

Elle avait pas l'air d'avoir vu ce que je lui disais. Elle a cligné deux fois des yeux rapidement et les a gardés fermés. Elle a posé sa main sur son cœur et s'est mise à parler avec, tout contre la peau blanche de son sein.

« Je t'ai menti », elle a fait.

« Hein ? »

« Là-bas au club. Je t'ai menti. »

Maintenant attention, faut comprendre, je tenais pas du tout à poursuivre la conversation. Je voulais l'arrêter net. Je venais de tirer mon coup, je m'étais fait sucer les yeux par la racine, donc je me sentais au petit poil et j'avais surtout pas envie d'en parler maintenant, parce que je savais pertinemment que d'en parler ça équivalait à finir par raquer pour. Si une femme vous baise et ensuite — encore toute chaude sur le pageot — se met à vous parler de choses sérieuses, vous pouvez être sûr qu'à tous les coups on va vous demander de payer. Et moi je voulais pas payer. Pour rien. Je me disais qu'avec pas de jambes, pas d'oreilles, et un trou en guise de palais, bordel de Dieu j'avais assez payé comme ça. C'est ça que je me disais.

Elle me regardait toujours. Il a bien fallu dire quelque chose.

« Oh ? » j'ai dit finalement, espérant qu'elle en resterait là, tout en sachant qu'elle n'en ferait rien.

« Quand je t'ai dit qu'Ari... qu'Aristote et moi on faisait que causer. »

J'ai rien dit. J'espérais que son vieux allait se remettre à cogner contre le mur. N'importe quoi.

« On faisait pas que causer. On couchait ensemble, dans le temps. »

Je me suis rétabli sur mon cul et j'ai commencé à ficeler mes jambes.

« J'étais au courant », j'ai fait. « T'inquiète pas. »

« Je m'inquiète pas. Je voulais seulement que tu saches ce qu'il en est. »

« Bon. »

« On était ensemble dans le temps, et il m'a toujours dit que si jamais on me fichait dehors de chez moi je pouvais toujours venir vivre avec lui. Sur son bateau à éponges. »

« T'aimerais pas beaucoup ça, habiter sur un bateau à éponges », j'ai dit. « Un putain de Grec c'est encore pire que rien. »

« Faut bien que j'habite quelque part. »

« C'est ça. Et moi faut que je sois dans le sous-sol de l'église des Premiers baptistes. Al va faire la gueule. C'est organisé par la Ligue des Femmes pour le Suffrage et c'est payé quatre cents dollars. »

« Tu t'en branles, hein ? »

« Tu parles si je m'en branle. Quatre cents dollars c'est... »

« C'est pas ce que je voulais dire », elle a fait.

Ça je le savais bien. Et tout d'un coup je me sentais plus le cœur à mégoter et essayer de me défiler. Je savais ce qui m'était demandé et je savais que je paierais s'il le fallait.

« Écoute », j'ai dit, « t'auras pas besoin de vivre sur un putain de bateau à éponges. »

Son visage s'est éclairé. Elle avait l'air très jeune. « Non ? » elle a fait.

« Pas si tu veux pas », j'ai dit.

« Je veux pas. »

Quand on est sortis de la chambre, sa mère et son père étaient assis près de la fenêtre, à attendre. Sa mère était penchée sur ses gants de cuisine, ces machins matelassés pour pas se brûler les mains sur les casseroles. Le soleil était parti. Son père portait une salopette bleue et des bottes. J'ai jamais su où il bossait, mais de toute façon ça devait être dur. Sa figure était creusée et déformée par les intempéries, et ses grosses mains lourdes restaient à moitié fermées tout le temps. Il avait la même peau grise que sa femme, et, comme elle, il avait l'air d'avoir quelque chose qui lui faisait mal quelque part profond dans la carcasse, comme peut-être un intestin grêle qui faisait des nœuds. Ils me déprimaient, la vache, c'est rien de le dire. Je m'étais toujours démerdé pour éviter de faire leur connaissance en fichant le camp de là dès que j'avais fini de tringler Hester. Et puis, c'est facile de pas regarder personne quand on marche sur les mains, et comme ils peuvent pas causer, si je les regarde pas je les entends pas non plus. Mais aujourd'hui c'était différent. J'ai jeté un œil dans leur direction et vu que le vieux tenait une sorte de branche toute noueuse qu'il avait sculptée en canne. Je me suis fendu d'un sourire, d'un salut, et j'allais partir. Et là j'ai entendu la canne frapper le sol deux fois — très fort. Je me suis arrêté et je l'ai regardé.

« Voudriez-vous un peu de thé ? » il a demandé.

« Je t'ai déjà dit non », Hester a fait.

Le vieux me regardait toujours. La canne avait une sale allure, mais je savais qu'ils avaient tous une canne pour pouvoir s'envoyer des messages à chaque bout de la maison. J'avais jamais vu celle du vieux, mais j'avais vu celle d'Hester et elle m'avait tout expliqué. Enfin bon, il restait là à me regarder et il me faisait mal au sein. Je me suis posé sur la carpette pour pouvoir causer.

« C'est gentil à vous de demander », j'ai dit, « mais j'ai pas le temps. Faut que j'aille faire mes équilibres. »

« Équilibres ? »

« Pour les boy-scouts », j'ai fait, « dans le sous-sol de l'église des Premiers baptistes. »

« Comme ça t'as un petit numéro ? » il a demandé.

« Bon Dieu, papa », Hester a fait, « comme si ça te regardait. »

« Tu lui as jamais dit, pour mon numéro ? »

Hester a pas répondu. Elle roulait les yeux au plafond, les joues gonflées.

« Je trouve ça épatant, que t'aies un numéro comme ça », il a fait le vieux.

« Merci », j'ai dit.

La mère d'Hester a dit, très lentement, comme si elle parlait pas très bien : « Moi aussi je trouve ça épatant. »

« Merci », j'ai dit.

J'ai vu qu'elle avait de l'arthrite et que c'était pour ça qu'elle parlait pas beaucoup. Je m'en voulais. Depuis le temps que je m'envoyais Hester, je m'étais délibérément bien gardé de leur parler parce que rien que de les voir ils me collaient le bourdon. On aurait dit deux macchabées assis là. Le monde est quand même bien merdeux, et des fois c'est difficile de pas l'avoir amère.

« Ça me ferait plaisir d'en savoir plus », il a fait.

« Il aime pas en parler », a répliqué Hester.

« C'est pas ça », j'ai dit, « mais là maintenant j'ai vraiment pas le temps. Honnêtement. » J'ai montré ma Timex. « Les scouts sont en train de poireauter. »

Je me suis mis sur les mains et j'étais déjà près de la porte quand il a cogné avec sa canne encore une fois. Je me suis retourné pour l'entendre dire : « Bonne chance pour ce soir. » J'ai dû me mettre en équilibre sur une main pour le remercier.

Une fois dans la Volvo, j'ai fait : « Bon Dieu, Hester, il m'a pas paru être le genre à te foutre le cul dehors. »

« C'est compliqué. »

« Il a l'air d'être un bon vieux. »

« J'ai jamais dit qu'il était pas un bon vieux. »

« Pourquoi tu lui as jamais parlé de mon numéro ? »

« Bordel, pourquoi j'aurais fait un truc pareil ? C'est jamais venu sur le tapis, c'est tout. On cause pas des masses. »

« Ramener quelqu'un comme moi à la maison ça doit pourtant faire causer. Merde, je sais de quoi j'ai l'air. »

« On est pas très unis, comme famille. Le vieux il préfère son morse et sa canne, et la vieille les doigts lui font mal. »

« D'accord », j'ai fait, « mais j'ai quand même eu l'impression qu'ils tenaient à toi. »

« Marvin Molar, qu'a pas son pareil pour lire dans les pensées. » Elle se servait de sa bouche pour parler, et elle en avait gros sur la patate. « Comment tu peux savoir s'ils m'aiment ou non ? »

« Je parlais de la façon qu'ils avaient de te regarder », j'ai fait. « Ça se voit rien qu'à leur air. »

« Les choses sont pas toujours comme elles en ont l'air. » Là-dessus elle a planté la Volvo à un feu rouge avec un grand coup de frein. « T'essaierais pas de te défiler, des fois ? T'as pas dans l'idée de reprendre ce que t'as dit, comme quoi j'aurais jamais à habiter sur le bateau à éponges ? »

C'était exactement ce que j'avais dans l'idée mais je savais que ça servirait à rien d'en convenir.

« Ça m'est jamais venu à l'esprit », j'ai dit. « Mais une chose qu'il faut que tu comprennes, c'est Al Molarski qui fait la loi au Fireman's Gym. »

« Est-ce qu'il t'a seulement dit que tu pouvais pas avoir de femme là-bas ? »

« Jamais pensé à lui demander. Toujours su que je pouvais pas ramener de bonne femme habiter à la maison, je suppose. Bordel de merde, Hester, on peut pas avoir une bonne femme dans un gymnase pour hommes — habiter avec trois mecs, en plus ! »

« T'as dit qu'y en avait deux qu'étaient sonnés. »

« Putain, ils sont sonnés tous les trois, mais ils ont quand même des bites. »

« J'ai déjà vu des bites », elle a fait. « Les bites c'est pas ça qui m'effraie. » Elle s'est garée le long du trottoir. « De quel côté on rentre, dans cette église ? »

« Ça ira, tu peux me laisser là. Et ta remarque sur

toutes les bites que t'as vues dans la vie elle était plutôt merdique. »

« J'ai tenu plus de roustons dans ma main que Willie Mays a jamais lancé de balles de base-ball », elle a fait en prenant bien soin de paraître désinvolte.

« Hester. T'es terrible. »

« Terrible c'est le mot. Terriblement bonne, tu ferais bien de pas l'oublier. »

L'église était un de ces bastions à baptistes, un énorme tas de granite qui couvrait tout un pâté de maisons avec une dizaine de clochers, des vitraux et un panneau d'affichage noir par-devant, couvert de chouettes devises et du menu de la semaine. La chouette devise cette semaine c'était : ENTREZ ET FAITES-VOUS REFAIRE LA FOI [1] ; ce que je trouvais proprement horrible comme jeu de mots. Je crois que ça leur vient des mauvaises lectures qu'ils ont. De lire tous les Wallace de ce bas monde : Wallace Irving, Irving Wallace, Wallace Wallace. En dessous du truc sur le ravalement de la foi il y avait marqué ce que le pasteur ferait comme sermon le dimanche suivant, un truc intitulé « Une leçon d'amour », et encore en dessous la moyenne d'affluence ces derniers temps. Si Dieu dégueulait pas après ça, il était pas dégoûté.

Je me suis mis sur une main et j'ai dit : « Je suis déjà venu ici une fois, quand c'était payé par la

1. Jeu de mots sur *face-lift* et *faith-lift*. *(Toutes les notes sont du traducteur.)*

concession Ford. Ça te plaira. Ils sont comme nous. »

« Comme nous ? » elle a fait.

« Une section spéciale de louveteaux sourds-muets. »

« Parle pour toi. »

« C'est vrai », j'ai dit. « J'oublie toujours, toi t'as pas été oubliée le jour de la distribution. »

« T'oublies beaucoup de choses aujourd'hui. »

« C'est censé vouloir dire quoi ? »

« Rien », elle a dit.

Le sous-sol était derrière une énorme haie taillée pour ressembler à une croix. Le perron en granite était inondé de lumière jaune par en haut, et dans la lumière jaune se tenaient deux grosses bonnes femmes et cinq petits garçons en train de se coller des gnons tout en parlant avec les mains. Ils sont descendus nous accueillir.

La plus grosse des bonnes femmes a levé la main comme un faux sachem d'Hollywood et s'est mise à épeler péniblement comme une idiote : « Nous sommes si... »

« Je peux causer », Hester a fait.

« Oh, vous pouvez ? » a dit l'autre vieille doche.

Elle avait l'air déçue. Les deux m'examinaient à présent.

« Et ce doit être lui, le célèbre M. Molar. »

Je suis passé sur une main et j'ai dit : « Dis-lui de m'appeler Marvin Molar. Dis-lui que c'est mon nom de scène. »

Hester leur a dit.

« Ça par exemple, il peut même le faire sur une main. »

« Madame », a dit Hester, « Marvin Molar peut le faire de façon dont vous avez même pas idée. »

Les deux femmes sont restées à fixer Hester sans comprendre. Les cinq petits louveteaux avaient cessé de s'envoyer des pains et se tenaient tranquilles derrière le dos large des bonnes femmes, me demandant avec leurs mains des trucs comme « Dis, comment tu fais pour chier ? » ou « Ça t'arrive de péter à la gueule des gens ? » Ils me paraissaient être normaux comme morpions, ce qui veut dire qu'ils me fichaient une trouille bleue. Les morpions c'est capable de vous lapider, de vous lyncher, de lâcher les chiens sur vous. Ça a toujours été mon expérience avec les enfants, dont je vous parlerai dans une minute.

J'ai levé les yeux sur eux et je leur ai dit : « Vos mères se sont toutes fait emmancher par des boucs. C'est pour ça que vous êtes pas foutus d'entendre ni parler comme tout le monde. »

Ça les a calmés un peu. Ils ont reculé d'une marche tous en groupe sans cesser de me regarder.

« ... et c'est Mme Alice Chalmers. » La plus grosse des bonnes femmes, qui avait l'air plus ou moins de commander, se présentait, elle et sa copine. Hester leur a dit que son nom c'était Hester.

« Je crois que nous ferions mieux... », disait une des bonnes femmes, mais là j'ai pas bien suivi parce qu'il commençait à faire sombre et je voyais pas bien sa bouche.

Une fois à l'intérieur on a trouvé un chef scout maigre comme un clou occupé à essayer d'intéresser quinze louveteaux à faire des nœuds avec des bouts de corde. Au lieu de ça ils essayaient de se ligoter les uns les autres, et le chef scout, qui ne pouvait pas avoir leur attention parce qu'ils ne le regardaient pas, restait piqué devant eux, la figure pâle et moite de sueur, à faire comme s'il contrôlait la situation et que tout marchait comme c'était supposé. Je me souvenais de lui de la dernière fois que j'avais fait mon numéro ici. Il avait la figure lisse comme une fille, et ses mains étaient pleines de tics et de panique. La dernière fois il avait insisté pour me mesurer avec un ruban-mètre pour les scouts. *« Juste pour se rendre compte en chiffres »*, comme il disait. Et je l'avais laissé faire. Les mioches naturellement s'en tamponnaient le coquillard, mais lui ça avait l'air de lui plaire. La seule manière d'intéresser les scouts aurait été de les laisser me pendre avec le ruban-mètre. Non, je vous jure, me parlez surtout pas des gniards. Je sais tout ce qu'il faut savoir sur les gniards.

Le chef scout nous a aperçus — ou plutôt m'a aperçu — et en a laissé tomber sa corde. Il s'est précipité et s'est penché pour me regarder en face. Pour un peu il m'aurait fait perdre l'équilibre.

« ... si contents », qu'il disait comme ça. « Nous sommes si contents et honorés. »

Les louveteaux étaient tous assis sur des chaises

pliantes en métal. Il y avait un podium en face des chaises et derrière le podium une sorte d'estrade basse, probablement guère plus haute que cinquante centimètres, avec des rideaux de chaque côté. Hester et moi on est restés assis sur une chaise pendant que les bonnes femmes et M. Robert — le chef scout dont le nom m'avait échappé jusqu'à ce que je voie une des bonnes femmes l'annoncer — me présentaient. Enfin, ils m'ont pas tant présenté moi que leur propre notion de ce que travailler dur à la tâche peut vous apporter, si seulement vous vous appliquiez un peu. Les gniards, comme toujours, avaient l'air de s'en branler comme de l'an deux mille et passaient leur temps à essayer de se ligoter aux chaises avec leurs bouts de corde. Parce que les gniards étaient trop jeunes pour bien se défendre à lire les lèvres, ou simplement parce qu'ils prêtaient pas attention, ou pour une autre raison que j'ignore, c'est la plus grosse qui m'a présenté d'abord — en remuant les lèvres au ralenti de façon exagérée comme si elle s'adressait à des crétins — et ensuite M. Robert a répété ce qu'elle disait avec les mains.

« Il y en a parmi nous de moins fortunés que d'autres, mais ceux parmi nous qui ne sont pas aussi fortunés doivent se souvenir que fortuné ça n'est pas tout dans la vie, et réaliser que la seule différence entre fortune et infortune c'est le *in*, et qu'on ne doit pas trop se laisser démonter par *in*. »

Là elle s'est arrêtée, les mains croisées entre ses massifs nibards, et elle a attendu que celles de

M. Robert, bourrées de tics, essaient de traduire péniblement ce qu'elle venait de dire aux enfants qui de toute façon ne regardaient pas. Une fois qu'il a fait de son mieux, elle a dit aux enfants que chacun de nous avait quelque chose qui clochait, et que le travail, la persévérance et la foi en Dieu Tout-Puissant transformeraient quelque chose qui cloche en quelque chose qui marche.

Maintenant, on pourrait croire que j'étais là sur ma chaise surpris ou en colère contre ces conneries que servait la grosse bonne femme, mais c'était pas le cas. J'étais habitué à ce genre de comportement. J'ai appris depuis belle lurette que pour les connards je suis un prétexte vivant pour parler de la chance qu'on a d'être né avec un trou dans le palais, sans jambes. Et si c'est pas merveilleux en plus de ça de perdre l'ouïe accidentellement en s'enfonçant le crâne dans le putain de carrelage.

À côté de moi, Hester a levé la main pour dire : « Quelle drôle de bonne femme. Elles sont drôles toutes les deux, ces dames. »

J'ai dit : « Rien que du tout-venant, rien que tes normales dames patronnesses américaines, bonnes chrétiennes des États-Unis, en train de répandre la bonne parole en cette soirée dominicale. »

Finalement les deux bonnes femmes et M. Robert se sont tournés vers moi avec un grand sourire en applaudissant tout ce qu'ils savaient. Les enfants continuaient à s'amuser sur les sièges avec leurs bouts de corde. Pas un qui ait applaudi, même quand les bonnes femmes ont essayé de les y inciter, mais dès que j'ai quitté ma chaise sur les mains ils se sont installés dans un silence hostile tout en remisant leurs cordes sous leurs sièges. Je savais ce que c'était. C'était la nouvelle qui s'était répandue parmi eux que j'avais dit que leurs mères se laissaient enfiler par des boucs. Rien que ça ça les incitait au respect. Ils sont comme ça, les gniards.

Je suis tout de suite passé aux choses sérieuses au lieu de bâtir un crescendo. Avec les enfants faut chier ou descendre du pot. C'est ça ou ils vous jettent des trucs. Je me suis mis sur le dos, j'ai fait le pont en arrière et suis resté en équilibre sur la tête, sans les mains. Ça c'est un tour sensationnel, de la poudre aux yeux. Tout ce que ça demande c'est un parfait sens de l'équilibre. Les louveteaux ont pas applaudi, mais ils se tenaient déjà plus droits sur leurs chaises, et sur le rebord. Leurs visages étaient dans la lumière, à l'envers et sauvages, ils étaient tous penchés sur leurs chaises en métal. J'ai jeté un œil à Hester. Elle avait l'air de s'emmerder. (Faut dire, elle m'avait vu faire tout ça des douzaines de fois.) M. Robert, qui avait récupéré son bout de corde et l'avait donné en pâture à ses mains pour tordre et triturer sur ses genoux, regardait les enfants et on pouvait voir qu'il était content parce qu'il avait enfin quelque chose (mézigue) pour amuser ces petits amours.

J'avais eu une enfance sans enfants. Al m'avait trouvé un prof sourd-muet qui était aussi un allumé de la fonte et s'entraînait au Fireman's Gym, alors il se passait des fois des mois entiers sans que je voie un autre enfant. Le prof me faisait bosser trois heures par jour et en retour Al lui donnait tous les suppléments diététiques Hoffman qu'il pouvait s'enfiler, toutes les protéines et les vitamines qu'il voulait ; il le laissait aussi s'exercer dans la salle à l'œil, et en plus Al disait au négro de donner un massage gratos au prof tous les mercredis et samedis.

Et puis il y a onze ans de ça, j'avais soit cinq ou six ou sept ans, Al s'est rompu quelque chose près des roustons et il a fallu qu'il aille à l'hosto. Il voulait pas me laisser avec Pete, qui était aussi sonné à l'époque qu'il l'est aujourd'hui, alors quand un des haltérophiles — pas le prof, parce que lui il était célibataire, mauvais comme la gale et il détestait les mômes de toute manière — lui a proposé de me prendre chez lui pour quatre jours rapport à ce qu'il avait une famille nombreuse, six enfants énormes, dont deux filles, Al l'a remercié et m'a expédié pour quatre jours qui ont bien failli me foutre en l'air pour la vie et dont je ne me suis jamais remis. Je sentais ces quatre jours me presser l'arrière du crâne rien qu'à voir ces saloperies de louveteaux à l'envers que rien n'aurait satisfait, sinon qu'on les laisse m'emmener dans l'arrière-salle pour me torturer. Sauf qu'ils auraient pas appelé ça torturer, ils auraient appelé ça faire joujou.

La fois où Al a eu son hernie, le fou de la fonte qui m'a ramené chez lui était, comme on dit, normal ; avec des enfants normaux, soi-disant. Je veux dire par là qu'ils avaient tout ce qui leur revenait, langues, tympans, jambes et tout ça. C'est le tout ça qui m'a presque achevé.

Parce que voyez-vous, ils pouvaient parler, et moi pas. Et leur papa savait pas lire les lèvres ni les mains ni rien. Vous vous doutez bien de ce qui a pu arriver. Vous savez ce qui est arrivé. Pas besoin de vous faire un dessin. Ils ont fait joujou avec moi.

« Qu'est-ce qu'il est en train d'essayer de dire, ce petit bout de chou ? » demandait leur paternel, un jour que j'avais réussi à remonter tout le couloir sur le ventre pour arriver dans le séjour. « P'tit bout de chou, qu'est-ce qu'y veut dire comme ça ? »

« Veut jouer encore un peu », disait une des deux fillettes en arrivant sur moi, par-derrière. Elles avaient toutes les deux des gros poignets et des têtes en obus.

Oubliez pas, je pouvais entendre, à l'époque. Je pouvais pas causer parce que j'ai toujours eu le trou dans le palais. Mais dans ce temps-là j'avais pas encore piqué du nez entre les deux chaises et perdu l'ouïe. Alors j'ai fait ce que tout le monde aurait fait, j'ai levé les yeux jusqu'au paternel de la petite fille en secouant la tête et très lentement j'ai essayé de lui expliquer avec mes mains que ses enfants étaient en train de me tuer.

« Il secoue la tête ce petit bout de chou. » Et là le père appelait sa femme dans une autre pièce. « Regarde ce petit bout de chou secouer la tête. »

« Qu'est-ce qu'y veut ? » demandait sa femme.

« J'en sais rien », disait le père.

« Il veut faire joujou dans l'arrière-salle », disait l'horrible fille.

« C'est vrai, c'est ce qu'y veut », faisait l'aîné des garçons, et aussi le plus méchant, qui venait juste de sortir de la chambre de tortures pour se joindre à sa sœur.

Et là-dessus ils m'attrapaient par les jambes, qui à l'époque étaient comme deux ficelles, et me traînaient dans l'arrière-salle. Les quatre autres gosses m'attendaient là-dedans. J'avais les avant-bras qui faisaient déjà trente-cinq centimètres de circonférence, mais ils étaient quand même six et tout ce que je pouvais faire c'était attendre sur le dos, voir ce qu'ils allaient trouver à me faire.

« Le laissez pas se débiner cette fois-ci », disait une des filles.

« Avec cette moquette à poils longs, il se carapate plus vite qu'on penserait. »

« Là où j'en reviens pas », disait le plus petit des gamins, « c'est que tu peux lui enfoncer des épingles, et il peut même pas coinquer. »

« On va bien s'amuser avec ce petit bout de cul », disait une des filles. « Déshabille-le. »

Et ainsi de suite. Et tout ce que je pouvais faire c'était essayer de dire à leur père qu'ils étaient en train de me tuer. À table, ou quand il venait nous dire bonne nuit (pour moi les nuits étaient pires que les journées), je secouais la tête et faisais de mon mieux pour lui épeler quelque chose avec mes doigts qu'il pourrait comprendre. Et lui disait à ses enfants : « Ce soir quand vous éteindrez, remerciez

Dieu, mettez-vous à genoux et remerciez Dieu de vous avoir faits normaux. »

Quand ils éteignaient la lumière, ils essayaient de m'achever.

Les scouts se sont finalement mis à applaudir et à frapper du poing contre leurs chaises pliantes. Moi quand on me paye un dollar j'en donne pour un dollar. Deux choses qu'il faut bien comprendre avec moi : je suis pas amer et je triche pas. Si on me paye pour distraire un public, putain je vais le distraire même si je dois m'en faire péter les tripes. Je suis toujours prêt à risquer quelque chose s'il le faut. Je veux dire par là un risque réel que le public sait ne pas faire partie du numéro.

J'étais en équilibre sur une main tout en haut de la hampe à drapeau. C'est ce qui les avait fait applaudir, les gniards, et cogner sur leurs chaises. Le mât était un de ces machins portables de deux mètres cinquante environ avec un petit socle rond qu'on pouvait poser où on voulait. La base était bancale, pourtant, et le mât lui-même était trop frêle pour supporter quarante kilos. Après tout, il avait pas été fait pour supporter quelque chose de plus lourd que le drapeau. Maintenant le mât m'avait moi et le drapeau flottant au bout, et il oscillait et se balançait sur le socle bancal pendant que je m'agrippais tant que je pouvais à la tête de l'aigle en métal qui formait une sorte de capuchon au-dessus du drapeau.

J'étais toujours sur une main quand j'ai remarqué les bonnes femmes qui causaient de moi. Je peux pas lire sur les lèvres à l'envers, mais je saisis un mot de temps en temps, spécialement si ce mot c'est mon nom. Je voyais les mots *Marvin Molar* prendre forme dans le double menton de la bonne femme pour le suffrage, et tout de suite après j'ai vu sa langue toute courte et rose de bave sortir lécher là où les mots étaient auparavant, et comme par magie — comme si les mots s'étaient envolés dans l'espace entre leurs tronches et s'étaient fichés là — *Marvin Molar* est apparu sur le menton de sa copine. Je me suis descendu de mon équilibre sur une main et j'ai maintenu mon corps parallèle au sol — hanche sur le coude — histoire de voir ce qu'elles disaient. J'avais trouvé le point faible du mât et je le courbais délibérément, presque au point de le casser. Les louveteaux ça les rendait dingues, mais M. Robert avait l'air soucieux. À mon avis il devait se dire que c'était pas très patriote de faire des équilibres sur le drapeau.

« Y a pas, il est grimpé là-dessus comme un singe », elle disait.

Ah, oui, la vioque, y a pas. J'aimerais un jour te percher là-haut, ton gros cul en l'air et un plongeon de deux mètres cinquante sur le ciment en perspective.

« Mais *c'est* un singe », disait l'autre. « Il a du sang de singe. »

J'ai le cul violet comme un babouin. Je m'assois sur deux pointes de mon fessier de la taille d'une pièce de monnaie. Tout ce qu'il faut c'est un sens parfait de l'équilibre.

« Tu crois qu'il peut le faire ? » une des bonnes femmes demandait.

Sa copine m'a regardé et a dit : « Mon Dieu ! Mon Dieu ! »

« Je te crois, qu'il peut le faire. »

« Tu veux dire, la fille ? »

« Évidemment la fille. »

« Pour sûr que c'est pas sa sœur. »

« Oh, je te crois qu'il peut le faire. Pas de doute là-dessus. J'avais un beau-frère qui s'est fichu en l'air en voiture et s'est retrouvé paralysé des deux jambes, eh bien, il pouvait le faire. »

« Je m'étais toujours demandé. »

Elles sont restées tranquilles un moment, et puis comme si elles s'étaient donné le signal elles se sont tournées vers Hester. Hester a posé son regard mort d'ennui sur elles. Elles se sont fendues d'un sourire. Il y en a même une qui a fait un clin d'œil. Hester a pas souri. Les deux bonnes femmes se sont retournées vers moi, en disant : « Mon Dieu, tu parles d'un monstre ! »

« Je me demande bien ce qu'une fille normale comme elle peut bien fabriquer avec cet être-là ? »

J'ai fait tomber le drapeau. Ça faisait un moment que je faisais balancer le mât de plus en plus loin, en le ramenant au dernier moment, mais finalement je l'ai plus contrôlé et il s'est barré trop loin

— tout ça comme au ralenti — alors comme je pouvais plus le ramener il a bien fallu le lâcher et tomber avec. La seule raison qui me retenait de le laisser tomber c'était le putain de drapeau national qui pendait au bout, parce que je savais que les scouts et tout le monde feraient la gueule si Old Glory servait de serpillière par terre. J'ai déjà sauté de mâts bien plus hauts que ça, en faisant croire à un accident pour que le public en chie dans son froc, et puis au dernier moment je me recevais en équilibre sur les mains. Mais cette fois-ci c'était un accident parce que j'avais laissé dériver mon attention. C'était pas comme si j'avais été en train de faire quelque chose de difficile, mais la question de la bonne femme : « Je me demande bien ce qu'une fille normale comme elle peut bien fabriquer avec cet être-là ? » m'avait pénétré le crâne comme une punaise.

Je me suis lâché du mât à mi-course, me suis reçu par terre en double roulé-boulé, j'ai enchaîné par un équilibre sur les mains et le mât est venu se loger dans la raie de mes fesses. J'avais sauvé le drapeau national et tout le monde dans la salle était debout à applaudir. Tous sauf Hester. Alors qu'ils étaient tous à battre des mains tout ce qu'ils savaient, c'est tout juste si Hester mettait pas sa main devant sa bouche.

C'était la question de la bonne femme au sujet d'Hester qui m'avait fait perdre contrôle du mât. Le fait est que je savais pas ce qu'Hester faisait avec moi. Pas vraiment. C'est vrai que je suis spécial. Je veux dire par là que si vous êtes avec moi, personne d'autre va tenir la rampe. Tout le monde va vous regarder. Si vous êtes avec moi, vous devenez spécial aussi. Mais pour la plupart des femmes c'était pas suffisant. Si ça l'avait été, j'aurais pas eu tant de mal à soulever les petits lots que je voulais. Alors comme j'ai dit, je savais pas au juste ce qu'Hester fichait avec moi, et j'avais pas essayé de comprendre non plus, parce que dans mon expérience c'est préférable de pas trop se poser de questions sur ces choses-là, ou alors ça se gâte pour vous et vous finissez par payer le prix.

Mais là-haut perché sur le mât, j'avais su tout d'un coup ce que je fichais avec Hester. Pas ce qu'elle fichait avec moi — ce que je fichais avec elle. C'est comme si j'avais eu la réponse derrière la tête qui essayait de sortir depuis des semaines. Dans sa chambre, deux heures plus tôt, ce qui s'était passé c'est que je m'en ressentais plus d'essayer de me défiler, éviter de payer le prix. Je m'étais rendu compte que ce qu'on me demanderait de payer j'allais le payer si je pouvais pas faire autrement. Maintenant je savais que j'allais pas pouvoir faire autrement. Et j'allais devoir le faire à cause de la malédiction du gitan. *¡Que encuentres un coño a tu medida !* Je peux encore l'épeler par signes, et pourtant je suis pas métèque et l'ai jamais été. *Puisses-tu trouver un con à ta taille*, qu'il disait Fernando quand on jouait au bras de fer et que je lui aplatissais le poignet contre la table. *Puisses-tu trouver un con à ta taille !*

Jésus, pour m'en trouver un, je m'en étais trouvé un.

J'ai écourté mon numéro et suis resté au milieu d'une petite flaque de sueur au pied du podium. À travers le ciment sous ma tête je pouvais sentir les louveteaux couiner de délice et tambouriner contre les chaises.

4

On était dans la voiture sous un réverbère de la rue déserte sur le côté du Fireman's Gym. Hester s'est baissée un peu sur le siège pour regarder la porte sans lumière qui menait à l'escalier.

« Alors c'est ça ? » elle a fait.

Elle savait bien que c'était ça, merde. On s'était arrêtés sous le même réverbère des douzaines de fois, à se bécoter et se tripatouiller jusqu'à ce qu'elle mouille et que j'en chique le tissu des sièges. Et à chaque fois elle était restée là à faire vrombir le moteur de la Volvo, jusqu'à ce que je disparaisse derrière la porte. Mais je savais ce qui se tramait. J'avais beau pas le vouloir, je savais ce qui se tramait.

« Je rentre pas », elle a fait en se penchant dans la lumière qui passait par le pare-brise pour qu'on puisse causer.

J'ai avancé mes mains dans la lumière et j'ai regardé les ombres qu'elles faisaient en disant : « Je sais. »

C'est la première chose qu'elle m'avait dite en sortant du sous-sol de l'église.

« Où tu vas aller ? » j'avais demandé.

Là elle m'avait regardé un long moment. « Tu sais bien où. »

Voyez, pas moyen d'en sortir quand on commence. Je voulais pas discuter de ça, mais je voyais pas comment faire autrement.

Alors j'ai dit : « Sur le bateau à éponges ? »

« Si c'est ça que tu veux », elle a dit.

« C'est pas ce que je veux. »

« Alors tu sais où », elle a fait, et là-dessus elle avait fait hurler la Volvo et on avait traversé le patelin à toute blinde, tout ça pour terminer sous le réverbère et rester là près d'une heure à regarder l'entrée obscure qui menait à l'escalier du Fireman's Gym.

J'ai avancé ma main dans la lumière et j'ai fait : *« Que encuentres un coño a tu medida. »*

« Hein ? »

J'ai répété la même phrase.

« J'y comprends rien », elle a dit.

« Ça s'appelle la malédiction du gitan. »

« Dis-le encore. »

Je l'ai refait, ajoutant : « C'est de l'espagnol. »

« Savais pas que tu parlais espagnol. »

« J'y connais rien », j'ai fait, « mais ça je le sais parce que je l'ai chopé. J'ai la malédiction du gitan. C'est pour ça que je peux le dire. »

« Putain, tu l'as attrapée ? C'est comme une maladie alors ? »

« On peut dire ça. Mais c'est pas contagieux. Tu peux pas l'attraper. »

« Dieu de Dieu », elle a fait. « Ces Espingouins quand même. Sont capables de te refiler les pires saloperies. Je m'en faisais un dans le temps qui venait d'Ybor City. »

« J'aimerais bien que tu parles pas de trucs comme ça », j'ai dit. « Et puis d'abord, c'est pas un métèque qui me l'a collé. »

« Dis donc, tu te sens comme y faut ? T'as un air, ça a pas l'air d'aller du tout. »

Je me sentais pas dans mon assiette, et je me suis pas privé de le lui dire.

« C'est cette bonne femme, là-bas », elle a dit. « Je sais pas ce qui lui a pris. Peut-être qu'elle a pas apprécié le coup du drapeau dans la raie du cul. Ou alors c'était moi. J'ai pas été très aimable. »

« Peut-être. »

Hester s'était ramenée juste à temps pour entendre la bonne femme dire : *« Freak ! Sale petit freak ! »*

Une fois les louveteaux calmés et ma respiration redevenue normale, les deux dames patronnesses étaient venues vers moi pour me parler. Hester était de l'autre côté du podium à parler avec M. Robert.

« Extraordinaire », disait la plus grosse. « Tout bonnement extraordinaire. »

Je reposais sur mon cul derrière le podium et elles étaient de chaque côté de moi à me regarder de haut. Je hochais du bonnet.

« Captivée », disait l'autre. « J'étais absolument captivée. »

Encore un hochement. Et je l'aurais sûrement pas fait, si seulement elles avaient pu fermer leur gueule et me laisser tranquille. J'avais rien à gagner en le faisant. Et je suis pas du genre amer, d'habitude.

« Vous êtes un artiste, un véritable artiste. »

Il en fallait pas plus. Je *suis* un artiste. Mais fallait pas être très finaud pour voir qu'elle le pensait pas du tout. Et je suis pas un attardé.

J'ai levé la main et j'ai signé très lentement : « M...e...r...c...i. »

« Regarde ! » une des bonnes femmes a fait à l'autre. « Il nous parle. Il... »

« Épelle-le ! Épelle-le ! » a crié l'autre.

Elles se sont mises à épeler les lettres comme elles se formaient sur ma main. J'ai dû répéter le r deux fois et le i quatre fois. Ça leur a fait tellement plaisir qu'elles en étaient toutes rouges.

« Oh, je vous en prie », a fait la grosse, « y'a pas de quoi. »

Maintenant, faut bien vous figurer, elle s'esquintait la bouche sur les mots un par un, on aurait cru qu'elle crachait des galets. Depuis que mon numéro était terminé qu'elles me parlaient comme ça. Tu parles si elles me prenaient pour un artiste. Elles pensaient même pas que j'avais toute ma tête à moi. Elles me prenaient pour un demeuré.

La plus mince, celle qui dépassait pas quatre-vingt-quinze kilos, s'est baissée sur moi presque à me toucher et m'a fait : « Dès qu'on a su que vous alliez venir on s'est procuré un petit manuel pour apprendre à parler avec les mains. On s'est exercées dur, pas vrai, Mildred ? C'est moi qui peux le faire le plus vite. » Elle a fait sa bouche en cul de poule et son front s'est noué d'un air sérieux. « Tenez, regardez. »

Elle a levé sa main lisse, et ses gros doigts potelés ont fait : « Il brout somp par akk, ikkto le devant et. »

J'ai hoché la tête en souriant. Ensuite j'ai remué mon doigt levé.

« Il va dire quelque chose d'autre », a fait la grosse. « Il va parler ! »

Mais avant que j'aie pu commencer, l'autre s'est penchée et a dit : « Je savais que ça aiderait d'avoir le manuel et d'apprendre votre langue... *Laan guuue.* Quand Frank, Frank c'est mon mari, quand Frank et moi voyageons, nous nous sommes aperçus que les autochtones nous aiment mieux si on fait l'effort d'apprendre leur *laaan guue.* »

Putain, je me disais, je vais peut-être devoir les trucider. Moins que ça ça serait pas suffisant. Mais au lieu de ça j'ai levé la main. Elles se sont tassées dans leurs corsets, accroupies au-dessus de moi pour être plus près de mes doigts. J'ai fait les mots très très lentement et j'ai pas eu besoin de répéter plus de sept lettres.

« J...e...s...u...i...s...t...o...u...t...à...f...a...i...t...c...a... p...a...b...l...e...d...e...v...o...u...s...r...a...m...o...n...e...r... v...o...t...r...e...g...r...o...s...c...u...l. »

Elles sont restées comme ça à croupetons devant mes doigts, sans expression. Elles avaient du blanc autour du nez et je pouvais presque les entendre penser. Elles avaient épelé toute la phrase, mot à mot, jusqu'au bout, et n'avaient cessé de sourire jusqu'à ce qu'elles arrivent aux deux pauses juste avant la dernière lettre. Alors là leur sourire s'est effondré et elles sont restées accroupies à se demander : C'est nous ? Est-ce qu'il a vraiment ? Pour moi c'était du petit-lait. C'était mieux que de les trucider.

C'est à ce moment-là qu'Hester s'est ramenée et a entendu la plus grosse, toujours à croupetons devant ma main, qui était levée comme une page blanche, dire : *« Freak ! Sale petit freak ! »*

« On pourrait rester ici toute la nuit », a fait Hester.

Elle s'est penchée pour regarder encore l'entrée du Gym.

« Toi peut-être », j'ai dit. « Je suis mort. Je veux aller me coucher. »

Elle m'a saisi la pine avec sa main.

« Moi aussi je veux aller me coucher. »

« Si seulement tu voulais être raisonnable. »

Elle a retiré sa main. « Sûr, je vais être raisonnable. Si c'est ça que tu veux, c'est ça que tu veux. »

« Bordel, tu veux pas comprendre, hein ? »

« Je comprends, t'inquiète », elle a fait. Elle avait remis sa main dans la lumière pour parler et refusait de me regarder.

« O.K. », j'ai fait.

« Bonne nuit », elle a dit. « Dors bien. » Toujours sans me regarder.

J'ai ouvert la portière et suis descendu sur le trottoir. Je suis allé vers le Gym le plus vite que j'ai pu, en essayant de pas y penser. Mais derrière moi je savais qu'elle faisait tourner fort le moteur de la Volvo. J'ai regardé derrière moi une fois et j'ai vu les petits nuages de fumée bleue sortir du tuyau d'échappement. Je pouvais pas me rendre compte si elle me regardait ou non. Le temps d'arriver à la porte qui donnait sur l'escalier du Fireman's Gym, j'avais la puanteur de l'huile d'olive partout dans le nez. Je pouvais sentir le bateau se dérober sous moi, et sentir sa main, la même main qui m'avait tenu, la lui saisir. Lui, Aristote Parsus.

Bon Dieu, le monde c'est pas rien, des fois. Qu'est-ce qu'y faut pas s'appuyer.

Hester a dû me voir revenir sur le trottoir vers la voiture parce que quand je l'ai atteinte la portière s'est ouverte toute grande. Je me suis assis sur le bord du trottoir sous le réverbère et je l'ai regardée.

« Ça marchera pas », j'ai dit.

Elle m'a souri, en me montrant sa langue. « Quel chou tu fais. T'es un amour. »

« Je vois pas d'autre moyen que de tenter le coup », j'ai dit.

« Hein ? »

« Ils dorment comme des souches. Si tu veux monter avec moi, allons-y. »

Il y avait pas moyen de préparer le terrain. Je savais pas ce que ferait Al. Je croyais savoir ce qu'il dirait. J'aurais voulu avoir essayé de lui en parler avant, mais je l'avais pas fait. Voilà. Autant prendre les choses comme elles venaient.

« T'es sûr que c'est ce que tu veux », elle a dit, déjà descendue de voiture.

« Je suis sûr », j'ai dit. Si c'était le choix entre ça et le bateau à éponges, j'étais sûr.

Elle a fermé la voiture et on a traversé le trottoir ensemble. Toutes les lumières étaient éteintes dans la salle. Al va se coucher tout de suite après la fermeture, c'est-à-dire à dix heures tous les jours sauf le dimanche. La salle ouvre pas le dimanche, alors il peut se coucher aussi tôt qu'il a envie. Généralement autour de six heures et demie. Al dit que le sommeil fait la force. Il aime en prendre dix heures par nuit environ. Et comme pour tout, Leroy et le négro le suivent de près. Il va se coucher, ils vont se coucher. Et ils dorment tous comme des cadors. D'en avoir un coup sur la cafetière ça vous fait dormir comme un cador. Je me suis toujours demandé quels dommages cette Hudson Hornet avait causés à Al en lui écrabouillant la tête. Je pense qu'il en avait pris un sacré coup, pire qu'il croyait. C'est peut-être pour ça aussi qu'il cause comme il cause. Mais peut-être pas.

Une fois dans l'escalier, Hester a posé sa main sur mon cul parce qu'on y voyait pas grand-chose. Je l'ai guidée sur le palier et on est entrés dans la salle. La lumière du réverbère dans la rue faisait se découper les bancs, les haltères et les poulies en noir contre les vitres. À présent elle y voyait, mais elle a gardé sa main sur mon cul quand même. Sa main faisait pas rassurée. Elle s'est arrêtée pour regarder les photos de Al dans leurs cadres, qui paraissaient toutes ternes contre le mur. Ça et les anneaux qui pendaient du plafond obscur comme des nœuds coulants, et finalement au fond de la salle où la porte faisait seulement un rectangle plus foncé sur le mur déjà bien noir. Elle était jamais montée, et j'étais persuadé qu'aucune autre femme était jamais montée ici non plus.

Sa main s'est crispée sur mon cul quand on s'est mis en route vers le fond. Je l'ai guidée jusqu'à mon lit contre le mur du fond de la cuisine. Elle a heurté la table en passant et je l'ai sentie se raidir. Mais elle avait pas à s'en faire, en tout cas pas cette nuit, parce que pour réveiller Al il aurait fallu lui coller un coup de pelle sur la tête, et encore. Demain, ça serait une autre histoire.

D'un coup de fermeture Éclair je me suis extrait de ma combinaison et me suis mis au lit. Je l'entendais se déshabiller. Elle est venue se glisser sous les draps et m'a enveloppé de son corps. Sa belle bouche s'est pressée contre la mienne. Ses mains m'ont trouvé là où il fallait et elle s'y est mis, on aurait dit qu'elle fendait du bois. Mais bientôt elle s'est écartée et m'a pris une main pour la poser contre sa bouche. Je sentais ses lèvres bouger, les mots se former. Mais j'en saisissais aucun. Pas un. Pourtant elle a gardé mes doigts où ils étaient et elle voulait pas les lâcher, et les mots continuaient d'arriver. J'ai levé le bras jusqu'à l'étagère à livres et j'ai trouvé ma lampe de poche. Je l'ai allumée et braquée sur sa bouche. Sa langue me donnait le frisson dans la lumière jaune.

« Vous avez bien des bains de vapeur ici ? » elle disait.

J'ai dirigé la lampe sur ma main. « Oui », j'ai dit.

« Et des tables de massage ? »

« On donne des frictions », j'ai fait.

J'ai maintenu le faisceau lumineux entre sa bouche et ma main.

« Qui c'est qui les donne ? »

« On fait ça à tour de rôle. On fait tout ce qui se présente, quand ça se présente. »

« Rien qu'une petite famille heureuse », elle a fait.

On pourrait croire que c'est pas possible de détecter les sarcasmes quand on lit sur les lèvres. Mais faut pas se gourer. On les entend mieux qu'on croirait.

« Non », j'ai dit. « Je dirais pas que c'est une famille heureuse. »

« Où ils sont ? »

« Il y a une porte là-derrière. Tu peux pas la voir, mais elle est là. Il y a une pièce, et c'est là qu'ils dorment. »

Elle avait peut-être eu peur avant, mais plus maintenant. Peut-être même qu'au début c'était pas de la peur, juste de l'excitation. Quand on s'était couchés la première fois elle avait tiré les couvertures par-dessus sa tête, mais maintenant avec la lampe de poche je pouvais la voir tendre le cou, tourner la tête et scruter dans le noir. On aurait dit qu'elle s'apprêtait vraiment à se lever, allumer la lumière et se mettre à examiner tout, tripatouiller, retourner les trucs, regarder en dessous s'il y avait rien d'écrit.

Elle a bougé sur le lit. J'ai capté sa bouche avec le faisceau. « Ce que j'aimerais maintenant c'est me lever et me taper un bon bain de vapeur. »

« Bordel, tu peux pas », j'ai fait.

« Pourquoi pas ? » Son visage s'était renfermé, comme une main close.

« Parce que t'es foutue de réveiller Al. »

« T'as dit qu'il pionçait comme une souche. »

« Je sais ce que j'ai dit. On est quand même foutus de le réveiller. »

« Al, t'en as les jetons ? »

Je savais plus de quoi on causait, putain. Sauf que si. Je l'avais amenée dans un endroit où elle avait pas sa place, et les choses allaient devenir instantanément et automatiquement merdiques. Ce que j'aurais dû faire c'était repousser les couvertures, reficeler mes jambes et la reconduire en bas jusqu'à la voiture. Mais je t'en fous. Au lieu de ça, je lui ai touché la cuisse.

« Je vois pas pourquoi tu peux pas te montrer raisonnable », j'ai dit. « Pour Al, putain, c'est le milieu de la nuit et... »

« Oh, je peux être raisonnable. Je peux être aussi raisonnable que n'importe qui. »

Elle a retiré sa main et a roulé sur le côté. Je suis resté là sur le dos, les mains derrière la nuque, à regarder le plafond.

Juste avant de s'endormir elle a levé le bras pour atteindre l'étagère où elle m'avait vu mettre la lampe. Elle l'a allumée sur sa bouche pour dire : « Pas de raison d'avoir peur de Al, tu sais. Il a peut-être besoin de toi. Mais toi t'as pas besoin de lui. Alors ça, pas du tout. »

Et avant que je puisse répliquer quelque chose elle a éteint la lumière. Et elle l'a pas remise sur l'étagère où j'aurais pu la prendre non plus. Elle l'a gardée de son côté du lit et s'est endormie aussitôt. Si elle m'avait laissé la lampe je lui aurais dit ce qui m'était arrivé la fois où je m'étais figuré pouvoir me passer de Al.

J'avais fini con comme une manche. Je veux dire, une vraie marionnette [1]. Assis sur les genoux d'un mec. Ça m'avait secoué. Ça m'avait salement secoué. C'était un ventriloque, un type immense, bien deux mètres dix, et il s'amenait sur scène avec moi sous le bras, s'asseyait et me plantait sur ses genoux. Je gardais ma tête molle un petit moment, et mes bras comme de la chique, sans aucun contrôle. Ensuite il passait sa main sous ma veste par-derrière et ma tête se redressait et je me mettais à cligner des yeux. Bon Dieu, c'était l'horreur. Mais je pouvais pas faire autrement. Quand j'en ai eu vraiment ma claque je me suis retrouvé dans une petite carriole avec des roulettes de patins fixées en dessous, à me pousser sur les poings avec

1. Jeu de mots sur « *dummy* », qui veut dire « attardé mental » et « marionnette ».

des chiffons enroulés autour. Toute la journée sur un coin de rue à vendre des trucs, d'abord des pommes, ensuite des crayons.

Ce qui s'était passé, j'avais perdu mes bras. Sans Al pour m'entraîner et sans la salle où j'avais grandi, mes bras s'étaient dégonflés. De cinquante centimètres ils étaient descendus peut-être à trente-huit. Je pouvais toujours marcher sur les mains, mais je pouvais plus faire les numéros. Je mangeais mal. Je savais pas causer aux imprésarios ni aux agents pour trouver des engagements. Et pire, le pire de tout, personne m'aimait.

Est-ce que vous comprenez ça ? Personne m'aimait. On pourrait facilement penser que j'aimais pas Al. Mais c'était pas le cas. Je savais qu'il était barge comme vieux, et qu'il sentait le bouc. Mais comme j'ai dit pour mes jambes, il était tout ce que j'avais. Et tout comme je pouvais pas me couper les jambes, parce qu'après tout, toutes bousillées qu'elles soient, c'est quand même mes jambes, je pouvais pas quitter Al parce qu'il était tout ce que j'avais jamais eu au monde.

Mais ça je l'ai pas toujours su. La leçon a été coûteuse. Je m'étais mis dans la tête de quitter le Fireman's Gym et conquérir le monde. De fait, j'ai quitté Al, mais j'ai pas conquis le monde ni rien. J'ai crevé la dalle. Je suis un des meilleurs équilibristes qui existent au monde. Je le sais, et tous les imprésarios qui m'ont vu travailler le savent. Mais je crevais de faim quand même.

Paraît-il que je suis trop grotesque. Enfin, c'est

comme ça qu'on m'a expliqué. L'émission de variétés du dimanche soir avec Ed Sullivan marchait encore à l'époque. J'ai passé une audition pour eux, mais j'ai pas eu l'engagement. Ed a dit que je ferais mieux d'essayer dans un établissement plus petit. Soi-disant que j'étais sensass mais que la télévision a tendance à magnifier les choses qui faut pas.

« Quelles choses qui faut pas ? » j'ai demandé à l'agent qui m'avait obtenu l'audition.

« Au lieu de te voir tenir en équilibre sur un doigt, ils voient seulement un mec avec les jambes ficelées sur son cul comme un saucisson. Ils voient un homme avec la tête pas de la bonne taille. »

Ma tête est plus large que la normale, et du genre un peu carrée. C'est une des raisons pour lesquelles je peux faire un pont arrière et enchaîner avec un équilibre sur la tête sans les mains, rapport à ma tête qu'est comme une boîte sur le dessus. Avec les cheveux on s'en rend pas compte, mais c'est plat comme la paume de la main. Toujours est-il que cet agent m'a amené à New York me faire auditionner pour Ed et Johnny Carson et deux ou trois spectacles nettement moins classe, mais aucun n'a voulu de moi parce que j'étais trop grotesque pour percer. C'est même en ces termes qu'il me l'a dit, l'agent.

« T'es trop grotesque pour percer », qu'il m'a hurlé. Il en était de deux billets pour New York, repas et tout et tout, alors je pouvais comprendre qu'il soit un peu fumasse.

Etendu sur le lit je repensais à tout ça. J'ai mis la main sur la belle croupe d'Hester. J'étais qui j'étais et rien n'allait changer ça. Et pourtant en amenant Hester ici j'avais l'impression d'essayer de changer quelque chose qui pouvait pas être changé. Sauf que j'arrivais pas à bien saisir ce que j'essayais de changer.

Enfin bon, Fernando disait toujours que la malédiction du gitan vous fait faire des trucs étranges.

« Trouve-toi un con à ta taille et tu seras plus jamais le même », qu'il disait. « Seras plus jamais en paix. Tu comprends, ça fera rien si elle te déshonore. Ça fera rien si elle te ment, te fait du mal, te crache à la figure, s'envoie d'autres mecs. Tout ce que tu voudras savoir c'est : est-ce que tu reviens avec moi ? Est-ce que tu vas me laisser posséder ce con fantastique encore un coup ? Encore un coup avec ce con qui te va comme un gant, c'est tout ce qui t'intéresse. Au diable la famille. Tu te ruines toi-même. Plus rien d'autre qui compte. »

Je lui rabattais le poignet contre la table une fois de plus et Fernando criait, avec la sueur qui lui giclait des lèvres : *« ¡Que encuentres un coño a tu medida ! »*

Cette nuit-là j'ai fait un rêve que j'avais encore jamais fait avant. Et je l'ai fait et refait. Je regardais dans une rue vide. C'était tard le soir. Un homme et une femme tournaient le coin et arrivaient dans la rue. Ils étaient bien habillés, et on voyait que c'était des gens bien. Décents. Mettons qu'ils écrasent un chien par accident, c'était le genre à descendre de voiture et l'amener chez le vétérinaire. L'homme me portait dans ses bras. J'étais enveloppé d'une belle couverture, douce et chaude. Tout en marchant, la femme au moins par deux fois a remonté la couverture sous mon menton. Le sommet de mon crâne carré se voyait clairement contre l'épaule de l'homme, et je dormais. Ils marchaient lentement et sans aucun signe de gêne jusqu'à ce qu'ils arrivent à l'entrée qui menait à l'escalier du Fireman's Gym.

« Pourquoi pas ici ? » faisait la femme.

Je dormais mais je les entendais.

« Aussi bien là qu'ailleurs », a dit l'homme.

Leurs voix étaient douces et intelligentes. Eux c'étaient pas des demeurés. J'ai ouvert les yeux et les ai regardés. Ils m'ont souri gentiment, et la femme a épinglé le mot à ma couverture. J'ai vu pour la première fois que j'étais dans une sorte de caisse en plastique.

« On le laisse juste sur les marches ? » l'homme a fait.

« Je crois que ça ira », a dit la femme. « Ça ira très bien. »

Ils m'ont posé sur la première marche. J'ai ouvert la bouche pour leur dire que c'était pas une façon de traiter un bébé. Comme rien n'est sorti, j'ai sorti mes mains de la couverture, mais c'était des mains de bébé, douces, analphabètes, muettes. Ils se sont retournés sans un mot de plus et sont ressortis dans la rue. Avant qu'ils atteignent le coin, j'ai envoyé valser la couverture avec mes pieds et je me suis levé dans la caisse en plastique. J'avais clairement au moins trois ans d'âge et mes jambes étaient potelées et costaudes, avec des fossettes. Je courais dans la rue après eux. Ils se sont retournés et m'ont vu arriver. Ils souriaient tous les deux et l'homme s'est mis à genoux et m'a ouvert les bras comme je déboulais vers eux.

« Il peut marcher », s'écriait la femme.

« Il a d'aussi bonnes jambes qu'on pourrait souhaiter sur un gamin de son âge. »

« Il vient avec nous alors », a dit la femme, « il faut. »

Et là on tournait le coin tous ensemble et la rue était de nouveau vide. Immédiatement après un homme et une femme réapparaissaient au coin, l'homme me portant dans la caisse en plastique, enveloppé d'une couverture, et la même chierie de rêve recommençait.

Je me suis réveillé complètement épuisé, sentant mes jambes, la sensation que j'avais eue toute la nuit mais qui n'était plus là à présent. Pete se tenait debout au pied du lit, vêtu du survêtement qui lui servait de pyjama. Il regardait Hester, ses cheveux sombres répandus sur l'oreiller, la bouche légèrement ouverte, probablement en train de ronfler. Pete montrait rien sur sa figure, pas la moindre expression, et je voyais bien qu'il devait croire qu'il était en train de rêver.

« Des fois on voit quetchose », il a dit. « Et pis, c'est d'autres fois et c'est quetchose d'autre qu'on voit. »

Il nous a tourné le dos et il est resté là pendant deux minutes. Ensuite il s'est retourné et a regardé Hester à nouveau.

Il a fait : « Marvin Molar, y'en a un de nous deux qu'est pas clair. »

Hester a ouvert les yeux et l'a regardé. « Je m'appelle Hester », elle a dit.

« C'est toi », a fait Pete, avant de tourner les talons et de retourner là où il couchait avec Al et Leroy.

« C'était qui ? » Hester a demandé.

« Pete. »

« Qu'est-ce qu'il voulait dire, c'est toi ? »

« Il pense que je suis dans la merde. »

« Oh », elle a fait. « T'inquiète pas. Tu sais que t'as pas à t'inquiéter, non ? »

« Je serais pas mécontent d'en être sûr. »

« Enfin, on verra ce qu'on verra », elle a dit.

Ce qu'on a vu c'est Leroy s'amener, avec Pete sur les talons. Ses cheveux jaune maïs faisaient des épis au-dessus de son crâne comme une crête de coq. Il avait encore le bord des yeux chassieux de sommeil. Il est resté au pied du lit à regarder Hester, ensuite il a fait volte-face et est reparti dans l'autre chambre avec Pete sur les talons. Il portait un vieux peignoir de bain qu'Al lui avait refilé. Il avait cousu les mots BATTLING KID LEROY dans le dos, et parce qu'il était encore moins bon pour la couture que pour la boxe, les mots dégoulinaient le long de son dos en faisant un angle droit.

« Laisse-moi deviner », a fait Hester. « C'était

Battling Kid Leroy. » Il y avait de la moquerie dans son expression, et j'ai été surpris de ressentir le petit accès de colère qui m'est venu en la voyant se moquer de Leroy.

« Il s'appelle Leroy », j'ai dit. « Il vient de Géorgie et il en a un coup sur la cafetière. Vaut pas le coup de se foutre de lui. »

« Je me foutais pas de lui. »

« C'est ça. »

« Qui vient après ? » elle a demandé. « Al est le prochain ? »

Al est apparu à la porte. Pete et Leroy derrière lui, à regarder par-dessus son épaule.

« Est-ce que c'est elle ? » a dit Al.

« Elle c'est Hester », j'ai dit. « Hester, je te présente Al Molarski. »

Je savais pas ce qui allait se passer. J'avais un peu mal au cœur.

Al se tripotait son oreille en chou-fleur. Hester et moi on avait la couverture remontée jusqu'au cou. Sous la couverture j'avais ma main sur ses cuisses, à essayer de me convaincre qu'il y avait pas trente-six autres façons de faire ça.

« Al il autorise pas les femmes à s'entraîner au Fireman's Gym. »

« C'est pas grave, Al », a fait Hester d'un ton aussi aisé que si elle parlait à un enfant. « Suis pas venue pour m'entraîner. »

Al ses joues sont devenues toutes foncées. Les plis se sont creusés encore plus sur sa figure. « Al il... Al... » Mais il savait plus ce qu'il voulait dire.

« Ça devait arriver un jour ou l'autre », j'ai fait.
« Al il permet pas ces choses-là ici », il a dit.
Je savais qu'il savait pas ce qu'il voulait dire par là, et bordel moi non plus.
« Mon nom c'est Leroy », a dit Leroy.
« Je sais », a dit Hester.
« Et le négro c'est Pete. »
« Marvin m'a dit. »
« Tu comprends les signes de la main, je suppose. »
« Oui », elle a fait.
« Le négro il a pas toute sa tête », a dit Leroy.
« Y a pas de mal, personne est parfait. »
« Leroy », Al a fait comme ça.
« Quoi ? »
« Ferme-la. »
« T'en prends pas à lui », a fait Hester.
« Al il s'en prend à qui il veut. »
Je sentais Hester se raidir un peu sous les couvertures.
« Bon », elle a dit, « alors si vous alliez faire ça dans l'autre pièce, le temps que je m'habille ? »
« Qu'est-ce que t'as dit ? » Al, là, il regardait fixement l'étagère au-dessus de nos têtes.
« Je voudrais que vous sortiez d'ici tous les trois. Je suis une dame et je veux m'habiller. »
« Al il est pas gentleman », il a fait.
Hester lui a jeté un œil à lui congeler les couilles. « Ça fait rien », elle a dit, « pour le coup de la dame moi aussi je plaisantais. »
Tournant aussi sec des talons, Al est sorti de la

pièce en trombe, Leroy et Pete à ses basques. Et là il s'est passé un truc marrant. Leroy s'est arrêté à la porte, a regardé Hester par-dessus son épaule et lui a fait un clin d'œil. Hester, qui était déjà à moitié sortie du lit, lui a rendu son clin d'œil. Tout en s'habillant elle passait tout en revue, lisant certains des titres sur l'étagère, regardant longtemps les photos d'Al en maillot de bain et en collant de lutteur sur des ponts de cuirassés. Finalement elle m'a regardé là où j'étais, couché sur le lit, les yeux fixés sur ses incroyables cuisses en train de disparaître justement derrière la fermeture Éclair d'une paire de jeans moulants.

« Comme ça tu dors dans la cuisine ? » elle a fait.

Elle regardait la gazinière à quatre brûleurs dans le coin le plus éloigné.

« Ben, c'est le four qui nous sert pour faire la cuisine. »

« Si c'est le four qui vous sert pour la cuisine, alors tu dors dans la cuisine. »

« On a pas des masses de place ici. On est pas au Ritz. »

« Ça ira une fois qu'on aura fait quelques changements. »

« Tu peux pas faire de changements ici », j'ai dit.

Elle m'a seulement jeté un coup d'œil tout en continuant à enfiler son jersey. Ensuite elle est allée jusqu'à la chambre où Al dormait et a appelé à la porte : « O.K., pouvez entrer maintenant. »

Quand Pete, Leroy et Al se sont ramenés, elle avait la porte du frigidaire ouverte et se tenait baissée en deux pour mieux voir dedans. Al est resté sur le pas de la porte à la regarder. J'avais mes jambes attachées et passé ma combinaison violette, que je portais jamais d'habitude en dehors des représentations. Elle s'est redressée du frigo et nous a regardés.

« Qu'est-ce que vous prenez le matin d'habitude, les gars ? »

Al ses joues sont devenues noires. Il a rien dit mais il fixait déjà le plafond.

« Faut d'abord que je fasse ma séance, avant l'ouverture de la salle », j'ai dit.

« Bon, je vais quand même mettre tout en route », elle a fait.

« C'est Al qui prépare le petit déjeuner », j'ai dit.

« Ça va bien », elle a dit comme ça. « Je m'en occupe. Qu'est-ce qu'il vous fait ? »

Leroy avait les yeux brillants et il souriait comme un idiot, révélant ses dents cassées. Il y avait quelque chose en lui qui aimait ce qui arrivait. Il lui a encore fait un clin d'œil. Al ce coup-ci l'a vu, et j'ai bien vu le moment où il allait lui coller un ramponeau maison sur la tronche. Mais il l'a pas fait, et Leroy a dit : « C'est du jus qu'y a là-dedans. Et Al il nous fait des œufs, et pis des fois une pile de pancakes, des germes de blé avec de la crème. Les petites boîtes là-haut au-dessus de l'évier c'est les vitamines. »

« Quelle heure vous ouvrez la salle ? » elle a demandé.

« Dix heures », j'ai dit.

Elle a regardé le réveil sur l'étagère au-dessus du lit. « S'agirait de t'y mettre », elle a fait. « Vous inquiétez pas du reste ici, je m'en charge. »

Pete a posé la main sur l'épaule de Leroy et l'a écarté de son chemin. Il s'est posé juste devant Hester.

« Qui t'es, toi ? » il a dit en faisant un petit jeu de jambes.

« Je m'appelle Hester. »

« C'est pas ça. Pas ça du tout. Je te demande qui *t'es* toi. »

Là elle s'est amenée et a approché sa figure presque à en toucher son nez cassé tout épaté et elle a dit : « Qui t'es toi c'est la fille qui s'en va te faire ton petit dèje. »

Il l'a gratifiée d'un sourire à trois dents jaunes : « Ta m'botte. Ça alors ta m'botte ! »

Je me suis laissé glisser du lit et je me suis dirigé vers le bain de vapeur parce que je voyais que Al était mal. Pas seulement fumasse, il avait pas l'air fumasse. Il avait l'air... perplexe, et pire que ça, blessé. Il avait entrelacé les longs doigts de ses vieilles mains devant sa boucle de ceinturon, et elles faisaient de la lutte entre elles. Il avait des veines toutes violettes qui ressortaient, toutes noueuses sur ses poignets blancs comme l'os. Mais j'ai pris le couloir jusqu'au sauna et Pete m'a suivi, et puis Leroy, et en arrivant là-bas Pete m'a ouvert la porte, et c'est là que j'ai vu qu'Al avait suivi le mouvement. On a fermé la porte du couloir, chose qu'on faisait jamais, pour qu'Hester puisse pas nous voir. Pete s'est dépiauté de son survêtement, Leroy de son peignoir, et Al a enlevé ses pantalons rayés qu'il portait avec de larges bretelles sales. Tout ça sans un mot. Toujours vêtu de ma combinaison violette comme pour le spectacle je suis entré dans le sauna et me suis hissé sur un des bancs de bois. Ils m'ont suivi à la file tous les trois, à poil. Pete s'est rapproché de moi et a commencé à me travailler les bras, tout en causant tout seul comme il faisait toujours.

« Tavaille au corps », il faisait. « Tavaille-le au corps. Mains baissées, pan dans la tête. Cogne et retire-toi. »

Al ses mains continuaient de se triturer. Il était assis en face de moi. Finalement il a dit : « Putain, assieds-toi et ferme ta gueule. »

Jamais je l'avais entendu causer à Pete de cette façon.

Pete s'est arrêté. « Quesse t'as dit ? » il a fait.

« Al il dit assis. Assis et ferme-la. »

« Pete y fait ça », a fait Pete.

Il a balancé un ou deux crochets dans le vide et est venu s'asseoir à côté de Leroy, qui clignait encore de l'œil comme un toqué, cette fois à mon intention.

« Leroy », Al a fait.

Mais Leroy savait déjà ce qu'il voulait, alors il a regardé de l'autre côté en prétendant avoir rien entendu. Al ça lui allait pas du tout. « Al il veut que t'arrêtes ces conneries de clins d'œil. »

« Je crois que j'ai une poussière dans l'œil », il a fait Leroy.

Al ses mains se tenaient plus, sur ses genoux. Ses yeux foudroyaient Leroy. « Al il pense que tu devrais te mordre la langue. Al il pense que mentir c'est la pire... la pire... la pire... »

Et là Al est resté coincé, à se battre contre lui-même et contre les mots qui sortaient plus de sa bouche, parce que la porte du sauna venait de s'ouvrir et qu'Hester était apparue à poil sous la lumière.

« J'ai mis le bacon à très bas », elle a dit.

Pete s'était retourné face au mur dès qu'il l'avait vue dans la porte. Il avait le nez qui touchait le carrelage. Leroy, lui, tournait pas la tête. Il a juste fermé les yeux très fort en piquant son fard. Al la regardait en face, ses yeux parcourant ses jambes sensationnelles. Je crois pas qu'il s'était rendu compte auparavant sur quel châssis elle était montée. Al pouvait pardonner beaucoup, pour ce genre de corps. Et putain, elle avait l'air salement équipée, debout comme ça avec la lumière jaune qui lui coulait dessus, l'ombre faisant ressortir ses seins hauts et dégagés, et les six bandes de muscles qui lui partaient du plexus solaire pour s'abîmer dans les poils luisants du pubis.

Al disait : « Tu... tu... » Il la regardait, mais quand il est devenu évident qu'il était pas fichu de trouver quelque chose à lui sortir, il a tourné les yeux vers moi. « ... toi tu ferais mieux d'aller dans la salle commencer ta séance. »

Quand je me suis levé, elle a pris ma place, s'allongeant sur le banc, les jambes ouvertes. « Je vais profiter un peu de cette vapeur. »

Leroy et Pete se sont rentré dedans en essayant de passer la porte sans la regarder.

Quand on est arrivés dans la salle, Al m'a fait : « T'avais pas dit à Al qu'elle s'exerçait. »

« Autant que je sache, c'est pas le cas », j'ai dit.

Il s'est retourné vers le sauna. « Une athlète naturelle. Y'a pas mieux. »

« Elle est pas mal », j'ai fait. « Plutôt bien. »

Al a reposé les yeux sur moi. « Al voit pas comment elle peut rester. »

Tout ce temps-là Leroy avait fait du surplace derrière Al, bougeant les jambes, feintant et esquivant. Il a montré le sauna du doigt. « Elle... elle... » Là-dessus il a retourné Pete et lui a balancé un crochet dans l'épaule. Pete s'est immédiatement mis à parler tout seul, se donnant des conseils et évitant tout ce que le môme lui envoyait.

Al a regardé Leroy, qui vraiment avait l'air d'avoir disjoncté. « Al il peut pas avoir des femmes qui se dépiautent devant ses boxeurs. »

« Al, bordel, où c'est que tu vois des boxeurs ici ? »

« Deux », il a fait en montrant Pete et Leroy qui dansaient dans leur joute imaginaire. « Deux. Un, deux. »

« Al, merde », j'ai fait.

« Hein ? » Il voulait que je répète même s'il avait parfaitement vu mes mains.

C'était peine perdue de continuer, alors je me suis balancé sur mon cul et j'ai marché jusqu'au tas de briques. Je suis revenu, une brique dans chaque main, et les ai posées devant Al.

« Bon », il a fait.

Il avait sorti le tabouret de sa cage en grillage et il s'était posé dessus. Pete et Leroy de chaque côté. Je pouvais sentir le bacon sur le four. Je me demandais si Hester était encore dans le sauna, et tout en empilant les briques et en faisant mes pompes et en dévalant et remontant les marches de l'escalier, je ne cessais de penser à ses cuisses, moites et étalées sur le banc mouillé, sous la lumière jaune. J'y songeais encore à la fin de mon exercice, suspendu en une rigide croix de fer au bout des anneaux, avec Al debout juste en dessous qui hurlait : « Marvin, je t'aime. Je t'aime, fils ! »

On aurait pas pu faire plus compact et contrôlé comme séance, et quand j'ai descendu la corde de chanvre j'étais complètement dispos. Mais à peine j'avais touché le sol, je savais que quelque chose allait pas. J'ai regardé au fond de la salle. Hester était debout encadrée dans la porte, une serviette nouée sous les aisselles, jambes écartées et fléchies. Et je veux bien crever la gueule ouverte si elle avait pas cette photo avec elle, celle avec Al et la Hudson Hornet qui lui roulait sur la tête. Tout ce que je pouvais apercevoir c'était un carré de papier raide dans ses mains, mais je savais que c'était cette photo-là. Al, Pete et Leroy se tenaient aussi immobiles que devant un serpent. Hester s'est amenée lentement vers nous, en tenant la photo pressée contre la serviette.

« La séance ça peut aller, mais vous devriez pas lui hurler dans le cornet comme ça. » Elle s'adressait à Al. « Quand il se donne à fond sur la croix, toute cette merde sur l'amour et tout ça, ça déconcentre. » Et là tout d'un coup elle a brandi la photo d'Al en train de se faire écrabouiller la tête. « Vous voyez quelqu'un là-dessus en train de parler d'amour pendant qu'Al se fait prendre la tête, des fois ? »

Al s'est penché, les yeux rivés sur la photo comme on pourrait contempler son propre cercueil. Et là j'ai vu sa vieille bouche se tordre de la même façon sans doute qu'elle avait fait quand sa tête s'était fait happer cette fois-là. Ensuite il a pivoté et frappé Leroy juste entre les deux yeux. Leroy est tombé comme un homme mort. Al aurait cogné Pete aussi, mais le négro a esquivé la droite que lui balançait Al, tout en continuant calmement à lui donner des conseils : « Tavaille au corps, tavaille-le au corps. »

DEUXIÈME PARTIE

5

Comprenez, c'est moi qui lui avais parlé de cette putain de photo. Un dimanche après-midi il y a environ trois semaines, on prenait des bières à l'Ocean Club ; c'est là que je lui ai dit qu'Al la gardait dans la malle en cuir sous son lit. Je suppose que je faisais le malin, que je me moquais de lui quand je lui ai dit ça. Mais c'était pas mon intention. C'est seulement qu'on a pas des masses d'occasions de rigoler quand on a mes désavantages, alors je me dis qu'il faut les prendre où on peut. Enfin bref, c'est comme ça qu'elle était au courant pour la photo. Naturellement quand je lui en ai parlé, j'étais loin de me figurer qu'un jour elle viendrait habiter le Fireman's Gym. Mais ça c'est bien le monde : donnez-lui un petit levier ou une ouverture, et il sera pas long à vous mettre sur le cul.

Al a encore balancé deux coups aveugles contre Pete, qui les a esquivés avec les coudes tout en continuant de le conseiller. Et puis Al a repéré Leroy toujours étalé raide au sol, on aurait dit qu'il le voyait pour la première fois. Il s'est figé, s'est secoué la tête et s'est agenouillé près de Leroy. Il lui a beuglé quelque chose dans le nez. Je pouvais pas savoir quoi, de là où j'étais. Pouvais pas voir sa bouche. Mais je savais qu'il criait à la façon qu'il avait de bouger la tête en petits soubresauts, comme un chien qui essaie d'avaler un morceau de viande trop gros pour lui. Et aussi parce que sa nuque était rouge et gonflée. J'ai été trouver Hester là où elle était avec la serviette et la photo pressée contre ses sensationnels nichons.

« C'est une vraie saloperie ce que tu viens de faire », j'ai dit. « Et stupide, en plus de ça. »

« Je suis pas d'accord », elle a fait en regardant le dos large d'Al qui se secouait toujours au-dessus de Leroy.

« Si j'étais toi, je me rhabillerais et je dégagerais d'ici. »

« Sois pas si faible », elle a dit. « Qu'est-ce que tu peux être chochotte, des fois. »

Si j'avais été suffisamment grand pour la gifler, probable que je l'aurais fait. Mais comme j'étais pas assez grand, ce que j'avais envie de faire en réalité c'était de presser ma tête contre ses cuisses fantastiques qui oscillaient devant mon nez et lui dire que j'étais pas une chochotte et la supplier de me croire. C'était un peu humiliant de ressentir ça, mais bon, ça m'est déjà arrivé d'être humilié. Une ou deux fois.

Leroy était revenu à lui et il était assis maintenant. Al s'est relevé brusquement et s'est tourné vers Hester. Il avait la figure rembrunie comme du vieux cuir. Mais il avait pas l'air en colère, plutôt comme s'il avait envie de pleurer.

« Al il veut sa photo », qu'il a fait.

Hester a rien dit. Elle est restée à lui faire face, complètement détendue, l'air dégagé.

« Al il la veut tout de suite ! » Là il criait. Et il avait toujours pas l'air en colère. Il avait l'air d'avoir passé ce stade. C'était aussi glaçant que de regarder dans le canon d'un fusil. On aurait dit qu'il savait plus vraiment où il était. Une petite traînée de bave lui avait échappé du coin des lèvres et pendait de son menton.

Je me suis tourné vers Hester juste à temps pour saisir la fin de ce qu'elle disait : « ... ta photo. »

Al a marché sur elle, sans se presser, les poings fermés, les phalanges ressortaient tellement qu'on aurait dit que la peau allait craquer. Il me tournait le dos mais je pouvais voir qu'il disait quelque chose. Hester est restée où elle était, ruisselante de sueur, ce qui lui restait du bain de vapeur. Al a avancé la main. Il en avait peut-être après la photo, qu'elle tenait toujours contre ses seins, mais j'ai eu peur parce qu'on avait l'impression que c'est après sa gorge qu'il en avait. Je m'apprêtais à prendre une plaque d'haltère et à lui en foutre un grand coup sur le pied s'il la touchait. Elle lui faisait face, et juste au moment où il allait l'atteindre elle lui a tendu la photo. Quand elle a levé le bras, la serviette a glissé au sol, et Al s'est retrouvé les yeux dans les yeux avec ses nichons tout luisants de sueur. Il est resté tout con, et elle a levé l'autre main pour lui toucher son oreille en chou-fleur.

« Aucun homme de ma connaissance aurait pu faire ce que t'as fait », elle lui a dit. Elle lui caressait sa pauvre oreille. « Qui d'autre aurait pu le faire ? » Et là elle a retourné la photo qu'elle tenait toujours et l'a regardée. « C'est la chose la plus belle au monde. Supporter un truc pareil. » Elle avait son oreille entre ses doigts et elle tirait dessus tendrement. « Al Molarski, je suis pas prête de rencontrer un autre homme capable de supporter qu'une bagnole lui roule sur la tête comme ça. » Ses poings s'étaient relâchés à présent, et elle a pressé la photo dans sa main ouverte. « Je veux que tu saches », elle a continué, « je veux que tu saches que je te révère. » Sur ce, elle a tourné les talons et traversé la salle, sa chouette croupe dure chaloupant au rythme de ses jambes.

J'ai été trouver Al et me suis assis près de lui. « Écoute, Al... », j'ai dit. Mais il m'a seulement écarté et a fait lever Leroy. Il a pris la serviette mouillée qu'Hester avait laissé tomber et lui a essuyé la figure.

« Ça ira, fils ? » il a demandé.

« J'suis sûr... sûr », a fait Leroy en regardant autour de lui. « Quoi... je... »

« T'es pris une gauche », a dit Pete, « jusse quand tu pétais pas attention, t'es pris une gauche. »

« O.K. », Al a fait à Leroy. « Allez viens, c'est pas grave. »

On est tous rappliqués dans la cuisine, et je sais

pas comment elle avait fait, mais là sur la table il y avait le bacon, une vraie platée, des œufs brouillés, germes de blé à la crème, un petit tas de vitamines devant chaque assiette — une multi, une complexe B-1 renforcée, deux E et deux dolomites [1] — avec en plus au milieu de la table un grand pot de thé sucré au miel. Elle est entrée avant qu'on ait eu le temps de s'asseoir — en jeans et chemise délavée, ses cheveux mouillés ramenés sur la nuque avec une barrette en cuivre.

Il y avait quatre couverts de mis, mais elle s'est assise avec nous. Personne a rien dit. Je croyais qu'elle allait tout foutre en l'air en essayant de parler de ce qui venait de se passer, mais elle s'est contentée de servir le thé et de passer les tasses à Al, qui était assis près d'elle. Al a fait passer le thé d'abord à moi, ensuite à Pete et Leroy, et finalement il en a gardé une tasse pour lui. Il a attaqué son bacon, tête baissée, juste ses énormes mâchoires qui marchaient.

Leroy mangeait pas. Il restait à regarder dans le vide juste devant lui. Il se remettait seulement du ramponeau qu'Al lui avait balancé. On voyait ses yeux, plats, pincés et un peu laiteux, commencer à s'éclaircir. Il avait les mains sur les genoux, et quand finalement il a aperçu la bouffe sur la table devant lui on aurait dit qu'il se demandait comment elle était arrivée là. Il a regardé Hester en clignant des yeux plusieurs fois. Sa bouche s'est

1. Calcium et magnésium naturels.

ouverte, s'est refermée, est retombée encore une fois comme si les charnières marchaient plus.

« Al », il a fait.

Al a levé les yeux de ses germes de blé.

« Tu t'es-t-y vraiment fait rouler sur la tête, Al ? »

Là je me suis dit, ça y est bordel, c'est reparti pour un tour.

« Une photo ça ment pas », a dit Hester d'un air détaché. Elle nous incluait tous dans la conversation. « C'est inscrit comme record. » Là elle a touché Al sur le bras. « Vous trouverez sans doute jamais un autre homme fort au monde qui ait fait ça et qui s'en soit tiré. » Maintenant elle regardait Al dans les yeux. « Leroy, t'es en train de manger avec un des très grands. » Elle ne lâchait plus Al des yeux. « Un champion du monde. »

Finalement Al a tourné les yeux sur Leroy. « C'est vrai, fils. Al il s'est fait écraser la tête par une voiture. Une Hudson Hornet, c'était. Pour ça qu'Al il a l'oreille, là. » Il a touché l'endroit où le chou-fleur lui poussait sur le côté de la tête. Et là il a souri à Hester. Souri. Difficile d'en être certain, mais je crois que c'était la première fois de ma vie que je voyais Al Molarski sourire.

« Quetqu'un qui se fait rouler sur la tête avec une auto ça se peut pas », a dit Pete sans lever les yeux de son assiette.

Al a posé sa fourchette. « Pete il prête pas attention. Une chose avec Pete, il prête jamais attention. »

« J'sais ce que j'sais », Pete a fait. « La tête sous une auto ça se peut pas. »

Al a ramassé la photo qu'il avait posée face retournée sur la table près de son assiette. Il l'a montrée à Pete. Pete a continué de manger. Finalement, il a soigneusement posé son couteau et pris la photo qu'Al lui tendait. Il se l'est mise sous le nez à quelques centimètres seulement et l'a regardée un long moment. Il a regardé Al, puis de nouveau la photo.

« Al Molarski », Pete a déclaré, « y peut tout faire. Jamais dit qu'Al Molarski pouvait pas se faire passer d'auto sur sa tête. Seulement dit que personne d'aute pouvait s'faire passer d'auto sur la tête. »

Leroy lui a pris la photo des mains. Il l'a posée près de son assiette et s'est enfilé une pleine bouchée d'œufs tout en la regardant. « Putain de Dieu, non mais regardez ça ! En plein sur l'oreille ! »

Al a détourné timidement les yeux de la table, embarrassé par cette chose si merveilleuse qu'il avait faite — laisser quelqu'un lui rouler sur la tête avec une putain de bagnole.

« Comment que ça se fait que tu nous en as jamais parlé avant ? » lui a demandé Leroy.

« Al il montre pas tout. »

« Il y a des choses qui sont personnelles », a fait Hester en touchant Al légèrement sur le bras. « Tu fais quelque chose comme ça, c'est un truc personnel, pas vrai, Al ? »

« Vrai, Hester », il a fait le Al.

« Est-ce qu'on peut la laisser sortie, maintenant ? », a dit Leroy. « La mettre dans un cadre avec les autes ? »

« Je suppose », Al a dit. Il faisait comme si ça lui était égal, mais je voyais bien qu'il était heureux. Il était drôlement content que la putain de photo soit sortie de sous le lit. « Tu veux l'encadrer, Al il a rien contre. »

« On devrait la mettre à la meilleure place de tout l'établissement », a dit Hester.

Al s'est levé. « Temps d'ouvrir, Pete. »

Généralement personne ne venait avant le début de l'après-midi, mais Al faisait toujours gaffe à ce que la taule soit ouverte exactement quand elle était censée ouvrir, et pareil pour la fermeture. Il était maniaque pour tout comme ça. S'il vous disait que quelque chose allait se passer à neuf heures mardi matin, vous pouviez investir dessus à la banque. Moi j'étais content qu'il soit l'heure d'ouvrir, content de quitter la table avant que quelqu'un ait l'idée de demander à Hester comment elle avait fait pour trouver cette photo, alors que personne était au courant. J'avais les jetons qu'elle dise à Al que c'était moi qui lui en avait parlé, que ça faisait des années que j'étais au courant pour la photo sous le lit. Ce vieux schnock ça lui aurait fait de la peine. Ça je le savais. Il avait pas besoin de ça en plus de tout le reste. Parce que si on y réfléchit, Al il a pas exactement la vie en rose, maqué comme il est avec deux boxeurs sonnés et un équilibriste cul-de-jatte qui peut ni parler ni entendre. Et maintenant avec Hester. Dieu sait pourtant qu'il a pas besoin d'elle par-dessus le marché, mais moi si.

Pete est allé ouvrir par-devant, pendant que Leroy changeait les serviettes dans le sauna et pour les tables de massage. Al a sorti un petit carnet à spirale de sa poche et a regardé dedans. Il garde tout ce qu'on a à faire là-dedans, et quand il faut qu'on le fasse. Il a potassé le truc un long moment, et puis sans lever les yeux il a fait : « Comment t'as trouvé la photo à Al ? »

Hester était en train d'empiler la vaisselle sale dans l'évier. Elle est revenue s'asseoir à table avec une autre tasse de thé. Elle a soufflé dessus avant de répondre. « J'étais en train de faire du propre. »

« La chambre à Al, t'as nettoyée ? » il a fait.

« Juste balayée. Balayée à fond. Malle sous le lit. » Elle buvait son thé. « Belle malle. Un rien comme poussière là-dessous, n'empêche. » Elle a encore soufflé sur son thé. « J'aurais pas dû regarder dans la malle. Mais c'était une si jolie malle. » En reposant sa tasse de thé elle s'est penchée pour regarder Al dans les yeux, mais elle pouvait pas parce qu'il était toujours le nez dans son calepin à spirale. « Je regrette d'avoir regardé dans ta malle, Al. »

Il a levé les yeux, et je veux bien être un fils de pute s'il s'est pas encore fendu d'un sourire. Ensuite il a posé le calepin devant lui sur la table et il a suivi la ligne avec son gros doigt pour lire : « Marvin au Sunshine Shopping Center. Séance de charité mais on se fait payer trente-cinq dollars sous la table. » On fait des tas de charité comme ça pour une partie des profits. « Pete sait qui faut qu'il aille chercher Russell Muscle[1] à dix heures trente. Numéro commence à onze heures quinze. » Al a fait claquer le calepin. « Soyez à l'heure », qu'il a fait en se levant de table.

Une fois Al parti, Hester a fait : « Russell Muscle ? »

« Son vrai nom c'est Russell Morgan, mais il se fait appeler Russell Muscle. Des fois je fais un numéro avec lui. T'as réellement balayé la chambre à Al ? »

Elle m'a regardé par-dessus sa tasse de thé, ensuite elle l'a écartée, que je puisse voir ses lèvres. « Non mais ça va pas ? »

« Je te demande. »

« Bien sûr que non, bordel. » Elle a repris du thé. « Juste entrée et pris la putain de photo. »

« Tu les cherches vraiment », j'ai dit.

« Je cherche rien du tout. »

« Il verra la chambre. Il se rendra compte. »

« Il verra ce qu'il a besoin de voir. Et ce qu'il a besoin de voir c'est ce que j'ai envie qu'il voie. Un point c'est tout. »

« Tu viens avec moi ce matin ? »

Elle m'a regardé, comme confuse. Elle avait regardé ma main qu'à moitié. « Hein ? »

« À quoi tu penses ? » je lui ai demandé.

1. En anglais « *muscle* » se prononce comme « *mussel* » et rime avec Russell.

« Rien. Tu disais ? »

« Mon œil, merde, que tu pensais à rien. »

« Sois pas con. »

« Tu parles. »

« Tu veux que je me tire ? » elle a fait.

« Al te laissera jamais habiter ici. »

« C'est pas ce que je t'ai demandé. Veux-tu que je me tire ? »

« Non », j'ai dit. « Je veux pas que tu te tires. »

« Bon. Maintenant, qu'est-ce tu me disais ? »

« Je demandais si tu venais avec moi ce matin au Sunshine Shopping Center. »

« Te voir faire ton numéro ? »

« Oui. »

« Merde, ça non ! Je t'ai déjà vu plein de fois. »

« Qu'est-ce tu vas faire alors ? »

« Rester ici avec Al. »

« T'es cinglée », j'ai dit.

« Je sais », elle a dit.

Je l'ai laissée dans la petite pièce près du sauna où sont les tables de massage. Al était en train de lui expliquer la procédure. Il lui avait déjà examiné les mains et il avait annoncé qu'elle serait une masseuse sensass si elle voulait s'en donner la peine. Elle lui a dit que probable qu'elle voudrait.

Pete a amené la Dodge et je suis monté à l'arrière. On est partis à l'autre bout de la ville chercher Russell Muscle. J'étais en train de penser à Hester là-bas toute seule dans la taule avec Al, quand j'ai senti qu'on cognait sur le siège à côté de moi. C'était Pete qui me faisait signe de regarder dans le rétroviseur. Il l'avait tourné de façon à ce que je puisse voir sa bouche.

« T'es pas le premier à te faire baiser par une bonne femme », il a fait.

J'ai rien répondu parce que ça aurait rien donné. Avec sa vieille cervelle en compote il avait jamais été fichu de suivre quand on lui parlait par signes. J'ai détourné les yeux, mais il a passé son bras derrière le dossier pour me toucher.

« Pas honte à avoi', s'faire baiser par une femme », il a dit.

J'ai pointé un doigt contre ma poitrine et j'ai fait non de la tête.

« Pourquoi que tu mens au veux Pete ? Je sais. Tu sais. Elle sait. Un peu qu'elle sait, la vache. » Il a regardé ailleurs une seconde, puis est retourné au rétroviseur. « Que moi je sais ou que toi tu sais c'est pas la mort. C'est que la fille elle sait. Fille qui sait qu'elle te tient par le con, t'es mort. Ooooui msieur, varité vraie, pas d'erreur. »

J'ai levé la main pour lui dire rapidement quel fils de pute il faisait. Il a regardé mes doigts, ensuite il a dit : « Pas besoin t'excite su 'l'veux Pete. Veux Pete y s'en bat l'œil de tout ça. »

« Contente-toi de conduire, merde. »

« Pas besoin », il a continué, sans avoir compris un mot de ce que j'avais dit.

« Saloperie de négro enculé d'abruti de fils d'esclave », j'ai fait.

« T'es pas dans ton assette », il a dit. « Merde, Veux Pete y sait bien que t'es colère. »

Il avait raison, bien sûr, et c'est bien ça qui m'avait foutu en rogne. Elle me tenait par le con, je le savais bien. Mais ce qui était bien pire, c'est qu'Hester aussi le savait. Je me suis laissé retomber contre le siège en soupirant. Il y avait pire dans ce bas monde que de se faire baiser par une femme qui vous tenait par le con. Quand même, c'était pas juste. Mais *juste* c'est un mot j'ai jamais eu grand usage à en faire. Jamais trouvé à le placer.

Russell Muscle habitait à trois pâtés de maisons de la baie de Tampa dans une rue pleine de petites maisons étroites et en profondeur, sans herbe sur le devant et toutes avec des Cubains assis sur les marches, encore des Cubains debout sur les trottoirs et des moutards de Cubains tout dégueulasses en train de jouer dans le caniveau à se courser avec des badines.

« Écrase-m'en une bonne brochette de ces saloperies de moutards crouyats », j'ai dit. Pete me regardait plus, et ça n'aurait rien changé de toute manière. Mais je me sentais déjà mieux de l'avoir dit quand même.

Pete a arrêté la voiture devant chez Russel Muscle. La rue entière s'est immobilisée. Les hommes qui traînaient leur viande près des portes de clôtures avachies ont lentement tourné la tête pour regarder la voiture. Les enfants se sont arrêtés de cavaler pour regarder aussi. Ils avaient tous vu la voiture des tas de fois, et ils réagissaient toujours pareil. Je pouvais sentir le silence s'emparer de la rue dès l'instant que mes mains ont touché le ciment du trottoir. Déjà qu'à mon avis ils savaient pas trop quoi penser de Russell Muscle, alors moi je vous dis pas. Je me rappelle une fois, je traversais le trottoir pour aller chez Russell, et un petit garçon m'a jeté une boîte de lait concentré Carnation et m'a touché en plein sur le cul avec. J'allais m'asseoir, voir si je pouvais pas trouver une pierre à balancer au chiard, quand cet autre crouille — peut-être même le père au mouflet, j'en sais rien —, cet autre basané des moustaches tout en noir, pantalons serrés, chemise et chapeau à bords étroits, sans parler des dents en or autour du cigare en or, le voilà qui allonge le bras et sans même avoir l'air de regarder il te flanque un gnon au morpion juste derrière la tête, avec son poing, le môme il s'en est retrouvé les quatre fers en l'air. Ensuite il s'est retiré le cigare du bec et a fait une révérence comme si j'étais une putain de royauté. Le môme qu'il avait allumé comme ça avec son poing en plein derrière la nuque avait toujours pas bougé d'où il était, la tête plantée dans le terreau. Une semaine plus tard, quand Russell s'entraînait dans le gymnase, j'ai appelé Al pour lui dire ce qui s'était passé et pour qu'il demande à Russell de nous dire ce qu'il en était. Al faut toujours qu'il traduise pour moi parce que Russell sait pas lire les signes. Ni rien d'autre, d'ailleurs. C'est un taré de première, un abruti vingt-quatre carats. Un abruti avec un corps à vous en donner un arrêt du cœur.

Al lui a dit ce qui s'était passé et Muscle est resté à faire ses flexions un moment. Ensuite il m'a regardé et m'a fait : « Ils croient qu'il boit du sang de poulet, les Cubains. »

Ça, même Al ça lui a coupé la chique. Ses yeux en têtes d'épingle ont disparu encore un peu plus dans les plis de sa tête, ensuite ils sont ressortis en clignotant. « Du putain de sang de poulet ? » il a fait, Al.

« Sont plus marrants qu'on pourrait croire, les Cubains », a fait Muscle. Il a aspiré un grand coup et son corps tout entier a eu l'air de gonfler. Jusqu'à sa putain de tête qui paraissait plus grosse. « Y croient que Marvin Molar y pourrait lancer un sort si ça lui chantait. » Il a jeté un œil sur ses jambes magnifiques, admirant ses mollets gonflés, pour dire ensuite : « C'est rapport à ce qu'il est tellement vilain, avec ces foutues jambes ficelées à son cul comme il a. »

Ça c'est Russell Muscle tout craché. C'est pas la gentillesse qui l'étouffe. C'est pas l'intelligence ni la finesse non plus, remarquez. Russell c'est tout du muscle. Tout du Russell Muscle, si vous saisissez ce que je veux dire.

« Il vous attend », a fait la femme à Russell. Elle avait juste ouvert la porte suffisamment pour passer la tête. Sa figure était longue, étroite et jaunâtre, on aurait toujours dit qu'elle venait de finir de pleurer. Elle pouvait pas faire plus de quarante kilos, et je regardais ses hanches en la suivant dans le couloir. Elle avait un cul de bancale, une sorte de boîte à cigares avec un trou dedans. Les chevilles légèrement bleues au-dessus des fausses chaussures de danse qu'elle portait et qui pouvaient venir que de chez Woolworth, tellement elles craignaient.

Arrivée à la cuisine elle s'est arrêtée, appuyée contre la table d'une main et l'autre posée sur la hanche.

« Est-ce que je peux vous faire une bonne tasse de café, monsieur Molar ? Ou bien un peu de thé avec du miel. Russell m'en a fait acheter du au trèfle juste hier. »

J'ai fait non de la tête en lui souriant. Je pouvais jamais passer chez elle sans qu'elle m'offre quelque chose à boire, ou une tranche de pain biologique aux noix, celui que Russell lui faisait faire. Toujours quelque chose. Et depuis que je la connaissais elle m'avait toujours paru avoir la classe, comme bonne femme, même si elle s'achetait ses chaussures de danse au Woolworth.

« Ça me dérangerait pas de vous en faire », elle disait.

Je me suis contenté de secouer de nouveau la tête en essayant de lui montrer à ma façon de sourire que son offre me faisait plaisir. Mais je sais pas si elle comprenait. J'aurais bien voulu pouvoir lui parler. Il y a pas grand monde à qui j'ai envie de parler d'habitude, mais cette femme-là, oui.

Deux enfants, un petit garçon et une petite fille en dessous de quatre ans tous les deux en culottes blanches merdeuses sont venus dans la cuisine s'asseoir par terre près d'un chauffe-eau couleur de rat. Tous les deux léchaient une sucette à la cerise. Le petit garçon avait plusieurs dents noirâtres. Je savais leur nom, mais jamais je les avais vus dire un mot.

« Si vous voulez le chercher », elle a dit, en indiquant vaguement vers le fond de la maison.

J'ai pris le couloir jusqu'à la chambre du fond. Je me suis posé pour avoir les mains libres et j'ai ouvert la porte. Une vague d'air froid m'a assailli. Muscle était étendu à poil sur le lit. Tous les rideaux étaient tirés et l'air conditionné faisait un boucan du diable à une des fenêtres. Murs et plafonds étaient peints en noir. J'ai refermé la porte derrière moi et me suis hissé sur un fauteuil rembourré.

Il était sur le dos, les mains croisées sur ses cent trente-deux centimètres de tour de poitrine. Il a tourné la tête, puis a ouvert les yeux. Un petit pli mauvais s'est inscrit de chaque côté de son nez. Il s'est levé du lit et a respiré cinq fois profondément. À part sa tête, il avait pas un poil sur lui, même le bas-ventre. Il utilisait du Nair pour s'épiler, formule liquide, près d'une bouteille par jour. La moindre trace de poil sur son torse ou sur ses jambes le rendait dingue. Tous les culturistes s'épilent et se maintiennent glabres, soi-disant que les poils ça rend le tracé des muscles flou, gâche leur définition, et Muscle était un des grands. Il avait plus de quarante titres à son actif, des trucs comme Mister Muscle Beach, Mister Florida, ou Monsieur Produits Laitiers. Dans l'obscurité de la chambre, il brillait comme une lumière. Mais pas seulement parce qu'il faisait noir. Il brillait partout où il allait.

Sa peau était comme briquée à la main, depuis son large front apparemment intelligent jusqu'à ses pieds magnifiques, d'où lui partaient des veines bleues en parfaite symétrie vers des chevilles fines, presque délicates, pour finalement arriver à ses mollets de quarante-huit centimètres de circonférence, qu'il avait ciselés et conditionnés comme au rasoir. Il en jetait tellement qu'Al lui faisait pas payer ses heures de salle — c'était de la bonne publicité d'avoir un fou de la fonte comme lui sur les lieux — et Al s'arrangeait aussi pour trouver des petits boulots à Muscle, comme cet engagement au centre commercial où on allait se rendre.

Muscle s'est habillé sans me regarder une seule fois. J'aurais aussi bien pu être le chat qui se serait perché sur le fauteuil, pour toute l'attention qu'il me portait. Mais Muscle il était comme ça, et je m'y étais fait.

« Quelle heure tu rentres, Russell ? » sa femme lui a demandé quand on a traversé la cuisine. Elle avait pas bougé de sa position contre la table. Les enfants étaient toujours assis à côté du chauffe-eau.

Russell s'est arrêté et l'a regardée comme s'il avait pas remarqué sa présence jusqu'ici. « Rentrerai quand je rentrerai », il a dit.

Il a pas bougé pour autant, il est juste resté là dans la cuisine à regarder autour de lui, comme s'il arrivait pas à s'imaginer comment il avait fait son compte pour se retrouver dans un endroit pareil. Il faisait un mètre quatre-vingt-sept, pesait quatre-vingt-dix-sept kilos, rien que du muscle conditionné, avec une crinière blonde qui lui descendait dans le cou, et de le voir là comme ça dans la cuisine entre ces plâtres tachés d'humidité et cette femme sèche comme un clou et ces deux enfants endommagés, on aurait dit que son corps avait d'une certaine manière réussi à pomper tout ce qu'il y avait jamais eu de beau ou de fort ou de vivant chez sa femme et ses enfants. Même sa maison il l'avait vidée du peu de beauté qu'elle avait. Le petit garçon a souri à son papa en montrant ses dents noires, et Muscle s'est contenté de hocher la tête lentement, avant de prendre le couloir avec cette démarche qu'il avait, comme monté sur roulements.

J'ai laissé un billet de dix dollars sur la chaise près de la table de la cuisine. Je faisais toujours ça quand je venais prendre Muscle. La brave femme en avait jamais fait mention, ce qui m'arrangeait bien. Parce que j'aurais pas su quoi lui dire. Probable que vous pensez que je laissais de l'argent pour elle et pour ces horreurs de mioches. Mais c'était pas le cas. Je laissais l'argent pour moi. Comprenez, Muscle il travaille pas — à part pour un petit numéro avec moi de temps en temps —, il fait rien que de s'entraîner à la salle et rester couché dans cette chambre noire réfrigérée (il disait à Al qu'il trouvait le noir reposant), à boulotter des suppléments vitaminés et roupiller pendant que sa bête décharnée de bonne femme et ses enfants pourris marchaient sur des œufs dans la maison de peur de le déranger. Je savais qu'elle devait bosser quelque part pour nourrir les mômes et payer le loyer sur cette baraque, alors je me contentais de laisser un billet de dix sur la chaise de la cuisine en partant, rien que pour pouvoir tenir le restant de la journée sans m'amocher trop le moral à ruminer tout ça. Merde, j'ai pas honte de dire que je suis aussi sensible qu'un autre.

Les Cubains nous reluquaient en train de traverser le trottoir et monter en voiture. Pete s'est dévissé sur son siège pour nous regarder aussi.

« Comment ça va aujourd'hui, Msieur Muscle ? »

Russell l'a fusillé du regard. « Mon nom c'est Russell Morgan. »

« Ça jchais bien que c'est le nom qu'vote moman vz'a donné », Pete a fait comme ça. « Mais z'en avez fait quetchose d'aute, pour sûr. Z'êtes refait entièrement la constitution, y'a pas. »

« Laisse la mère tranquille. Et pis d'abord ça me regarde, la façon que je me suis refait la constitution. Pourquoi tu conduis pas plutôt cette putain de tire au centre commercial, que je puisse retourner dans l'air conditionné. »

« Tout'suite, Msieur Muscle », il a fait Pete en tirant brutalement le levier de vitesses de la Dodge. « Vu que vous êtes si bonne humeur. »

Russell a regardé par la vitre les jardinets pelés pleins de Cubains et de gamins qui se coursaient avec des badines. Ensuite ses yeux se sont fixés sur un point entre ses genoux. « Putain de monde », il a dit.

J'avais envie de lui dire que c'était peut-être un

putain de monde, mais qu'il risquait pas beaucoup de changer si on se mettait tous à se faire entretenir par une femme estropiée du cul et laisser pourrir les dents de ses gosses pendant qu'on s'envoyait des milk-shakes protéinés, allongé bien au frais. Mais bien sûr on pouvait rien lui dire, alors je faisais exprès de rester tourné de l'autre côté pour pas entendre le reste de ce que sa bouche allait encore pouvoir sortir.

Je me demandais ce qu'Hester pouvait fabriquer, là-bas au Fireman's Gym. Al était capable de l'avoir fichue à la porte ou jetée par la fenêtre à l'heure qu'il était. Mais en mon for intérieur j'étais persuadé du contraire. Elle s'y était prise comme une championne, et probable qu'ils étaient copains comme cochons à présent. Et je me demandais bien pourquoi ça me fichait les boules — parce que c'était le cas, ça je peux vous le dire. Je m'efforçais de voir ça en homme intelligent, parce que comme je vous l'ai dit, je suis pas un demeuré. N'empêche qu'au bout du compte il me fallait bien convenir que j'avais pas confiance en Hester, que quelque chose chez elle me collait la trouille. Aussi toqué que j'étais de ses cuisses mirifiques, et autant ses beaux nichons en pointe m'en retournaient les foies, fallait bien admettre qu'il y avait quelque chose chez elle qui me terrifiait. Et je savais ce que c'était. Juste comme Pete engageait la Dodge dans le parking du centre commercial, j'ai réalisé tout d'un coup qu'il y avait pas une chose au monde que j'aurais pas fait pour elle, rien que j'aurais pas risqué. C'était ça la raison. Maintenant bon, merde, je suis réaliste, j'essaye toujours de regarder les choses en face. Quand on est comme je suis, quand on joue avec une main comme celle qu'on m'a servie, on a foutrement intérêt à faire gaffe sur ce qu'on risque. Ça je le sais. Intérêt à se couvrir le cul dans les tournants. Mais voilà, on se refait pas. Pas moyen d'aller contre sa nature non plus. Et du jour où je l'ai connue j'ai toujours su — j'aurais pas pu le formuler, mais dans mes veines je le savais —, toujours su que je la suivrais jusqu'en enfer par la grande porte. Et comme on s'immobilisait juste à côté de l'estrade provisoire construite dans le parking du centre commercial, il m'est venu à l'esprit que c'était probablement ce qu'Hester me demanderait de faire.

Pete a garé la voiture et s'est retourné vers nous. « Z'allez avoir du populo cette fois-ci, on dirait. »

Russell est descendu de voiture sans répondre ni seulement lui accorder un regard. Il a traversé sans perdre une seconde le bitume qui commençait déjà à renvoyer des petites vagues d'air chaud, et il a gravi les cinq marches qui montaient à l'estrade. Là, il s'est immédiatement dévêtu. Il a enlevé sa chemise, son futal, et s'est retrouvé en bikini d'apparat, resplendissant et presque lumineux contre le vert du décor de l'estrade qui faisait comme une coquille par-derrière. Il y avait probablement trois cents personnes à vadrouiller entre un camion Pepsi-Cola qui servait de buvette et un stand où quelqu'un d'autre vendait des hot dogs et de la barbe à papa. Mais quand Russell a agrippé ses mains ensemble et a contracté son corps tout entier en un seul nœud de muscles frémissants, les gens se sont précipités vers lui de tous les coins du parking. Ils se marchaient pratiquement dessus devant l'estrade pour le regarder. Pete et moi on était encore dans la voiture, on pouvait voir par-dessus les têtes de la foule Russell passer d'une pose à l'autre en une sorte de danse solitaire, sur un rythme qui n'appartenait qu'à lui. Pour toute l'expression qu'il montrait sur ses traits, il aurait aussi bien pu être seul allongé dans sa chambre noire.

« L'est-y pas quetchose, quand même ? » a fait Pete.

Je pouvais qu'en convenir d'un signe de tête.

« Rien qu'un musc, c'est ça qu'il est », Pete a continué. « Mais pour ête quetchose il est quetchose. »

Un petit bonhomme en complet vert est monté sur l'estrade et a parlé dans l'oreille de Russell. Russell l'a pas même regardé, et a pas raté une seule mesure de sa prestation. L'homme c'était M. Royce Tutin, qui tenait le magasin de chaussures pour dames à l'intérieur du centre commercial. C'est lui qui avait arrangé toute cette histoire et m'avait engagé, moi et Russell, pour faire un numéro. Question charité il était partial pour les sourds-muets parce que lui-même avait trois enfants, sourds-muets tous les trois. Russell faisait pas attention à lui sur l'estrade et M. Royce Tutin passait d'une oreille à l'autre pendant que Russell continuait ses poses-biceps.

Pete m'a tapoté l'épaule et je l'ai regardé. « Ce Musc-là, y a vraiment qu'une chose qui l'intéresse, hein ? » il a fait en se fendant la tronche d'un sourire, et du même coup me montrant l'intérieur violet de sa bouche.

Je suis descendu de voiture et j'ai traversé le parking. Les gens devant l'estrade applaudissaient pas, ils criaient pas non plus. Je les sentais piqués là dans une sorte de silence estomaqué. M. Royce Tutin était toujours sur la scène avec Russell, sauf qu'il essayait plus de lui parler à l'oreille. Il était sur le côté, les bras croisés sur sa poitrine rondouillarde, l'air malheureux.

Je savais ce qu'il avait. Tout ce temps-là il avait essayé de faire descendre Russell de l'estrade pour que la chorale de l'école puisse commencer. Russell était même pas censé faire de flexions, d'abord. Juste faire le numéro d'équilibre avec moi, mais Russell il suffisait de lui mettre une estrade et un public sous le nez, c'était la pose-biceps à tous les coups.

J'ai senti plutôt que vu les yeux se détourner de Russell sur l'estrade pour se poser sur moi qui marchais sur les mains en face des stands de hot dogs et de barbe à papa. Je pouvais les sentir me regarder comme je me frayais un chemin dans le passage qu'ils me faisaient, puis en montant les marches jusqu'à l'estrade où Russell était en extase dans une nouvelle pose, les yeux fermés. C'était bien, le coup des yeux fermés, ça me plaisait. Ça lui ferait les pieds, à cet enfoiré.

J'avais déjà repéré la bouteille Pepsi que quelqu'un avait laissée sur le bord de l'estrade et je m'étais dit que c'était la chose à faire, le seul moyen de faire descendre Russell de là. En montant les marches je sentais tous les yeux rivés sur mon cul de jatte qui dodelinait jusqu'à la scène. Je me suis immobilisé devant la bouteille Pepsi. Derrière moi, Russell continuait de danser tout seul, passant d'une pose qui faisait ressortir son torse à une qui mettait en valeur ses abdominaux, ensuite les cuisses, le dos et tout et tout, toujours les yeux fermés. On aurait dit qu'il se branlait sur scène devant tout ce populo.

J'ai saisi le goulot de la bouteille Pepsi par la main droite et je me suis mis en équilibre sur une main tout en fléchissant. En arquant le dos j'ai regardé le public. Certains avaient commencé à applaudir. Doucement j'ai mis la base de la bouteille Pepsi en équilibre sur le rebord et je me suis mis à tourner lentement. Chaque fois que le public passait devant moi j'en voyais de plus en plus en train d'applaudir à tout rompre. Russell a ouvert les yeux pour voir ce qui se passait. Il m'a vu et sa bouche s'est étirée. Deux traces blanches sont apparues de chaque côté de ses narines dilatées. Immédiatement il est passé à sa fameuse pose-abdominaux. Six mois avant il avait remporté Meilleurs Abdominaux dans le concours Monsieur Univers. Moi j'ai rien fait de plus que d'enfoncer le médius de ma main gauche dans le goulot de la bouteille Pepsi et je me suis mis à pivoter sur un doigt. Les cris incrédules et les hurlements ravis parvenaient jusqu'à mon super-doigt à travers l'estrade et la bouteille Pepsi.

Ensuite la tronche de Russell m'est apparue. Les taches blanches près de son nez s'étaient étendues sur ses joues. Il a épelé les mots lentement, par petites giclées que je saisissais chaque fois que je passais devant lui en tournant. « Au moins moi... des jambes... et suis pas... pas difforme... comme toi. »

Au tour suivant il était parti. Ensuite je l'ai aperçu avec sa chemise et ses pantalons à la main qui descendait les marches. Je me suis dégagé de la bouteille Pepsi et suis allé trouver Royce Tutin, qui avait retrouvé le sourire. Il s'est accroupi devant ma figure.

« Merci », il a dit comme ça.

Je me suis balancé sur une main et lui ai répondu : « O.K. »

« Pensez pas qu'il va décamper pour de bon, quand même ? »

« Non. »

« Juste bouder un coup, je suppose. »

« Je suppose. »

« Ça tombe bien », il a fait. « Ça nous donnera le temps de faire passer la chorale. Ensuite vous pourrez faire votre numéro tous les deux, et ça sera tout pour aujourd'hui. »

« O.K. »

« Je vais vous dire », il a dit, « s'ils se montrent généreux quand on passera les cartes de dons au profit de l'École de Rééducation de l'Ouïe et de la Parole, moi je vous donne tout ce qui rentre au-dessus de cinq cents dollars. C'est le but que je m'étais fixé, cinq cents dollars, et tout ce qui dépasse ce sera pour vous. »

« Al sera content », j'ai fait.

« Comment va Al ? »

« Al ça va », j'ai fait. « Dites, c'est pas tout ça, mais j'ai fait une mauvaise nuit hier soir, pas bien dormi du tout. On pourrait pas s'activer un peu et démarrer ce truc, que je puisse rentrer ? »

« Comment donc qu'on peut », il a dit. « Serais ravi de le faire. »

Je suis descendu rejoindre Russell, qui se tenait près des stands en train de foudroyer du regard les gens qui buvaient leur Pepsi-Cola et mangeaient des hot dogs. Il y avait une bonne femme vraiment très grosse qui tenait trois hot dogs dans une main et une bouteille dans l'autre. Russell la foudroyait du regard et de temps en temps il remontait sa chemise pour contempler les magnifiques striures de son estomac. Il marmonnait quelque chose que j'ai pas bien pu saisir. Mais en me rapprochant j'ai vu qu'il arrêtait pas de marmonner : « Putain de monde. Non mais putain de monde. »

Royce Tutin avait fait monter la chorale de l'École de Rééducation de l'Ouïe et de la Parole. Rien que des jeunes, garçons et filles de moins de quinze ou seize ans en chasubles blanches ; pris comme ça ensemble ils avaient l'air très beaux ; rien que des peaux bien proprettes, des yeux brillants et des cheveux resplendissants. Des sourds-muets. Il y avait un professeur de l'école en chasuble noire à liseré rouge qui était venu diriger la chorale. Lui aussi était sourd-muet. Je le connaissais de l'Ocean Club. Très mauvais joueur de volley-ball, par contre. Son nom c'était Purvis, Lintin Purvis.

Royce Tutin a levé le bras pour obtenir l'attention du public. Mais d'autant que je pouvais en juger tout le monde prêtait déjà attention, même avec les hot dogs et les Pepsi qu'ils continuaient d'engloutir. J'ai jeté un œil sur Russell et vu que calmement, sans passion aucune, comme s'il avait récité les jours de la semaine, il continuait à répéter : « Putain de monde. »

« Mesdames et messieurs », a crié Royce Tutin, les bras levés au-dessus de la tête. « Je vous ai amené la chorale, vraiment un bon groupe de chanteurs et chanteuses de l'École pour les Enfants Exceptionnels de Tampa et des Environs, autrement dit l'École de Rééducation de l'Ouïe et de la Parole. »

J'ai pas tout suivi en entier parce que j'ai déjà entendu ça des tas de fois et je regardais seulement de temps à autre, mais Royce Tutin a poursuivi, disant au public que ce divertissement monté aujourd'hui dans le centre commercial était organisé au profit de sa charité favorite, et aussi pour montrer que les enfants exceptionnels — qui pour une variété de raisons ne peuvent pas parler — étaient en fait capables de faire à peu près tout ce que les autres font, c'est pour ça qu'il avait invité une chorale d'enfants sourds-muets à venir leur chanter quelque chose.

« Maintenant », il a fait, « tout le monde se rassoit » — Royce il savait plus ce qu'il disait, il oubliait qu'on pouvait s'asseoir nulle part —, « asseyez-vous et savourez le travail de ce groupe vraiment épatant. » Royce était déjà pour quitter la scène, quand Lintin Purvis l'a rappelé à l'ordre d'un signe de main impérieux. Royce a ramené sa graisse au milieu de la scène et a annoncé que le premier morceau serait *America, the Beautiful.*

Purvis s'est posé devant la chorale et a levé les mains. Quand il les a baissées brusquement, les mains de tous les enfants ont jailli en l'air — synchronisées comme des pistons sur un moteur — et ils se sont mis à pomper les rythmes et les paroles : « *America, America, God shed His grace on thee.* »

Les badauds du centre commercial ça leur a coupé la chique. J'ai regardé autour de moi : pas un qui continuait de mastiquer. Même la grosse doche avec les trois hot dogs coincés entre ses doigts boudinés, même elle bougeait plus. Quand la chorale a terminé, les gens du public ont balancé leurs hot dogs, laissé tomber leurs bouteilles de Pepsi pour taper des pieds, acclamer, siffler et applaudir tant et plus, tandis que sur scène les mômes épelaient *Merci* plusieurs fois, tout en harmonie soigneusement orchestrée. Après *America, the Beautiful* ils ont chanté un pot-pourri de vieux cantiques favoris, en commençant par *Give Me That Old Time Religion*, pour terminer sur *That Old Rugged Cross*.

Ils avaient à peine fini d'épeler les derniers mots de celui-là que Russell m'empoignait déjà d'où j'étais à l'ombre de l'auvent en fer du stand Pepsi-Cola. Avec moi sous le bras comme un sac de farine il s'est dirigé vers l'estrade. L'heure était arrivée de faire le numéro et il était impatient d'en finir pour retourner à son air conditionné. Il est toujours comme ça, mais moi ça me faisait rien qu'il me porte sous le bras, parce que c'était plus dramatique comme entrée. J'essayais toujours de donner un bon spectacle.

On était encore à gravir les marches de l'estrade quand j'ai aperçu le paternel à Hester près de la machine à barbe à papa. Il portait la même salopette délavée et agitait la canne noueuse qui lui servait d'habitude pour taper ses messages en morse. Quand il a vu que je l'avais reconnu, il a laissé tomber la canne et s'est croisé les mains au-dessus de la tête en les agitant. Ensuite il m'a fait un 0 avec le pouce et l'index, et un clin d'œil par-dessus le marché, tout ce temps-là révélant ses dents dans un sourire involontaire qui le rendait triste à pleurer.

Russell Muscle et moi on a fait le numéro. Qui durait pas bien longtemps. Il me jetait en l'air comme une balle ou un singe savant, il me lançait très haut et quand je retombais on faisait une réception main à main. Ça avait pas grand-chose à voir avec un numéro d'équilibriste. Je le savais, et ça me dérangeait pas plus que ça. Le tout c'était le contraste entre Muscle et moi. C'était ça que le public applaudissait. Royce Tutin comprenait pas, mais moi si. Royce se figurait qu'ils m'acclamaient parce que j'étais sourd-muet et que je savais faire autre chose que de vendre des crayons ou des pommes au coin de la rue. Mais c'était pas ça. C'était pour les jambes à Muscle qu'ils se réjouissaient et acclamaient, pour les leurs aussi, ses oreilles et sa langue, et les leurs aussi. Mais pour comprendre quelque chose comme ça fallait en avoir chié un peu dans ce bas monde, et Royce Tutin il avait un magasin de godasses pour femmes à Tampa. Qu'est-ce qu'il pouvait savoir ?

Une fois terminé, Muscle m'a reposé sur l'estrade, et sans attendre la fin des ovations et des applaudissements ou même seulement faire signe de les avoir entendus, il a foncé comme un malade en bas du podium jusqu'au stand Pepsi-Cola où étaient restées ses frusques. Le temps que je le rejoigne là-bas, il était déjà en train de se rhabiller. Le paternel à Hester était là aussi à m'attendre. Il tenait sa longue canne comme un bâton de Moïse et il tapait avec contre le bitume par petites rafales. Il avait toujours l'horrible sourire automatique collé sur la figure. On aurait dit que quelqu'un lui avait conseillé de sourire, et qu'il le faisait mais sans savoir pourquoi.

« Z'étiez vraiment bien », il a fait, « sensationnel, même. »

« Merci », j'ai dit. « Plaisir de vous revoir. »

« Lu dans le journal », il a dit.

Il me regardait pas en face quand il parlait. Des fois quand il parlait il tournait même le cou le plus qu'il pouvait et regardait derrière lui. C'était par timidité, et il m'a fallu un moment pour m'apercevoir qu'il piquait son fard. Le sang lui montait du cou comme des gorgées et s'étendait aux joues. Il arrêtait pas de taper avec la canne d'une main et de parler de l'autre, tout ça en regardant derrière lui, ou alors en l'air l'unique nuage qui passait devant le soleil dans le ciel.

« Hein ? » j'ai fait.

« J'ai lu dans le journal pour votre numéro. Ça disait que vous aviez un chouette petit numéro et que vous seriez ici au centre commercial. »

J'étais assis sur une caisse Pepsi-Cola renversée à l'ombre de l'auvent métallique. Muscle m'a pincé l'épaule, et pas qu'un peu. J'ai levé les yeux.

« Foutons le camp d'ici, merde », il a dit.

Le paternel à Hester a fait : « Je ne crois pas vous connaître. Moi c'est George Maile. »

Muscle a regardé la main de George jusqu'à ce qu'elle s'arrête, et il a fait : « Putain de monde. »

Les doigts de George se sont mis à paniquer : « *Hein ? Hein ?* »

J'ai dit : « Il cause et il entend, monsieur Maile. Il nous comprend pas. Faites pas attention. Oubliez-le. Il est pas très gentil comme bonhomme. »

« Oh ! » a fait George Maile, et là pour la première fois son sourire lui est comme qui dirait tombé de la bouche. Mais comme quelqu'un qui remonterait sa ceinture, George a remonté le sourire en place entre ses joues.

« Alors, on y va ? » insistait Muscle.

« Vous pourriez lui demander si je ne pourrais pas avoir une minute de votre temps ? » a fait George Maile. « On pourrait aller au Walgreen là-bas et je serais heureux de vous offrir une tasse de café à tous les deux. »

« C'est gentil à vous », j'ai dit, « mais il boit pas de café, et de toute manière je pourrais pas lui dire parce qu'il y a pas moyen de lui parler. Il lit ni sur la bouche ni sur les mains. »

« Vous voulez dire que vous êtes avec lui et que vous ne pouvez pas lui parler du tout ? »

« On est seulement venus ici faire un travail. Notre numéro. On aurait pas grand-chose à se dire de toute manière. »

« Je me disais que j'aurais pu vous offrir une tasse de café et... eh bien, vous parler deux secondes au sujet d'Hester. »

« Hester ? »

« Oui. »

« Allons chercher Royce Tutin », j'ai dit. « Il pourra traduire à Russell Muscle. »

« Russell Muscle », a fait George Maile.

« Il aime pas ce nom. Juste un nom qu'on lui a donné, il arrive pas à s'en défaire. »

« Tout le monde a sa croix », a fait George Maile

en tapant un truc compliqué sur une poubelle vide en passant.

Russell nous a suivis en marmonnant. On a trouvé Royce Tutin en train de parler à Lintin Purvis et aux mômes de la chorale. Je lui ai dit de transmettre à Russell Muscle. Russell a fait un bruit dédaigneux par les trous de nez et a dit qu'il en avait soupé de ces conneries. J'ai dit à Royce Tutin de lui dire que c'était air conditionné chez Walgreen. Muscle a répliqué que c'était air conditionné dans sa chambre et qu'il fallait qu'il mange un bout de pain et un yaourt. Je lui ai dit que c'était pas la peine de discuter, et il m'a dit que j'étais un nabot fils de pute sans guibolles, ce qui a grandement choqué Lintin Purvis et George Maile.

Mais Russell nous a quand même suivis à l'autre bout du parking jusqu'au Walgreen. Une fois à l'intérieur, George Maile et moi on a pris une table, tandis que Russell se mettait à un tabouret du comptoir face à nous. Il se faisait tourner comme un malade sur le tabouret pendant qu'on discutait.

« Comprenez, nous on l'aime », il disait.

« Oui », j'ai dit.

« Mais ça a pas été facile. »

« Ça je peux le comprendre », j'ai fait, sans savoir où il voulait en venir. Devant nous, Russell Muscle empoignait le bord du comptoir, soulevait les pieds du sol et se propulsait comme une toupie.

« Elle qui parle et qui entend mais qui habite avec nous autres qui peuvent pas, forcément, ça a pas été facile pour elle, ni pour personne. »

Je pensais pas que Russell allait tenir encore bien longtemps, alors je me suis dit que j'avais intérêt à trouver ce qu'il voulait. « Monsieur Maile, qu'est-ce que vous aviez à me dire ? »

Il a regardé ailleurs et pris la salière. Au comptoir, Russell était plus qu'un flou sur le tabouret. George Maile a tapoté rapidement avec la salière. Je l'ai vu faire, mais je sentais aussi ses coups à travers la table. Et puis j'ai réalisé ce qu'il faisait.

J'ai allongé la main et lui ai arrêté le poignet. Il m'a regardé.

« Je sais pas le morse », j'ai dit.

« Oh ! »

« Non, j'ai jamais appris. »

« Dommage », il a fait.

« Jamais appris. »

« Écoutez », il a repris comme ça, « je voudrais surtout pas que vous croyiez que je dis du mal d'elle. C'est pas contre elle que je cause, comprenez bien. »

« Je sais bien », j'ai dit. Mais en fait je savais rien du tout et je commençais à penser que j'aurais mieux fait de me tirer là tout de suite comme Russell voulait. « Mais je suis un peu pressé, là. » J'ai montré Russell. La serveuse était venue lui demander d'arrêter de jouer avec le tabouret.

« Hester est une bonne fille », il a fait, « mais elle est bizarre par certains côtés, si vous voyez ce que je veux dire. »

« Non, monsieur, je vois pas ce que vous voulez dire. »

« Elle se lasse de tout facilement. »

« Je ferai de mon mieux pour qu'elle s'ennuie pas de trop. »

« Je veux dire, c'est avec tout pareil. Elle se lasse des choses et des gens. Ça lui fait faire des drôles de trucs. » Il s'est mis à regarder le plafond, en continuant : « C'est elle qui me l'a dit. Elle m'a dit qu'elle s'ennuie tellement parfois, ça la rend dingue, c'est pour ça qu'elle fait des drôles de choses. »

« Quel genre de drôles de choses ? » j'ai fait.

« Vous la connaissez pas depuis aussi longtemps que moi. »

« Quel genre de drôles de choses ? »

Russell s'est amené et a approché sa tronche tout contre la mienne. « Alors bordel, on y va ou quoi ? »

J'ai mis ma paume contre la figure de Russell et lui ai repoussé la tête pour regarder George Maile par-dessous.

George Maile a dit : « Une fois elle nous a enfermés sa mère et moi dans une pièce pendant près d'une semaine. »

Sur ce, Russell Muscle m'a attrapé sous son bras et a commencé à sortir de la cafétéria. George Maile est resté sur la banquette avec sa canne en bois près de lui et a regardé Russell m'emmener. J'ai levé ma main libre et j'ai demandé à George Maile : « Quoi ? Répétez ! Répétez ! »

« Hester nous a enfermés sa mère et moi dans une pièce, très longtemps. Laissez pas Hester vous détruire. » Il parlait aussi vite qu'il pouvait à présent, vu que Russell avait presque atteint la porte. « Je l'aime et je veux surtout pas la débiner. Mais la laissez pas vous détruire. »

Russell a poussé la porte en verre, et la dernière chose que j'ai vue c'est George Maile assis à la table en Formica en train de m'adresser un grand O avec le pouce et l'index.

6

Muscle m'a porté jusqu'à l'autre bout du parking et m'a jeté sur la banquette arrière de la Dodge. Pete roupillait au volant là où on l'avait quitté, avec sa vieille casquette qui lui tombait presque sur le nez. Dès que j'ai pu être en mesure de le faire j'ai sorti des choses assez salées contre Muscle et il savait qu'elles étaient gratinées mais il s'en foutait, c'est à peine s'il me regardait.

« Ramène-moi à la maison », il a fait à Pete.

Pete a souri lentement mais n'a pas fait un geste pour démarrer.

« Tout de suite, Msieur Musc », il a dit.

« Et arrête ça avec mon nom. » Russell tordait tellement la tronche, on aurait dit qu'il allait se mettre à pleurer.

« Sert à rien de vous braquer », il a fait Pete, « sert à rien de vous braquer conte ce qu'est vrai. » Il a fait démarrer le moteur et il a jeté un dernier regard derrière lui. « Z'êtes rien qu'un musc et faut z'en prendre qu'à vous. »

« Ce qui faut pas endurer comme conneries dans

la vie », Russell Muscle a fait. Moi j'en ai rajouté des encore plus terribles sur son compte, et j'en ai même adressées à la nuque de Pete, histoire d'évacuer les mauvaises pensées, mais rien n'y faisait, Hester me sortait pas de la tête pour très longtemps. Enfermer ses vieux dans une pièce ! Toute une putain de semaine ? Je peux comprendre qu'on s'ennuie. Avec toutes les merdes auxquelles j'ai eu droit dans la vie, je peux comprendre pratiquement tout, mais ça je voyais pas trop le rapport avec l'ennui. Plutôt un comportement de cintrée, oui. Est-ce que ça serait pas pour ça que le paternel à Hester avait appris à taper avec sa canne en morse ? D'être enfermé comme ça quand vous pouvez ni crier ni même parler à travers la porte à celui qui vous a bouclé, ça doit forcément vous faire faire des drôles de trucs. Qu'ils aient tous des cannes dans cette carrée, à se taper des messages à travers le plancher, ça me paraissait moins bizarre maintenant que je savais qu'ils avaient été bouclés dans une pièce. C'est-à-dire, si c'était vrai cette histoire-là. Ça se peut aussi qu'il ait menti. J'ai appris depuis longtemps à pas me fier à ce que disent les gens.

Le temps qu'on dépose Muscle et qu'on retraverse la ville, il était pas loin de trois heures. La salle était pleine de fous de la fonte et de boxeurs. Al était assis dans sa cage en grillage.

« C'est qu'est Hester ? » j'ai dit.

« Tu veux manger quelque chose maintenant ? » a fait Al.

« Hester peut me préparer quelque chose », j'ai dit.

« Demande à Leroy ou Pete de le faire. »

« Où c'est qu'elle est ? »

« Occupée », il a dit. « S'occupe d'un type. »

« S'occupe d'un type ? »

« Massage. Al il pense que cette fille elle a des mains en or. »

« Aucun doute là-dessus », j'ai dit.

J'ai traversé la cuisine et là, sur le mur à côté du cadre où était le mot épinglé sur moi quand on m'a abandonné, se trouvait la photo d'Al avec la tête sous la roue de l'Hudson Hornet. Le même genre de cadre doré à la manque que pour mon mot. Leroy était à l'évier en train de faire la vaisselle. Il m'a vu regarder la photo.

« Al voulait pas au début. Maintenant il adore. » Leroy a reposé son torchon et est venu me rejoindre là où j'étais assis par terre. « Ça va comme tu veux ? T'as pas l'air d'aller fort. »

Il parlait encore quand je me suis rétabli sur les mains et que j'ai pris le couloir jusqu'à la salle de massage. Il y avait trois tables devant un présentoir plein de liniment, d'éponges et de tas d'huiles différentes. Hester était debout devant celle du milieu vêtue d'une des vieilles blouses blanches dont Al se servait quand il donnait un massage. Il y avait un type sur la table où elle était. Je pouvais voir que ses pieds nus qui dépassaient.

Je savais qu'elle se servait d'une huile appelée

Baby Rose Bud [1], vu que la pièce sentait comme un jardin.

Elle avait l'air de frictionner les cuisses du type et elle s'est pas arrêtée quand elle m'a vu à la porte. Elle m'a souri comme si ça lui faisait réellement plaisir de me voir. Ça m'a rasséréné un peu. « Alors, ce centre commercial, comment c'était ? » elle a fait. « Moi en tous les cas j'ai passé une sacrée matinée. »

« Content de l'apprendre », j'ai dit. « Je vois que t'as accroché la photo d'Al au mur. »

« Lui l'a accrochée. Pas moi. »

« Leroy m'a dit ça », j'ai fait. « Je suppose que j'avais tort quand je disais que ta place était pas ici. T'auras pas mis longtemps à t'intégrer. »

« Juste passé une sacrée bonne matinée, c'est tout. »

Les pieds au bout de la table se sont mis à bouger. Ils luisaient sous la lumière à cause de l'huile à la rose. Je me demandais si elle avait seulement mis une serviette sur les roustons du type. Mais je voulais pas demander. Ça semblait mesquin et minable d'attribuer de l'importance à une chose pareille.

C'est là qu'elle a regardé vers l'autre bout de la table : « Redresse-toi dire bonjour à Marvin Molar. »

Et, comme un diable dans sa boîte, le type est apparu entre ses pieds. « Salut », il a fait.

C'était Aristote Parsus, et il se fendait la pipe

1. Bébé Bouton de Rose.

comme si on venait de lui raconter la meilleure blague du monde. Redressé comme il était, je voyais bien qu'il avait pas de serviette. J'ai détourné les yeux. Des fois qu'il aurait eu le gourdin, en plus. Moi j'avais le tournis et mal au cœur. Mais j'allais quand même pas le laisser s'en rendre compte.

« Alors comme ça on s'offre un petit massage, hein Ari ? » j'ai dit. « Putain, remarque que dans ton cas, un petit peu de tonus ça serait pas du luxe. » J'ai fait un clin d'œil à Hester. « Malaxe-le comme il faut, ma poule. Moi faut que je m'enfile un peu de protéines. »

Je les ai quittés avec le sourire et suis sorti dans le couloir, mais sitôt tourné le coin j'ai dû m'appuyer contre le mur. Les yeux me piquaient et je me demandais si j'allais pas chialer.

Je me suis mis à table et j'ai laissé Leroy me préparer un steak. Il a coupé une ou deux tomates en tranches et il a mis ça sur la platée de steak avec une montagne de fromage blanc en prime. J'ai coupé la viande en morceaux et je l'ai mangée. On peut pas dire que j'en aie eu vraiment le goût. C'était comme avaler des cailloux. J'arrêtais pas de penser à ses cuisses mirifiques et à ce putain de Grec couché près d'elle là-bas.

Al s'est ramené et il est resté debout près de la table. « Al il veut te dire merci d'avoir amené Hester au Fireman's Gym », il a fait.

« Je l'ai pas amenée », j'ai dit.

« Elle est venue avec toi, et Al veut te dire merci. »

« Bon », j'ai fait. « J'ai pas envie d'en parler maintenant. »

« Elle est maligne comme fille », il a continué. « Elle est pas bête. »

« Non, elle est pas bête. »

Al est retourné dans la salle, et Leroy s'est mis à table en face de moi. Il a pris un morceau de viande sur mon assiette avec ses doigts et il s'est mis à mastiquer ça laborieusement comme si c'était quelque chose qu'il avait appris par cœur.

« Qu'est-ce qu'elle a, c'te fille ? » il a fait en regardant vers le couloir qui menait au sauna. « J'avais jamais vu une fille toute nue avant. Quand l'est venue comme ça à poil avec nous dans le sauna, bien cru que mon cœur l'allait exposer. » Il a pris une de mes tomates et il a mâché ça aussi systématiquement que la viande. « C'est ta copine, nan ? Moi ce que je veux savoir c'est comment ça te fait de la voir se trimbaler devant nous ? Et malaxer des mecs à poil, en plus ? »

Le tort qu'il a eu c'est pas de l'avoir dit, mais d'avoir souri quand il l'a dit. J'ai senti quelque chose se décrocher et se déplacer dans ma poitrine. Il a tendu la main pour prendre un autre bout de viande sur mon assiette et j'ai avancé la mienne au même moment, lui encerclant le poignet. Tout s'était passé comme au ralenti. J'ai vu sa main venir et j'ai vu ma main partir et on aurait dit qu'elles allaient jamais se rencontrer, mais quand elles l'ont fait ma main s'est refermée sur son poignet et dans le même instant sa bouche s'est déformée en ce qui devait être un sacré hurlement. Les mains à Al je vous en ai déjà parlé — comment elles sont énormes. Les miennes c'est encore autre chose. Il y a rien de pareil. C'est de marcher avec qui les rend comme ça.

Je regardais ma main. Ça semblait irréel. Je savais que j'étais sans doute en train de lui fracturer tous les os du poignet et que c'était Leroy, bon Dieu, rien qu'un môme qui pensait pas à mal, rien qu'une plaisanterie pas méchante, mais on aurait dit que je voyais tout ça comme au cinéma, et du coup je ressentais rien du tout en regardant les larmes brillantes qui lui giclaient des yeux, ou sa bouche qui se déformait, ou lui qui se raidissait sur sa chaise, tellement rigide qu'il pouvait rien faire que de rester là à hurler comme un chien.

J'ai senti les pas lourds sur le plancher et j'ai vu Al se pointer à la porte. Il courait mais c'était comme s'il courait pas, ça se passait au ralenti comme tout le reste. Il a fendu l'air vers moi, ses gros genoux comme des pistons devant moi, son énorme poing s'approchant de plus en plus de mes yeux jusqu'à ce qu'il en bloque Leroy, la table, et la pièce tout entière. Une seconde après j'étais éjecté de la chaise, par terre, à le regarder. L'embrasure de la porte était pleine de fous de la fonte et de boxeurs qui devaient avoir entendu Leroy beugler et qui se bousculaient au portillon pour voir ce qui se passait. Et c'était comme si j'avais tourné de l'œil et que je revenais seulement à moi, me demandant moi aussi ce qui s'était passé. Al sa figure était livide et rigide comme une stèle, sauf pour ses lèvres qui tremblaient et paraissaient presque jaunes. Il était debout et me regardait.

« Bon Dieu », il disait, « mon Dieu, Al il... Al il vou... »

Là il a dû entendre les fous de la fonte à la porte parce qu'il s'est tourné et j'ai vu sa nuque rougir. Je savais qu'il leur criait après. Ils ont disparu aussitôt. Leroy se tenait le poignet et pleurait sur la table. Al est revenu là où j'étais.

« Ça va », j'ai fait.

« Marvin... Qu'est-ce qui ? » Il a montré Leroy. « Pourquoi ? »

« Je sais pas », j'ai dit.

Al il m'avait jamais frappé de sa vie. Pas une seule fois. Son corps entier tremblait au-dessus de moi à présent. Je pouvais voir le poignet de Leroy. Presque noir et continuant d'enfler. Je pouvais voir la marque de tous mes doigts dessus.

« Dis-lui de m'excuser », j'ai dit.

« Al il veut savoir pourquoi t'as fait ça ! » Il parlait pas avec les mains mais hurlait les mots, la bouche noire de dents, les mêmes toutes de travers qui lui servaient à plier les tire-fond.

Leroy a levé les yeux de la table. Il avait les yeux rouges et les larmes lui coulaient sur les joues. « La fille », il a fait. « C'est la fille. »

Et comme par enchantement, Hester est apparue dans l'encadrement de la porte. Elle souriait.

Elle nous a reluqués tous un moment en y mettant le temps, et ses yeux ont glissé sur le poignet bousillé du môme. Là elle s'est arrêtée de sourire. Mais tout en souriant quand même, si vous pouvez comprendre ça. C'était comme si le sourire était enfoui dans sa figure, de la façon que ses yeux brillaient, que sa bouche restait tendue, comme si elle était pas qu'un peu contente d'elle.

« Qu'est-ce qui s'est passé ? » elle a fait.

« Y m'a cassé le bras. »

« Qui ça ? » elle a demandé.

« Lui », a fait Leroy.

« C'est vrai ça ? »

« Oui », j'ai dit.

« Ben dis donc », elle a fait. « Ben dis donc. »

Aristote Parsus se tenait derrière elle à la porte. Il rebouclait sa ceinture de pantalon.

« Qu'est-ce qui se passe ? »

« Marvin a pété le bras au môme », a fait Hester.

Aristote Parsus m'a regardé. « Tu devrais t'offrir un de ces massages, Marvin. Ça te calmerait. »

Al s'était accroupi près de moi. Il m'avait pas touché mais il regardait l'endroit où son poing m'avait frappé. C'est tout juste si je pouvais déglutir. J'avais la gorge si enflée que j'avais l'impression qu'elle resterait fermée.

Il continuait de me regarder, mais il a levé la main derrière lui pour dire à Hester et Aristote : « Faut pas rester là vous deux. Affaire de famille. »

« Sûr », a dit Hester. « Une famille faut que ça règle ses histoires en famille. »

Eux partis, Al a dit : « Al il s'excuse de t'avoir frappé. »

« Tu pouvais guère faire autrement », j'ai dit.

« Ça change rien. C'est toujours aussi grave. »

On aurait dit qu'il voulait me toucher, mais il l'a pas fait. Il a levé la main comme pour la mettre sur mon cou, mais il s'est frotté les yeux à la place.

« Tu ferais bien d'aller te mettre quelque chose de froid sur ce cou : un cataplasme. »

Il s'est relevé et est allé trouver Leroy, qui était toujours à table, les larmes séchées sur les joues, tenant son avant-bras droit délicatement dans sa main gauche. Al lui a pris le bras avec ses doigts. Leroy son corps tout entier s'est mis à trembler, et je pouvais voir sur sa bouche qu'il avait émis comme un gémissement.

« Qu'est-ce que ça donne ? » j'ai demandé.

« Cassé, peut-être », a fait Al. « Peut-être pas. Vaut mieux faire une radio. Va dire à Pete d'amener la voiture. »

En passant devant la table je me suis arrêté. Leroy me regardait d'une façon que je lui avais jamais connue avant, un peu comme quelqu'un regarderait son chien favori s'il venait de le mordre sans raison.

« Je m'excuse », j'ai fait.

« Qu'est-ce qui dit ? » Leroy a demandé à Al.

« Je m'excuse », a dit Al.

« J'ai pas fait exprès », j'ai dit.

Al a dit ça.

« Pas faixprès ? » Leroy a dit. « Jésus, pas faixprès ? Comment que tu peux faire ça à mon bras... » Là il a levé le bras devant moi. « ... et pas le faixprès ? »

« Je... j'en... » Je savais pas quoi lui dire. « C'était rapport à autre chose. C'était pas toi. C'était autre chose. »

Al a dit ça.

Leroy s'est appuyé sur la table et m'a regardé de tout son haut. Ses sourcils blonds se bousculaient au-dessus de son nez et son menton en était bleu tellement il se concentrait. « Laisse-moi te dire ce que je pense, sale... sale... je pense que t'es devenu cinglé. Fou à lier, bordel. On te pique une tite bouchée de viande de dessus ton assiette et tu casses le bras d'un mec. Si c'est pas cinglé, ça bordel. » Il postillonnait avec les mots. Ensuite il s'est mis à chialer en berçant son bras contre sa poitrine.

J'ai dit : « Dis à Leroy que... »

« Al t'a dit d'aller chercher la voiture. T'en as dit assez. Rien qui vaut la peine. Rien qui veut dire grand-chose. Trouve Pete et dis-lui d'amener la voiture. De suite. »

Finalement, faute de trouver effectivement quelque chose qui aurait fait une différence, je suis passé dans la salle. Les boxeurs et les fous de la fonte se sont tous arrêtés pour me regarder comme une bête curieuse, et je suis descendu à l'endroit du trottoir où Pete s'asseyait toujours sur une caisse vide qu'il gardait là-bas. Il avait sa casquette tirée sur les yeux. Il prenait le soleil. J'ai fait le signal convenu qui voulait dire d'amener la voiture, mais dès que je l'ai touché Pete a remonté sa casquette et tourné ses yeux jaunes sur moi.

« À l'horripital ? » il a fait.

J'ai fait oui de la tête.

« C'est vrai, ça, ce que M'zelle Hester dit que t'as fait ? »

Je l'ai seulement regardé.

« L'a dit comme ça que t'y as fait du mal. Dit comme ça que t'y as écramoussé le bras. »

J'ai fait oui de la tête et j'ai regardé dans la rue vers l'endroit sous le lampadaire où la Volvo aurait logiquement dû être garée.

« L'est partie », a dit Pete. Il m'a dévisagé et je me sentais piquer mon fard d'humiliation. « Pas des blagues, l'est partie avec lui. L'a dit que l'allait le déposer sus son bateau, pis après a passera voir son paternel et sa moman. Et que je te dise aussi, ça elle a bien insisté, dis bien à Marvin Molar que je reviens après. Que rien l'empêchera de revenir, elle a dit. Dis-lui que je reviens ce soir de bonne heure, qu'elle a dit. »

Je lui ai fait signe d'aller chercher la voiture et de la ramener par ici, mais il est resté là à me regarder. Ensuite il lui est venu un de ces sourires traînards sur sa vieille bouche de nègre, et là j'aurais pu le tuer. Je sentais la colère qui me faisait tinter les nerfs, comme des fils télégraphiques. J'ai fait aussitôt volte-face et me suis précipité en haut des escaliers. Je me suis assis sur une chaise dans la salle, face à la rue, et j'ai regardé Al mener Leroy jusqu'au ruisseau du trottoir où Pete avait amené la voiture. Je suis resté assis un long moment, mais je sentais les mecs me regarder du coin de l'œil tout en s'exerçant, alors finalement j'ai pas pu tenir et je suis allé me réfugier dans le sauna, mais là c'était rempli d'une dizaine d'haltérophiles serrés là-dedans joue contre bajoue, à se faire cuire leurs énormes culs nus à l'étuvée. Leurs têtes géantes se sont tournées vers moi comme un seul homme entre les couches d'air chaud sous la lumière jaune. L'eau leur perlait aux cils quand ils clignaient des yeux. Je me suis retiré vite fait en refermant la porte derrière moi.

L'idée qu'elle s'était tirée avec Aristote Parsus m'était restée dans la tête. De temps en temps c'était même comme si je pouvais réellement voir les lettres en lumineux sur l'arrière de mon crâne : *L'a dit que l'allait le déposer sus son bateau.*

J'ai suivi le couloir jusqu'à la cuisine et je me suis mis au lit. J'ai pris l'*Atlantic Monthly* de l'étagère. Mais rien à faire pour le lire. En fait j'avais aucune envie de le lire. Je voulais toujours faire ce que j'avais fait à table avec Leroy : cogner sur quelqu'un ou quelque chose. Faire mal. La mâchoire m'en faisait mal tellement je serrais les dents. Devant moi les pages du magazine restaient toutes floues. Elle disait qu'elle le déposait et qu'ensuite elle passerait voir ses parents.

Et alors ? Pourquoi pas choisir de la croire ? Je me disais : pourquoi pas la croire sur parole et s'en tenir là au lieu de te bouffer le foie à interpréter ça autrement ? Passer à la maison rendre visite à son vieux popa et sa vieille moman qu'elle a enfermés dans une piaule près d'une semaine. Ben voyons.

Mais ça c'était ce que racontait son paternel. Il disait qu'elle les avait enfermés. Ça voulait pas dire que ça s'était réellement passé. Mais pourquoi un type voudrait dire ça sur sa fille si c'était pas vrai ? Qui pourrait répondre à ça, merde ? Pourquoi les gens disent ce qu'ils disent, d'abord ? Est-ce qu'on sait ?

Je suis resté au lit un long moment à feuilleter les magazines un par un. J'ai même descendu mon livre favori de tous les temps, celui que j'ai lu je sais pas combien de fois, *La Puissance et la Gloire*, de Graham Greene, et j'ai essayé de lire ça. Mais rien n'y faisait. J'avais pas envie de lire. Je me sentais complètement violent et complètement sans recours, les deux à la fois. La violence était dirigée autant contre moi qu'autre chose, parce que je sentais comme le commencement d'un sentiment d'apitoiement me tirailler derrière les yeux. Et bordel, s'il y a une chose que je hais plus que tout c'est bien un trouduc qui s'en va pleurnicher et emmerder son monde, comme quoi justement le monde il est pas juste. Je vous l'ai déjà dit et je le répète : juste, c'est pas un mot qui m'a fait beaucoup d'usage jusqu'ici.

Alors je suis resté au pieu à grincer des dents. Finalement je me suis levé, j'ai enfilé une tenue en éponge avec fermeture Éclair et je suis passé dans la salle. La plupart des mecs qui étaient présents quand j'avais esquinté Leroy étaient partis.

D'autres les avaient remplacés, mais dans la salle il y avait quand même pas foule. Un de ceux arrivés entre-temps était Muscle. Lui il s'entraînait six jours la semaine. Lundi, mercredi, vendredi : le haut. Mardi, jeudi et samedi : le bas. Pour être un freak, c'était un freak. Mais un des plus grands. J'avais jamais pu le blairer ni jamais pu m'entendre avec lui, mais j'aimais ce qu'il était et je l'avais toujours admiré — si vous pouvez comprendre ça.

Je m'étais mis en tenue et j'étais venu là en chier pour m'extirper de moi-même. Une des choses que j'ai découvertes dans la vie, c'est que dans un muscle torturé on trouve une sorte de paix qu'on peut trouver nulle part ailleurs. L'épuisement chasse le monde. Je restais assis près de ma pile de briques à regarder Muscle. Quand il s'entraîne il porte deux énormes sweat-shirts lâches l'un par-dessus l'autre, et un bas de survête tout avachi. Ce qu'il fait, il isole et travaille un muscle en particulier pendant une heure, ensuite il en isole et travaille un autre. Il garde un œil sur ce muscle qu'il est en train de travailler. Lui il appelle ça l'espionner. Je l'ai regardé se relever du banc où il venait de faire une série de développés couché avec des haltères de deux cents kilos et aller immédiatement espionner son torse frémissant et gonflé à bloc. Il y a des miroirs sur tout un mur du gymnase, parce qu'un fou de la fonte peut pas s'exercer sans miroir. Il était devant la glace à se regarder à travers l'encolure de son sweat-shirt. Il bandait ses muscles en se concentrant sur sa poitrine tout en regardant par le col du sweat-shirt qu'il tirait ouvert avec ses grosses paluches à doigts carrés. Et puis tout d'un coup il a tiré l'encolure le plus bas possible pour exposer un lobe de ses pectoraux, et il est resté là à l'admirer dans le miroir, tout absorbé à le fléchir, le pomper et le gonfler. Brusquement il a renfourné son muscle pectoral dans l'encolure de son maillot et il est retourné au banc où il s'est immédiatement mis sur le dos. Il a fait une rapide série de douze, s'est relevé d'un bond, s'est examiné par l'encolure de son sweat-shirt, après quoi il est allé se poser devant le miroir en sortant son pectoral gauche pour pouvoir se concentrer dessus.

J'étais pas le seul dans la taule à le regarder. Les autres culturistes, et même certains des boxeurs, avaient fait la pause pour regarder en silence un des grands corps de la nation poser et s'admirer dans la glace.

Je sais pas pour les autres, mais moi ça m'aidait. Ça me faisait entrer dans le rythme de ma séance, ça me mettait un peu le feu au sang, vouloir me mesurer à moi-même, grimper à cette corde histoire de déguster et voir si je pouvais encaisser la douleur.

Et merde, je me suis dit tout d'un coup, je m'en branle qu'elle l'ait déposé sur son bateau. Je m'en branle de savoir ce que cet enfant de putain d'Aristote fichait ici pour commencer. Est-ce qu'elle avait pas dit à Pete qu'elle allait revenir ? C'était suffisant pour moi. Grandement suffisant.

Je m'étais mis à empiler mes briques comme un fichu cinglé. Je faisais des piles de sept briques en un rien de temps, je les démolissais aussitôt et je remettais ça. Je savais qu'à l'autre bout de la salle Russell Muscle m'observait. Sans avoir besoin de regarder, je savais qu'il s'était arrêté, l'encolure de son sweat-shirt encore grande ouverte, mais la tête tournée vers moi et mes bras de cinquante en train de faire leurs piles et d'en mettre un sacré coup.

Comprenez, ça coupait dans les deux sens, moi et Muscle. C'était comme un bruit et son écho. Je rebondissais sur lui et il rebondissait sur moi. Putain, des fois il s'échauffait tellement à me voir faire mes exercices qu'il s'en serait bien fait crever la paillasse à pomper sa fonte. Et moi quand je le voyais faire, ça me galvanisait aussi. Alors c'est ce qu'on faisait, là, ce lundi après-midi torride, tête contre tête chacun de son bord dans la salle étouffante.

Et comme mes sacrés bras gonflés empilaient et soulevaient les briques, les mots résonnaient dans ma tête comme pour crier : *Hester, sale connasse, qu'est-ce que t'es, comparée à ça ?*

J'ai continué avec mes piles, j'ai fait des équilibres sur une main, le numéro avec le doigt, suis grimpé à la corde la tête à l'envers, me suis accroché aux anneaux, fait des croix de fer en succession, j'ai dévalé l'escalier, suis remonté, et j'ai remis ça avec les briques. Il m'est venu un sifflement aigu dans la tête. Mais j'écoutais pas.

Tu peux toujours siffler, enculé, siffler à en crever !

La tenue en tissu-éponge était trempée et la sueur dégoulinait en une énorme flaque sur le sol en dessous des anneaux où j'étais suspendu. À l'autre bout de la salle, Muscle s'esquintait en une succession infernale d'exercices : rowing debout, rowing penché à quatre-vingt-dix degrés, élévations latérales, rétropulsions, série aux haltères debout, puis de nouveau couché. Finalement il a attaqué le programme pour le bas du corps, tant pis si c'était pas le jour, et il s'est retrouvé sous des haltères tellement lourds que la barre olympique en était toute courbée quand il la soulevait des fourches du râtelier.

Je sais plus combien de temps ça a duré. Graduellement j'ai pris conscience qu'il y avait de moins en moins de monde dans la salle, les haltérophiles et les boxeurs disparaissant un par un. Mais Russell Muscle et moi on a continué, en une sorte de contrepoint entre l'un et l'autre à chaque bout de la salle, perdus qu'on était dans notre monde de sueur et d'abrutissement, un monde dans lequel il n'y a que l'exercice suivant qui compte.

À un moment, je me souviens avoir repéré Leroy, Pete et Al qui revenaient, je me souviens les avoir vus en haut des escaliers, deux faces grises et une noire qui nous ont regardés Muscle et moi un petit moment. Ils étaient qu'une image floue pour moi, en haut des escaliers (je faisais des équilibres sur deux doigts), mais je pouvais tout de même voir que Leroy gardait son bras pressé contre sa poitrine dans une écharpe blanche. Rien que de voir Leroy comme ça, ça m'a relancé dans une dernière frénésie d'exercices aveugles qui se sont seulement terminés quand j'ai levé les yeux de mes briques pour trouver Muscle devant moi la main tendue. Je me suis assis sur le sol et j'ai tendu la mienne. On s'est serré la main.

« Ça c'est de la séance », il a dit comme ça. Sa belle bouche aspirait l'air à grandes gorgées, comme de l'eau. « Pourra jamais y en avoir deux comme toi. » Ses cheveux se ramenaient pardevant en rouleaux trempés qui tremblaient sous sa respiration.

Je l'ai regardé en face. Je pouvais rien lui dire. Aucun moyen de me faire comprendre. J'ai bien pensé une seconde à aller chercher Al et lui faire traduire. Mais ça aurait servi à quoi ? Qu'est-ce que j'aurais dit ? J'ai laissé retomber ma tête sur ma poitrine. Quand je l'ai relevée, il était déjà en route pour le vestiaire.

Je suis resté là par terre. J'aurais voulu pouvoir continuer l'entraînement, j'aurais voulu que ça n'ait jamais de fin. Mais fallait bien. J'étais aussi gonflé et aussi dur qu'une punaise, et c'est tout juste si je pouvais encore soulever les mains à hauteur de tête.

La salle s'est vidée vers cinq heures et demie et l'est restée jusqu'après dîner, vers sept heures ou sept heures et demie, quand les culturistes et les boxeurs qui pouvaient seulement s'entraîner après le travail ont commencé à s'amener. On dînait toujours à cette heure-là parce que Al il aimait pas manger après la fermeture, qui était à dix heures. Il disait que ça faisait trop tard.

Il y avait plus que deux jeunes mecs et un vieux avec un pied-bot dans le gymnase, tous les trois en train de s'admirer dans la glace. Une odeur de bouffe venait de la cuisine. J'avais pas faim, mais je voulais pas chambouler la routine non plus. Je tenais pas à rondillonner sur le fait qu'elle était partie depuis trois heures, qu'elle était partie avec Aristote et qu'elle était pas encore revenue, et je tenais encore moins à penser à cette pauvre cloche de môme que j'avais esquinté à cause d'elle.

Bordel, la merde qu'il faut pas se fader des fois. Je suis passé dans le sauna et me suis déshabillé. Après la vapeur, j'ai pris ma douche aussi chaude que je pouvais la supporter. Ensuite je suis passé dans la cuisine et me suis perché sur mon lit. Le môme était assis à table, à la même place où je lui avais esquinté le bras. Il avait son bras en écharpe blotti contre son corps, et Al faisait la potiche devant le fourneau. Pete s'est ramené et s'est assis en face de Leroy. Rien qu'à voir les mouvements brusques des coudes de chaque côté de son dos raide, je savais qu'Al devait être en train de cogner les casseroles contre le dessus du fourneau et faire un raffut pas possible, probablement tout en marmonnant et en grognant tout seul. J'ai attrapé un magazine et j'ai fait semblant de le lire. Au bout d'un moment, Al est venu et m'a pris le magazine des mains. Derrière lui, Pete et Leroy me dévisageaient, chacun de leur côté de la table. Au milieu il y avait des bols fumants.

« C'est prêt », Al m'a fait, le regard concentré sur l'endroit juste au-dessus de ma tête, là où commençait la première étagère.

« J'ai pas très faim. »

« Faim ou pas », il a fait, « un équilibriste ça doit manger. Les bras, ça se nourrit. »

« Peut-être plus tard. »

« Regarde-moi », il a dit.

J'ai regardé et ses yeux sont tombés droit dans les miens, c'était comme s'il était en train de me toucher, comme si on faisait un numéro d'équilibre ensemble au-dessus de quelque chose de frêle et dangereux. J'ai vu que ses yeux avaient comme des paillettes d'or dedans, et que cet or les faisait presque ressembler à des yeux d'enfant. Il est resté longtemps sans rien dire, et durant ce temps je me suis senti très proche de lui. Je voulais lui dire quelque chose de bien, qui le rendrait heureux, mais je savais pas quoi.

« Quoi qu'y s'agisse, c'est arrivé », a fait Al. « T'es pas fichu de dire ce que c'était, Leroy est pas fichu de dire ce que c'était. Mais c'est arrivé. Al il a pas besoin de comprendre. Al il peut continuer comme ça sans comprendre. » Il m'a touché l'épaule. « Viens manger. »

Une fois à table, chacun regardait son assiette. Al avait préparé des légumes frais, avec des maquereaux au four. Il avait sorti un gros morceau de fromage fort, du miel sauvage et du pain complet. Mais j'en ai pas trop gardé le goût. Si je devais me forcer à bien y réfléchir, j'avais l'impression que ma chaise tanguait doucement sous moi, et dans la tête j'avais l'eau qui venait laper le quai, et j'entendais une fille rigoler.

Trois coups rapides sont parvenus à mon assiette à travers le bois de la table. Je les ai sentis monter le long des dents de ma fourchette. J'ai levé les yeux, et en face de moi Leroy s'est remis à taper avec son couteau. Il a jeté un bref coup d'œil à son bras en écharpe, puis m'a regardé.

« Ça fait rien, Marvin », il a fait comme ça.

J'ai regardé Al et j'ai dit : « Je suis désolé. »

Al l'a dit à Leroy.

Leroy a souri. « Merde, l'est même pas cassé. Fait les radios et il est même pas cassé. Amoché, ça oui. Quetchose d'un peu foulé. Comme qui dirait facturé. » Il a touché son bandage avec sa main libre. « Mais ce truc-là y sera parti plus vite que tu peux dire pepette. »

« Content de l'apprendre », j'ai fait.

« J'avais un chien comme ça qui mordait si tu lui prenais quetchose sus sa gamelle. C'est naturel comme ré... »

« C'était pas la viande, Leroy, bordel... »

Al a tapé sur la table encore un coup, cette fois beaucoup plus fort, et les yeux de Leroy se sont mis au garde-à-vous. « Bon maintenant bordel », Al a fait, « les choses vont redevenir normales ! Comme avant ! Arrêtez vos singeries. Tout le monde heureux ! »

Al je l'avais pas souvent entendu dire de gros mots, c'était une des rares fois. Leroy avait baissé les yeux sur son assiette, mais j'ai eu le temps de voir qu'il était sur le point de chialer parce que Al lui avait crié dessus. Il s'est mis à marmonner : « Oui, msieu », tout en berçant son bras en écharpe.

Al avait l'air dégoûté, comme s'il avait envie de cracher. Il s'est levé de table et s'en est allé d'un pas raide jusqu'à sa chambre. Pete et Leroy et moi on a fini de manger, ou du moins on est restés à table un moment avant de se lever. Mais je crois pas que personne ait beaucoup mangé. Je me suis mis sur mon lit, juste étendu. Ce coup-ci j'ai pas fait semblant de lire. Je suis juste resté couché les mains croisées derrière la tête, à regarder la fenêtre au-dessus de l'évier qui donnait sur l'immeuble d'à côté. Leroy avait quitté la table et Pete faisait la vaisselle. Je sentais les disques retomber sur le plancher là-bas dans la salle. Les haltérophiles arrivaient. Quelqu'un qui faisait des épaulés-jetés aux haltères.

J'ai pris un bloc-notes de mon étagère et un crayon. Avec le dos du carnet, j'ai tapé sur le plancher. Pete s'est retourné de l'évier et m'a regardé par-dessus son épaule. Je lui ai fait signe de s'approcher du lit. J'ai scribouillé sur le bloc-notes. Il m'a touché le bras.

« L'a dit ce soir », il a fait. « L'a dit de te dire qu'elle passait au bateau, ensuite voir son popa et sa moman, ensuite rentrer ce soir. » Il m'a vu regarder la fenêtre au-dessus de l'évier. L'immeuble disparaissait presque dans l'obscurité dehors. « C't'un fait, l'a pas l'ai pressée », il a dit. Et là-dessus il est retourné à son évier.

Al a traversé la cuisine sans me regarder et est passé dans la salle. J'ai regardé la fenêtre jusqu'à ce que je puisse plus discerner l'immeuble dehors. Alors j'ai sauté du lit et je suis allé trouver Al, assis sur son tabouret dans la cage en grillage.

« Je voudrais sortir un moment », j'ai dit.

« Vas-y. »

« Je veux dire, en voiture. »

« Où ? »

« Je voudrais aller chez Hester. Ensuite peut-être Tarpon Springs. »

« Tarpon Springs ? » il a fait. « À l'heure qu'il est. »

« Je sais quelle heure il est. »

« Attention comment que tu causes à Al. »

« T'as raison », j'ai dit. « Je m'excuse. »

« M'en fiche que tu t'excuses. Mais fais attention à toi. »

« Je ferai attention. Dis à Pete d'abord la maison d'Hester. C'est au coin de la Troisième Rue et du Cinquante-troisième Boulevard. Ensuite dis-lui que si je lui demande, de m'emmener au quai des éponges à Tarpon Springs. »

« Tu vas faire quoi au quai éponges ? » il a demandé.

« Je sais pas. »

Il m'a regardé un moment à travers le grillage de la cage, ensuite il a dit : « Al il est fatigué de te voir aujourd'hui. Autant que tu te casses. »

Al a répété mes instructions à Pete, et Pete est allé chercher la voiture pendant que j'attendais au bord du trottoir. Pete s'est pas retourné une seule fois de tout le trajet. Il restait au volant, la casquette descendue presque jusque sur son nez épaté. La lueur jaune du tableau de bord rendait sa vieille tronche abîmée encore plus bosselée par les ombres. Quand on est arrivés à la Troisième et Cinquante-trois, il n'y avait pas de lumière chez elle.

« Pas l'air d'ête là, la Volvo », il a fait.

J'avais envie de lui dire que ça se voyait bien sans qu'il ait besoin de me le dire, bordel. Il a tourné la tête et m'a regardé par-dessus son épaule. On est restés là à se dévisager. Fallait que j'attende qu'il se décide à causer, et lui me faisait mariner en punition pour Leroy. Sans m'en rendre compte, j'ai levé la main vers son bras là où il reposait sur le dossier de la banquette avant.

« T'aurais pas l'intention d'écramousser le bras du vieux Pete aussi, dis ? » Il souriait, et il n'y avait aucune frayeur dans son expression.

J'ai fait non de la tête en lui rendant son sourire.

« Tu vas voir, ça va aller », il a dit. « Tu veux aller à c'te Tarpon Springs maintenant ? »

J'ai fait oui de la tête et il a remis la vieille Dodge en marche et on a fait les trente-six bornes qui menaient à Tarpon Springs le long de la côte. Il y avait plusieurs quais à éponges où plus de cinquante bateaux étaient amarrés. La pleine lune était montée du côté atlantique de la Floride, si bien qu'on n'y aurait pas vu beaucoup plus clair en plein jour. Je savais pas où le Grec avait son bateau ni à quoi il ressemblait. Mais je savais son nom. Il s'appelait le *Parthénon*. C'est Hester qui m'avait dit le nom. Je me souviens pas de l'occasion, mais je me souviens qu'elle me l'a dit, même que sur le coup j'ai pensé que ça témoignait d'un sérieux manque d'imagination d'appeler un rafiot le *Parthénon*.

À peine garé, Pete s'est immédiatement mis à roupiller, casquette tirée sur les yeux. Je suis descendu de voiture et j'ai parcouru le premier quai. Ça m'a pris un bon moment pour trouver le bateau. Des tas de putain de Grecs sur chaque pont à prendre le frais, et chaque fois que je passais devant je les voyais se lever pour me reluquer ou me montrer du doigt. J'ai même l'impression qu'un d'entre eux m'a jeté quelque chose, peut-être une capsule de bouteille. Un jeune gars est descendu de bateau et a essayé de me parler. Il voulait savoir ce que j'étais.

« Qu'est-ce que t'es, toi ? » il a fait comme ça.

J'ai juste continué jusqu'au bout du quai. Je savais pas ce que je fabriquais ici. Je me demandais pourquoi j'étais venu. Mais je savais. En mon for intérieur je savais. Je voulais voir de mes yeux. L'oreille ça peut se tromper, peut-être. Et tout le monde trompe tout le monde avec la bouche. Mais les yeux, ça trompe pas. Le sens suprême, les yeux. J'ai lu ça quelque part. J'arrêtais pas de penser à ça tout en cherchant le bateau.

Le *Parthénon* était tout au bout du troisième quai. J'ai repéré la Volvo avant de voir le bateau. Elle était garée au bout du quai. Quand je me suis rapproché j'ai vu le nom sur le flanc du bateau. Je suis passé devant sans m'arrêter d'abord, suis allé m'asseoir tout au bout du quai. Au bout d'un moment je suis retourné et j'ai pris l'espèce de planche qui servait de passerelle. Il y avait de la lumière sur le bateau. Tous les hublots en jetaient. Je les ai faits un par un. En dessous de chaque je m'arrêtais sur le quai, je me hissais par le rebord métallique du hublot, et je regardais. Le premier avait rien qu'un tas de cordages de chanvre enroulés par terre, et des filets. Celui d'après avait quelque chose qui ressemblait à une urne à café avec des éviers en métal. J'ai fait tout le bateau comme ça, un par un, et j'ai rien vu qu'un tas de saloperies, exactement le genre qu'on peut s'attendre à trouver chez un putain de basané de Grec.

Et puis je les ai trouvés. Une petite cabine, mais plutôt bien arrangée. Canapé, couchette, une lampe avec des glands jaunes qui pendaient tout autour de l'abat-jour, et même une carpette par terre. Ils étaient sur le canapé. À poil. En la regardant, tout ce qui me venait à l'esprit c'est ce qu'elle pouvait être belle. Étendue là, brune comme du pain juste sorti du four, un bikini de peau blanche qui lui barrait les seins et le bas-ventre. Aristote était à l'autre bout du canapé, une main sur chacun de ses genoux à elle, et je suis resté accroché là au hublot à le regarder lui brouter le bas de maillot. Il y avait une bouteille de vin par terre, et deux verres. Elle était en nage. Une petite flaque de sueur argentée sur le nombril. Je regardais la ligne de ses jambes trembler, son dos s'arc-bouter sous l'effort, ses dents si blanches dans sa bouche ouverte.

Je me suis laissé redescendre du hublot et j'ai repris le quai en sens inverse.

Dans la voiture, Pete dormait pas, mais il faisait semblant. Je me suis assis, j'ai ouvert la portière et suis monté sur la banquette arrière.

« Tu veux t'en retourner ? »

Il me regardait par-dessus le dossier du siège avant. J'ai rien répondu, même pas un signe de tête. Elle sur le canapé et lui qui la broutait, cette image continuait à me brûler les yeux. Je restais là à regarder dans le vide. Je sais pas si Pete a ajouté autre chose ou quoi, mais quand je l'ai entendu après, on était garés devant le Fireman's Gym. Pete avait fait le tour pour m'ouvrir la portière. Il était sur le trottoir à me regarder.

« Marvin Molar, écoute-moi, écoute le vieux bonhomme qu'en a vu tout ce qu'on peut en voir dans une journée. Y'a des tas de façons de mourir dans la vie, et la pire c'est encore de mourir pour une bonne femme. L'a pas encore été inventé çui qui crèverait pas pour une bonne femme. Tous nous autres on serait candidats. Y'en a qui l'ont été. Mais c'est moche comme façon de partir. Tu comprends ? »

Je suis descendu sur le trottoir pendant qu'il tenait toujours la portière ouverte, et j'ai monté les marches de la salle. C'était éteint partout, les clients étaient partis, la lune par les fenêtres éclairait les râteliers, les cordes, les sacs et le ring d'entraînement.

J'ai trouvé mon lit et suis monté dessus. Sans me déshabiller, je me suis étendu sur le dos, à la regarder au verso de mes paupières, sa peau luisante de sueur, et le Grec qui faisait tout son possible pour la prendre dans sa bouche, et j'ai pensé : il a pas tort, le négro. Tout ce qu'on peut en voir dans une journée, et résultat elle est partie et moi je suis ici, retour à la case départ, là où est ma place. Et c'est pas lerche, mais c'est quand même quelque chose. C'est suffisant. Faut bien que ce le soit.

Au bout d'un moment Pete est venu dans la cuisine, et je l'ai vu s'arrêter un bon bout de temps, violet dans le peu de lumière que donnait la lune. Il m'a regardé longuement, ensuite il a continué son chemin jusqu'à la piaule derrière. Je suis resté comme ça étendu, les dents tellement serrées que j'en avais mal aux maxillaires à me concentrer comme ça — la même façon dont je me concentre juste avant de faire une dernière traction quand tout dans mes bras me hurle que c'est impossible — là je me concentrais sur autre chose : l'effacer du verso de mes paupières où elle brûlait toujours.

C'était peut-être que j'étais fatigué, ou peut-être

parce que j'avais pas pu manger, enfin en tous les cas je me suis assoupi, rêvant qu'Al, Pete, Leroy et moi étions sur une plage à discuter et à regarder l'océan. On faisait les fous et on s'aimait comme jamais on l'avait fait depuis qu'on se connaissait. Je pouvais parler, et je disais tout ce que je veux toujours dire à Leroy et à Pete, et ils se marraient comme des bossus, et Al, qui n'avait plus à traduire, restait assis sur le sable et nous souriait.

Et puis tout d'un coup je me suis réveillé. Je me débattais dans les frusques que j'avais pas enlevées et je m'efforçais d'écouter, parce que j'étais encore à moitié dans le rêve où je pouvais entendre, et puis brusquement j'ai su que j'étais réveillé et que c'était pas la peine de tendre l'oreille, il y avait rien à entendre ni rien à dire. J'ai roulé contre la cloison, puis dans l'autre sens, j'essayais de comprendre où je me trouvais et ce qui se passait. Et puis je l'ai sentie. D'abord la sueur, ensuite l'huile qu'elle utilisait pour ses bains de soleil, et ses cheveux, et puis cette douce odeur de pourri qu'elle avait quand elle m'aimait dans sa chambrette avec sa mère qui tambourinait ses messages de l'autre côté de la cloison.

Elle était debout près de moi. J'ai senti sa main me toucher. Elle m'a pris une main et l'a pressée contre ses lèvres. J'ai pris la lampe de poche et l'ai dirigée sur ses lèvres.

« Désolée d'être partie si longtemps », elle a fait.

Et puis : « Qu'est-ce que tu fabriques couché tout habillé ? »

J'ai éteint la lampe. Je l'ai regardée en silhouette enlever ses vêtements près du lit. Ensuite j'ai senti ses mains sur mes jambes, qui me détachaient, ensuite mes frusques. Quand j'ai été nu, elle m'a rejoint dans le lit. Mais comme elle me prenait dans ses bras je l'ai revue vissée au Grec sur le canapé et un cri horrible, une sorte de hurlement m'est monté de la gorge, et il n'a pas cessé tout le temps que je suis resté couché dans le noir à écouter.

7

Les jours qui ont suivi sont pas très clairs, mais ils sont parfaitement clairs, si vous pouvez comprendre ça. Je veux dire, Hester était tout le temps là au Fireman's Gym, ça je m'en souviens clair comme de l'eau de roche. Elle s'est mise à s'exercer, et elle promettait de devenir assez forticheche pour les équilibres. Son talent il venait de son dos. Elle avait un dos très fort et superbement flexible. Bien sûr, c'est de là aussi que venait son coup de rein. Moi je me lassais jamais de la regarder évoluer dans la salle, ces cuisses magnifiques, ce dos qui lui donnait le coup de rein — Dieu de Dieu, elle était superbe.

Alors cette partie-là je m'en souviens clairement, mais il y a une autre partie de ces jours-là qui est restée comme un rêve. Aristote Parsus. Lui il était comme un rêve. Les deux ensemble étaient comme un rêve, un rêve que j'aurais fait. Je suppose que c'est comme ça que je voulais voir les choses. Enfin bref, Aristote est pas revenu une seule fois. Hester est pas sortie non plus la nuit. Elle allait se coucher directos. Avec moi. Elle me mettait sur ses genoux mirifiques et m'installait dessus tous les soirs. Si bien que toute l'affaire est devenue comme un rêve — Aristote en train de la prendre dans sa bouche, broutant cette bande de peau blanche, Hester étalée toute en nage, moi accroché le menton au hublot, à mater — tout ça tenait du rêve.

Sauf que je savais que c'était pour de vrai. Je suis pas tout à fait con, merde, je savais pertinemment que ce qui me semblait être un rêve était vrai comme je respire. Mais c'était plus facile de laisser s'écouler les jours, de laisser tout passer. Après tout, elle était là avec moi dans la taule. Quoi qu'elle ait pu faire, et avec qui, c'était quand même moi qui avais droit à ses cuisses tous les soirs.

Des fois la nuit sous les couvertures j'allumais la lampe de poche et lui montrais ma main. « Bordel, t'es là, c'est bien toi. »

Elle prenait la lampe et se la mettait sur ses lèvres, et moi je lui mettais les deux mains au cul pendant qu'elle répondait : « Où tu veux que je sois ? Je me plais bien ici. Cette salle, là, c'est intéressant, aussi intéressant qu'on peut demander. »

Pas de doute là-dessus, elle témoignait de l'intérêt pour la taule. La chambre où dormaient Al, Pete et Leroy, par exemple. Elle avait accroché une grande affiche de corrida au mur, et des rideaux aux fenêtres. Al et les autres ça leur avait fait quelque chose. Pas qu'ils aient jamais été vraiment sales comme des cochons, mais disons qu'ils étaient pas toujours très nets sur eux. Et la turne puait généralement. Rien de bien terrible, remarquez, juste un peu le vestiaire. Tout ça a changé du tout au tout. Un peu de Lemon Pledge pour cirer. Un peu de Lysol pour désinfecter. Un peu de brise à travers ces jolis rideaux neufs. Ce bon vieux Al a cessé d'essayer de tirer trop de kilométrages d'une seule paire de calcifs. Pete et Leroy se sont mis à accrocher leurs fringues au lieu de les laisser tomber en pile au pied du lit ou dans un coin.

Les repas avaient toujours été bons au Fireman's Gym, mais maintenant ils étaient meilleurs. Hester faisait pas toujours la cuisine, même si elle laissait pas son tour aux copains. Mais elle planifiait ce qu'on allait manger, elle faisait une liste et elle envoyait Leroy et Pete avec la Dodge chercher tout ça. Avant c'est Al qui se farcissait tout ce boulot, mais maintenant elle s'en chargeait. Ils l'adoraient tous. Leroy la suivait comme un petit chien, et quand Pete était pas en train de piquer un somme dans un coin, il la suivait de ses yeux jaunes de vieux nègre, et je voyais bien qu'il avait beau avoir été avec moi ce soir-là le coup des quais à éponges, il l'avait quand même à la bonne, il l'aimait vraiment beaucoup. Je le voyais des fois dans un coin, je voyais sa vieille bouche avachie prononcer : « Un drôle de morceau cette petite. Assez de corde dans c'te fille pour empaqueter tout le ballot comme y faut. C'est la vérité vraie, par exemple, bien roulée et bien montée comme fille. »

Et comme elle avait réorganisé les repas, elle avait chamboulé tout le reste aussi. Comme le livre de rendez-vous pour la salle de massage. Avant, quelqu'un qui voulait un massage il s'amenait et le disait. Si Pete et Leroy étaient dans le coin et qu'ils étaient pas occupés à autre chose, il y avait une chance pour qu'ils le fassent. Si Al ça lui chantait, il sortait de sa cage et venait vous le faire. Même moi des fois je me hissais sur une des tables et j'en faisais baver un pauvre malheureux. On prenait ça comme ça venait, comme ça nous chantait, et on se foutait pas mal des rendez-vous ou de qui se chargeait de quoi.

Hester avait changé tout ça. On le faisait chacun son tour, elle y compris, et c'était tout arrangé à l'avance. Je dois dire que ça fonctionnait mieux et que ça rapportait deux fois plus d'argent pour Al. Al il l'adorait. Il était si heureux de l'avoir avec lui dans la salle, bon Dieu, il savait plus quoi faire pour elle.

Elle lui a fait faire acheter deux machines à dispenser les serviettes, qu'il ait pas à récolter les dix cents qu'il faisait payer d'habitude et que les boxeurs et les fous de la fonte venaient lui remettre dans sa cage en grillage. Juste une piécette dans la fente et pof, sortait une serviette enveloppée de Cellophane. Elle a fait la même chose avec les suppléments nutritifs, les a mis dans des machines à sous.

Al ça lui faisait plein de temps libre sur les bras. Au lieu de rester assis dans sa cage toute la journée comme un fantôme, il s'est mis à se balader dans la salle, les pouces passés dans ses poches de fesses, torse bombé, tout sourire.

Hester était probablement au Fireman's Gym depuis dix jours — enfin, ça faisait dix jours que je l'avais trouvée sur le *Parthénon* avec Aristote — et je m'en revenais d'une petite séance dans un magasin de chaussures qui liquidait son stock. Ça faisait cinq ans qu'ils liquidaient, et chaque année je faisais ça dans le même magasin de chaussures, toujours avec une bonne petite foule enthousiaste. Donc je me sentais particulièrement bien en remontant les escaliers du Fireman's Gym avec Pete, qui m'avait conduit avec la Dodge. Mais à peine arrivé au milieu de l'escalier je savais qu'il était arrivé quelque chose.

Le bois transmettait aucun son. Les marches de bois usées étaient tranquilles comme la mort. Il y aurait dû y avoir le crépitement rapide du punching-ball sous mes paumes, ou la vibration à s'en déchausser les dents d'un haltère qu'on laissait tomber par terre. Mais là il y avait pas un son dans le bois. Pas ça.

Une fois arrivé en haut de l'escalier, j'ai vu que tous les malades de la fonte et les boxeurs étaient agglutinés autour de la cage à Al. Ils faisaient des tronches solennelles, on aurait dit des masques. Pete m'a rejoint et s'est arrêté auprès de moi. Il m'a touché le cul. J'ai levé les yeux.

« C'est quoi tu crois qui se passe ? »

Il se passait que j'avais le frisson. La première chose que j'ai pensée c'est qu'Al avait fait une crise cardiaque, qu'il était là-dedans sur le dos raide mort. Je me suis précipité et — me balançant d'une main sur l'autre — je me suis frayé un chemin à travers les jambes en sueur jusqu'à la porte de la cage. Al était assis sur son tabouret. Entre les dents il avait un gros tire-fond à vingt sous avec un mouchoir enroulé au milieu, et une main sur chaque extrémité qui pressait contre sa mâchoire. Ses vieux bras étaient tout crêtés et tremblaient légèrement. Les veines toutes gonflées de ses poignets lui montaient comme des serpents sur les avant-bras. L'artère le long de son cou était aussi grosse qu'un crayon. Il avait les narines écartées qui battaient de l'aile au-dessus de la pointe de fer enveloppée. Il y avait pas de lumière dans la cage — jamais eu d'ampoule — et Al restait assis dans l'ombre tout tremblant, la figure plus grise que jamais, mais à présent avec une horrible teinte violacée qui lui montait sous la peau. Hester se tenait debout derrière le tabouret, penchée très près de lui, la bouche en train de bouger tout contre son oreille, mais dans la pénombre pas moyen de voir ce qu'elle lui chuchotait. Ses mains massaient la nuque gonflée en mouvements lents et concentriques. Al il a toutes ses dents ou presque. Une ou deux dans le fond qui ont pourri, mais il a une dentition pour ainsi dire complète. Mais il est tellement vieux qu'elles sont toutes foncées, un peu couleur de merde, le genre que vous sortez quand vous êtes resté constipé pendant quatre jours. Pas seulement ça, mais elles sont toutes ébréchées et craquelées, avec des petites lignes en zigzag dessus comme des veines sur du quartz. Je restais à le regarder s'évertuer et pousser comme ça sur ce bout de ferraille, et c'était comme si toutes les dents dans sa tête allaient voler en éclats d'une minute à l'autre, exploser de sa bouche comme des bouts de verre.

Et puis tout d'un coup, lent et régulier comme pas possible, le tire-fond a commencé à se courber. C'est là que je me suis rendu compte que tout ce temps-là j'avais retenu ma respiration. Comme tout le monde, d'ailleurs. À part Hester. Elle, elle aurait aussi bien pu être au zoo en train de regarder un singe s'épouiller, tellement elle avait l'air serein et dégagé. Une fois qu'il a commencé à faire courber le tire-fond, Al s'est plus arrêté avant de l'avoir bien en U à l'envers autour de sa mâchoire. Tout ce temps-là il avait gardé les yeux fermés très fort, mais quand il a glissé le tire-fond hors de ses lèvres ses paupières se sont ouvertes tout d'un coup et il a roulé des yeux en direction des boxeurs et des fous de la fonte. Ses yeux de vieux tout jaunasses. Le plancher s'est mis à trembler sous mes mains, tout le monde trépignait en hurlant et applaudissant à tout rompre. Tout le monde sauf Hester. Elle a tendu le bras et lui a pris le tire-fond des mains. Elle a déroulé le chiffon autour, lente comme pas possible. Les autres continuaient toujours à taper des mains et des pieds. Un ou deux haltérophiles cognaient même dans le mur avec les avant-bras. Mais Hester on lisait rien sur son visage. Ni sur celui de Al. Il la regardait. La regardait regarder le pieu en fer. Elle faisait ça on aurait dit que c'était une infection qu'elle examinait. Au bout d'une demi-minute elle a baissé les yeux et a souri à Al. Il est resté absolument immobile pendant qu'elle se baissait et pressait ses lèvres sur son vieux front rouillé.

Leroy, qui se tenait juste derrière Hester, s'est retourné brusquement et s'est pris le grillage de la cage en pleine tronche. Ça l'a cueilli comme une plaque de caoutchouc et l'a renvoyé dinguer par la porte. Il avait la marque du grillage inscrite profond sur la figure et il rigolait comme un âne avec ses lèvres tout esquintées : « L'avez vu ? Z'avez vu Al ? Comment qui... ? »

J'ai senti Pete qui me touchait. J'ai regardé. Il souriait de toutes ses vieilles gencives bleuâtres, mais son sourire était triste à pleurer. « Ça y est », qu'il a fait. « C'est ce que je disais. » Et il est parti.

J'étais déjà fatigué à cause de la séance au magasin de chaussures, et de regarder Al avec le tire-fond dans la bouche ça m'avait achevé. Je suis passé dans la cuisine et suis grimpé sur mon lit. Mains croisées derrière la nuque, j'essayais de me détendre. Mais même les yeux fermés je revoyais Al avec ses dents agrippées à ce tire-fond comme si sa vie en dépendait. Ça faisait bien dix ans qu'Al avait arrêté avec ces trucs-là — déchirer les balles de tennis, tordre les pièces de dix ou déchirer les jeux de cartes en quatre — soi-disant qu'il se faisait trop vieux pour ça. Il en parlait encore des fois avec tel ou tel fou de la fonte dans la salle, et il avait ses photos pour prouver ce qu'il était et ce qu'il avait accompli. Je sais pas pourquoi ça me tracassait tant de le voir tordre un tire-fond. Merde, s'il tenait tant que ça à se faire péter un vaisseau sanguin en recommençant avec ces trucs-là, en quoi ça me regardait ?

Pour essayer de penser à autre chose et me calmer les idées, je me suis redressé sur le lit pour prendre un bouquin sur l'étagère. Mais j'ai pas pris le livre. Mon bras est resté en l'air. J'ignore comment j'ai fait mon compte pour pas le remarquer avant, mais juste devant moi, sur la même étagère où se trouvait avant la photo d'Al posant sur un pont de destroyer, il y avait trois nouvelles photos de lui que j'avais jamais vues. Elles étaient toutes d'un désastre ou d'un autre, des photos comme celle avec l'Hudson Hornet qui lui roulait sur la tête.

Sur un cliché, on voyait Al dans une cage avec un ours assis sur son dos, les dents de la bestiole plantées dans les fesses. Al hurlait.

Sur une autre, Al était à croupetons sous une poutre avec quatre gros mecs assis sur chaque extrémité. Mais Al son genou droit avait flanché et on le voyait là sous lui, tordu. Al hurlait.

Sur la troisième, je voyais trop bien ce qui s'était passé. Al dans le temps il se pendait. Prenait une corde, se la passait autour du cou, montait sur une chaise, envoyait valser la chaise d'un coup de pied et restait suspendu par le cou. Il se faisait toujours lier les mains derrière le dos pour que ça ait l'air plus dangereux — et ça n'en avait pas que l'air. Le problème c'est qu'il fallait quelqu'un pour remettre la chaise en place sous ses pieds. Le problème, c'est que dans la troisième photo, ce quelqu'un avait oublié de le faire. Al avait les yeux fermés, la figure toute noire, et la langue sortie. Gravée dans ses joues et dans les plis de ses yeux on lisait une expression d'absolue terreur et d'humiliation. Ce coup-là il hurlait pas.

Je me suis laissé tomber à la renverse sur le lit et je suis resté comme ça à regarder dans le vague. Hester s'est ramenée. J'ai agité la main vers les photos.

« Bon Dieu », j'ai fait. « Bon Dieu. »

Hester a souri. « Dans toute vie un peu de pluie doit tomber. »

« Pas besoin de me dire ça à moi », j'ai fait.

« Je sais. »

« Où t'as été pêcher ces trucs-là ? Je savais même pas qu'il les avait. »

« Je me doutais qu'il devait avoir plus que juste cette bagnole sur sa tête. Alors j'ai demandé. »

« T'as demandé et il est allé les chercher, aussi simple que ça ? »

« Enfin, presque », elle a dit. Et en montrant les photos : « La première, là, ben tu vois, Al était censé se battre contre l'ours et... »

« Je sais, je sais, bordel ! »

« Croyais que t'avais dit que tu savais pas qu'il les avait. »

« Je savais pas, mais un désastre c'est un désastre, bordel de merde. Je suis pas con à ce point. »

« Écoute, Marvin, calme-toi. Moi je trouve qu'elles sont intéressantes. »

« Ça se peut », j'ai fait. « Mais je vois pas bien pourquoi le vieux voudrait afficher ses échecs au mur. »

« J'ai une théorie. Les échecs ça te fait t'entraîner plus. Pour ça c'est mieux que les triomphes, à tous les coups. »

« Ça te fait t'entraîner plus », j'ai dit. « S'entraîner ? Oh nom de Dieu. S'entraîner, t'as bien dit s'entraîner ? »

« C'est ça. »

« Depuis quand il s'entraîne, Al ? »

« Depuis ce matin. »

« S'entraîne pour quoi ? »

« La fête du quatre juillet. »

J'avais l'impression d'avoir pris le mauvais tournant quelque part, raté une transition. Je m'étais retrouvé dans une conversation de cinglés qui allait prendre fin d'un moment à l'autre, et tout redeviendrait bien.

« Il reste encore deux jours en juin », elle a fait comme ça, « alors on a tout le temps. »

Prendre fin tu parles. Désemparé, je me disais : cette histoire de dingues va continuer encore et encore et va falloir que je m'en accommode.

« Temps », j'ai dit. C'était même pas une question.

« Pour s'entraîner. »

« Pour le quatre juillet », j'ai fait.

« C'est ça. À Clearwater Beach. Ils ont un concours de beauté. Et un feu d'artifice. Le truc habituel. Sauf que cette année en plus, Al va faire une démonstration. »

« Nom de Dieu », j'ai dit, « comment tu l'as embringué là-dedans ? »

« Je l'ai embringué dans rien du tout, bordel. »

Ses lèvres étaient froides en disant ça. À peine si elles avaient bougé. Comment qu'elle pouvait les avoir chaudes, pourtant, quand elle voulait. Je songeais à ça, et comment elles me manqueraient si jamais elle se tirait. Les choses seraient plus jamais pareilles. Ses cuisses étaient mirifiques. Mais sa bouche vous donnait carrément l'inspiration.

« O.K. », j'ai dit. « Tu l'as embringué dans rien du tout. C'est pas ce que je voulais dire, d'abord. T'as mal compris. »

« J'embringue pas les gens, moi. Les gens ils font ce qu'ils veulent. »

« C'est ça », j'ai dit. « O.K. » Il y a eu un moment de gêne quand on s'est regardés. Je savais pas si je devais continuer là-dessus ou non. Finalement j'ai dit, l'air aussi dégagé que me le permettaient mes doigts : « Qu'est-ce qu'il va faire comme démonstration, au fait ? Recourber un tire-fond ? »

« Non. Ça ça faisait seulement partie de l'entraînement. »

« Quoi, alors ? »

« On sait pas encore », elle a dit.

« Le quatre juillet, c'est pas très loin. »

« Il y a des tas de choses qu'il peut faire. C'est sa décision, de toute manière. Mais on trouvera bien quelque chose. »

« Hester, il a soixante-douze ans, Al. »

« Oui, et alors ? »

« C'est tout. Soixante-douze ans. »

« C'est pas moi qui lui ai mis l'idée en tête, merde. » Ses lèvres étaient à nouveau de glace.

Al s'est ramené de la salle. Il avait encore la figure assombrie par le violacé qui lui était monté aux joues dans la cage. Et de chaque côté du menton il avait une fente rouge qui lui dégoulinait du coin des lèvres, là où le tire-fond avait finalement formé le U à l'envers. Ça vous fendait le cœur de voir ça, mais moi ça me donnait envie de lui casser le cou, à ce vieux schnock. Soixante-douze berges et faire des démonstrations dans les concours de beauté, je t'en foutrais. Peut-être qu'il était devenu gâteux.

« T'as vu Al comment qu'il a fait ? » il m'a demandé.

« J'ai vu Al. »

Si ça avait seulement servi à quelque chose, je lui aurais dit qu'il était taré de faire ça, mais je connaissais Al depuis trop longtemps pour savoir que tout ce que je pouvais dire ferait absolument aucune différence. Et puis il avait l'air si heureux, si content de lui. Lui qui souriait jamais, il souriait. Lui qui parlait jamais d'habitude, on l'arrêtait plus. Et il me regardait bien en face, pas juste les yeux qui se croisent un bref instant. Il me regardait dans les yeux.

« Premier tire-fond qu'Al tord depuis longtemps. »

« Je sais », j'ai dit.

« Al s'est remis à l'entraînement. »

« C'est ce qu'Hester m'a dit. »

Il avait le tire-fond tordu à la main et je l'ai regardé se le mettre entre les dents comme un cheval prendrait le mors. Il restait là au-dessus de moi avec ce truc dans la bouche.

« T'as été sensationnel, là-bas, Al », j'ai dit finalement.

Il a répondu quelque chose avec sa bouche mais j'ai pas bien compris parce qu'il avait toujours le tire-fond dedans.

« T'as raison », j'ai fait.

Il s'est enlevé le tire-fond du bec et m'a dit : « Al il savait que ça te plairait. »

« Qu'est-ce tu vas faire comme démonstration au concours de beauté ? »

« Quetchose de bath. » Il avait tendu le tire-fond à Hester, tout sourire, l'air béat.

« Comme courber un tire-fond ? » j'ai dit.

« Putain, nan. »

« C'est ce que j'y ai dit », a fait Hester.

« Al va faire quetchose de bath. »

« Comme quoi ? »

« Faut que ça reste une surprise. Tu verras. »

« Mais tu sais déjà ce que tu vas faire ? » j'ai demandé.

Il était sur le point de répondre, mais Hester lui a touché le bras. « Faut qu'on y réfléchisse », qu'elle a fait. « On trouvera quelque chose. »

Al m'a regardé. « On trouvera quetchose », il m'a fait avec un clin d'œil.

Là c'était un peu trop, j'ai roulé sur le côté face à la cloison en grognant. Je suis resté étendu comme ça très longtemps à me répéter que les choses devenaient pas mal merdiques et qu'elles allaient probablement le devenir encore plus avant longtemps. Mais j'allais rien faire pour changer ça. Pour changer ça — c'est-à-dire qu'Hester se fasse virer ou qu'au moins on puisse la contrôler un peu — il faudrait que quelqu'un d'autre que moi s'y mette.

Une main m'a touché le dos. Je me suis tourné pour voir. C'était Hester. Elle souriait. Elle avait l'air si agréable et si belle que j'avais honte de ce que je venais de penser.

« Ton rendez-vous est ici. »

« Mon rendez-vous ? »

« Massage », elle a fait.

« Hester, je suis claqué. » Et c'était vrai. La séance de ce matin et d'avoir regardé Al, ça m'avait lessivé.

« Le rendez-vous a été pris », elle a dit, « et c'est ton tour. »

« Donne-le à Leroy. »

« Leroy je l'ai envoyé aux courses. Et Pete le conduit. »

« Tu peux pas le faire, merde, ou bien... »

« Al et moi on s'entraîne », elle a dit. Et puis par-dessus son épaule, en partant : « Le mec est déjà sur la table. Il t'attend. »

J'étais pour dire rien à faire, je bougerai pas d'où je suis, mais Al il était marrant avec les rendez-vous. Il était marrant avec tout ce qui concernait ce qu'on avait dit qu'on ferait et qu'on faisait pas. Parce qu'il était comme ça lui-même, je suppose. Jamais il aurait dit aux gens qu'il allait leur faire perdre dix centimètres de gras du bide en trois mois, ou que s'ils se mettaient à travailler avec les poids il leur pousserait plein de muscles et ils baiseraient plein de gonzesses, comme font ces enfoirés bidon dans les salles bidon. Il leur promettait jamais rien qu'il pouvait pas tenir.

Notez qu'il me serait rien arrivé si j'avais pas été donner ce massage. Al était pas comme ça. Mais ça lui aurait fait du mal. Vraiment de la peine. Al était comme ça. Ça l'aurait blessé, et on se refait pas. Alors du coup j'ai roulé au bas du lit et j'ai pris le couloir jusqu'à la table de massage.

Il y avait effectivement quelqu'un sur la table. Les pieds dépassaient du bord, orteils en bas. J'ai senti un petit *zing* me traverser, comme si on m'avait enfilé un fil électrique par le trou de balle, qu'on l'avait ressorti par la bouche et qu'on avait branché la prise. Ces pieds je les connaissais. Mais je voulais pas y croire. Sur les mains je me suis approché de la chaise où était ouvert le livre de rendez-vous. D'une main je l'ai pris de la chaise. C'était bien écrit là, troisième ligne : *Parsus, A*. Quand j'ai levé les yeux j'ai vu qu'il était assis sur la table. Il souriait pas. Il était très calme et sérieux, comme si c'était la chose la plus naturelle du monde. Mais je savais que le sourire était là quand même. Son corps entier souriait. Un sourire méprisant et paternaliste de sale gluant de Grec.

« Baby Rose Bud pour ma pomme », il a fait.

J'étais tellement estomaqué que j'ai répondu sans réfléchir, sans même avoir compris : « Hein ? »

« Je veux Baby Rose Bud comme huile. Hester dit que ça adoucit la peau. »

Là il me tenait. Il me tenait mais sans me tenir, si vous pouvez comprendre ça. J'aurais pu lui dire d'aller se faire mettre. Ou rien dire et simplement m'en aller. Mais si j'avais fait l'un ou l'autre, alors il aurait su que c'était pas à cause de ce qui s'était passé au Club, et pas à cause de la partie de volley-ball, mais à cause d'Hester. Hester que j'avais laissée habiter avec moi, mais qu'il avait ramenée sur son bateau et tronchée à lui en faire sauter la rétine. Ça revenait à admettre que j'étais au courant et que je la laissais rester avec moi quand même. Bien sûr que j'étais au courant. Et il le savait bien. C'est pour ça que ce massage je l'avais autant à la caille. Je veux dire, j'allais malaxer et frictionner le mec qui m'avait donné les cornes. D'une façon comme de l'autre, il me tenait.

Mais c'était même pire que ça. J'ai jeté de nouveau un œil sur le livre de rendez-vous. Le nom *Parsus, A.* y était inscrit de sa main, c'était bien l'écriture nerveuse et carrée d'Hester. C'est elle qui avait manigancé toute cette affaire.

« Tu veux la Baby Rose Bud ? » j'ai fait. « Va pour la Baby Rose Bud. »

C'est là qu'il a souri. Et ça c'était la seconde erreur qu'il faisait. La première étant de s'être laissé embringuer par Hester dans une histoire pareille. Parce que ça faisait aucun doute pour moi, c'était Hester qui en avait eu l'idée, qui la lui avait suggérée — probable qu'elle lui a donné une partie de jambes en l'air extra-spéciale pour le décider. J'ai été chercher la Baby Rose Bud sur le présentoir qui était arrangé pas plus haut que cinquante centimètres du sol. Avec mes dents j'ai attrapé la bouteille en plastique par le bouchon — un bouchon en plastique aussi — et je suis retourné à la table. La table était une ancienne table d'opération qu'Al avait dénichée dans Dieu sait quel hôpital, mais elle était en acier, solide, et très haute.

J'ai cogné une fois sur le pied de la table avec la bouteille en plastique. Aristote a passé la tête pardessus le bord et a regardé où j'étais. J'étais passé des mains à la station assise, et j'étais sur mon cul. « Va falloir que tu m'aides », j'ai dit.

« Que j't'aide ? »

« À monter sur la table. »

Apparemment celle-là il y avait pas pensé.

Il a relevé la tête et a regardé autour de lui dans la pièce. « Vous avez pas de banc, merde, pour mettre à côté de la table ? »

Maintenant je savais qu'il avait pas réfléchi avant de se lancer là-dedans. C'était bien une idée d'Hester.

« Un banc ça me ferait une belle jambe », j'ai dit.

J'ai levé mes paluches toutes cornées et j'ai regardé l'idée faire son chemin dans sa grosse caboche épaisse de Grec. Si je devais marcher sur les mains et le masser avec mes mains, je me voyais pas marcher sur le banc et le masser en même temps.

« Jésus », il a fait comme ça, « faut vraiment que tu montes sur la table avec moi ? »

« C'est ça. »

Je l'ai vu tourner la tête, juger de la largeur de la table.

« Oh, y'a rien de trop », j'ai dit. « Mais ça marche au poil une fois qu'on s'y fait. »

Il a fait passer ses jambes sur le côté de la table. Il avait des jambes sensationnelles, l'enfoiré. Il était à poil et il me regardait comme s'il avait subitement tourné le coin de la rue et trouvé un Martien au milieu du trottoir. C'était clair qu'il avait pas la moindre idée comment me prendre.

« Sous les bras », j'ai dit.

« Hein ? »

« Prends-moi sous les bras. Je fais seulement quarante-cinq. Ça va pas te fouler. »

Il a tendu le bras et m'a soulevé. J'étais quand même assez lourd pour qu'il ait besoin de me tirer contre son torse en me faisant grimper sur la table. Il a piqué son fard et je l'ai senti trembler. Il y a des tas de gens qui pensent qu'Aristote il marche à voile et à vapeur. Mais c'est pas vrai. Aristote jamais il sucera une bite. Et il donne pas dans la terre jaune non plus. Lui c'est la chagatte qui l'intéresse, et de m'avoir dans les bras comme ça contre lui, c'était un peu plus qu'il avait escompté. Putain, moi ça me gênait pas, par contre. J'étais habitué. Je m'étais vautré avec la moitié des pervers de Clearwater sur cette table d'opération. Il m'a posé sur la table et est resté debout à me regarder. Je lui ai fait signe de s'allonger.

« Bon, on y va », j'ai fait. Je l'ai gratifié de mon plus méchant sourire. « Et une Baby Rose Bud, une ! »

Il s'est couché sur le ventre. Je me suis assis au creux de ses reins, ce qui n'était pas exactement nécessaire. Il y avait suffisamment de place sur la table pour que je puisse me traîner à côté de celui que je massais. Mais j'ai sauté sur son dos aussi lourdement que j'ai pu. Il s'est démanché le cou en arrière pour me regarder. À présent je savais qu'il était plus très sûr dans quel guêpier il s'était fourré. Je lui ai collé une grande rasade de Baby Rose Bud entre les épaules. J'ai reposé la bouteille et je lui ai dit de se détendre. Il faisait toujours tous ses efforts pour me regarder par-dessus son épaule. Il avait le fard à la figure parce que j'étais assis sur son dos.

« Écoute », il a fait, « écoute, je... »

Je l'ai fait taire de la main, en lui disant : « Calme-toi, ça prendra qu'une minute. »

Il a tourné la tête et a reposé sa joue contre le drap. J'ai mesuré soigneusement et je l'ai cogné aussi fort que j'ai pu à la base du crâne. C'est un miracle que je ne l'ai pas occis, et pendant quelques secondes après mon coup de poing j'ai bien cru que ça y était. J'avais pas eu l'intention de le taper si fort, sauf que c'était exactement mon intention — si vous pouvez comprendre ça.

Il respirait toujours, mais il était aussi raide qu'un cabillaud. J'ai levé la main et lui ai flanqué une grande tape sur le milieu du dos. La Baby Rose a giclé, il y en avait des petites taches jusque sur le mur d'en face. L'empreinte rouge de ma main était restée en intégral et parfait détail. Ensuite je lui en ai collé une autre sur l'épaule. Et laissé une autre main. Ensuite les côtes. Au bout d'un moment je l'ai retourné et je lui ai filé deux ou trois ramponeaux sur le devant aussi. J'ai probablement laissé une vingtaine d'empreintes de main sur ce brave Aristote Parsus. À la suite de quoi je l'ai poussé de la table.

Je l'ai regardé étendu par terre un petit moment. J'avais les mains qui me picotaient et je me sentais sacrément bien. Ensuite j'ai attrapé un balai qu'on laissait d'habitude sous la table et j'ai commencé à cogner dans le mur. J'avais pas tapé plus de cinq ou six fois qu'Hester arrivait en courant. Elle s'est arrêtée à la porte, et ses yeux sont allés d'Aristote, qui bougeait pas et semblait plus respirer, à moi où j'étais assis.

« Il est tombé de la table », j'ai dit. Ce qui, bien sûr, était la vérité vraie.

TROISIÈME PARTIE

8

Elle savait foutrement bien qu'Aristote était pas tombé de la table, ou plutôt si, qu'il était bien tombé de la table — après tout, il était étendu par terre là en dessous — mais que c'est moi qui l'avais aidé. Je me délectais de son expression. Elle pouvait pas y croire. Mais bon, en ce qui me concerne, personne a jamais pu y croire. Qui a jamais vu, par exemple, un homme faire un équilibre sur un doigt ? Et ensuite tourner ? À part peut-être un ou deux Chinetoques là-bas chez Mao. Mais ça compte pas, parce que tout le monde sait ce que Mao est capable de faire à un Chinetoque s'il veut pas tenir sur un doigt. Et ensuite tourner. Mais un putain d'Américain qui peut se taper des TV dinners et boire du Coca, tout peinard dans son duplex en attendant la retraite, lui il a pas besoin de discipline ni de difficulté, parce que le Président et ses B-52 ont toute la discipline dont a besoin le pays, et ceux qui habitent dedans. Quant aux difficultés, ils s'en chargent.

Bon. Ça suffit comme ça. Je voulais pas causer

politique. Que ça soit bien compris, c'était pas du tout mon intention. La politique et moi ça fait deux. Je m'en branle complètement, d'un bord comme de l'autre, et je sais bien que c'est le cas de pratiquement tout le monde, mais j'essayais juste d'expliquer comment ce qui était arrivé avait pu arriver. Pas que ça fera grande différence, ça je sais.

« Qu'est-ce que tu lui as fait, petit salaud ? » elle a finalement demandé.

« L'est tombé de la table. »

« T'as déjà dit ça. »

« Ça manque de place, là-dessus », j'ai fait. « J'étais en train de lui étaler son Baby Rose Bud — c'est ça qu'y voulait — et il est tombé. »

Elle s'est reculée d'un pas dans l'embrasure de la porte et je l'ai vue gueuler quelque chose vers le bout du couloir. Aristote commençait à se manifester sous la table. Elle est allée s'agenouiller près de lui. Al s'est amené. Donc je suppose que c'est lui qu'elle avait rameuté.

« Qui s'est passé ? » il a fait.

« Un Baby Rose Bud Special », j'ai dit, « sauf qu'il est tombé de la table. » Je me suis mis sur le ventre et je les ai regardés s'activer sur Aristote Parsus. Les petits spasmes qui secouaient ses jambes me rappelaient celles à Ingemar Johansson, la fois où Floyd Patterson l'a chopé avec sa droite.

Aristote avait ouvert les yeux. Ses pupilles étaient dilatées comme des gommes de crayon. Sa bouche faisait comme celle d'un poisson, de la façon qu'il aspirait l'air comme s'il s'étranglait. Al a recouvert discrètement son petit zob de Grec avec une serviette. Aristote était sur le dos, et il a péniblement ramené sa main droite contre sa poitrine. Elle bougeait faiblement, ses doigts faisaient comme un petit battement d'ailes. Il essayait de dire quelque chose. Hester s'esquintait les yeux à essayer de la lire. Et puis on a tous compris en même temps.

« Qu'est-ce qui s'est passé ? » il a demandé. « Qu'est-ce qui m'est arrivé ? »

J'ai laissé tomber ma main du bord de la table et l'ai agitée sous le nez d'Aristote. « T'as eu droit au Rose Bud Special », j'ai dit.

Al a levé les yeux sur moi. « Al ça lui plaît pas que tu prennes ça à la rigolade. L'est mal en point, ce gars-là. »

« Bordel, il s'est fait démolir la carcasse, tu veux dire. » Hester s'était servie de sa bouche pour dire ça à Al, mais je voyais bien l'air impressionné sur son visage, qui devait être dans le ton de sa voix aussi. Elle m'a regardé. « Tu lui as démoli la carcasse quelque chose de bien. »

Les mains que j'avais laissées sur Aristote étaient toujours visibles. Elles se détachaient si nettement et si joliment sur sa peau blanche qu'elles avaient l'air peintes au pochoir. J'avais cogné plus fort que je voulais, je suppose. J'avais tout fait plus fort que j'en avais eu l'intention. La peau se soulevait déjà en cloques.

Hester avait trouvé une bosse à la base du crâne.

Ses doigts tâtaient autour. Elle était légèrement bouche bée tout en touchant tendrement. Elle a pris l'énorme paluche de Al et l'a fourrée sous la tête du Grec pour qu'il puisse sentir la bosse lui aussi. Al lui a tourné le menton et s'est baissé encore un peu pour regarder ce que ses doigts sentaient. Ensuite il s'est relevé.

« Mais pourquoi ? » il m'a demandé.

J'ai rien dit. Vous voyez bien qu'il y avait pas moyen d'expliquer. Par où commencer, d'abord ? En plus de ça, tout ce que je savais je le savais parce que je le savais, pas parce que je pouvais le prouver. Mais Al avait l'air mauvais. Il était en colère, authentiquement et réellement en colère. J'ai pas honte de dire que j'avais les foies.

« Al veut savoir. »

Je sentais la colère sur sa vieille peau rance. Comme s'il l'avait suée directement dans l'air. J'avais sacrément les foies. Parce que j'avais raison, mais en même temps j'avais tort, si vous pouvez comprendre ça. Aristote méritait sa dérouillée, mais Al tout ce qu'il voyait c'était un client qui s'était amené à son établissement pour un massage et qui se retrouvait avec une bosse grosse comme un citron à la base du crâne et environ vingt-cinq empreintes de mains sur sa peau toute cloquée.

Alors j'ai rien dit. Juste haussé les épaules en espérant qu'il prendrait ça pour un geste d'incrédulité impuissante. Pas une seconde j'ai pensé qu'Al allait me cogner ni rien. Mais je savais plus bien. Je savais par contre ce qu'il ressassait dans sa tête.

Que j'avais stupidement et méchamment trahi le Fireman's Gym, ce qui en revenait à le trahir lui.

« Al il dit... »

Hester lui a touché le bras. « Mettons-le sur la table. » Je me suis laissé tomber par terre. Parce que voyez, quand je disais avant à Aristote qu'il fallait qu'il me soulève, eh bien je mentais. J'aurais pu être là-haut en un rien de temps. Je voulais seulement forcer cet enfoiré à me soulever, qu'il se mette bien en position, avant de s'en prendre plein la hure. Ça semblait être que justice.

Al l'a pris par les épaules et Hester par les pieds. Il pendait comme un sac de merde au bout de leurs mains. Une fois Aristote sur la table, elle est allée mouiller une serviette à un lavabo près de la porte et l'a ramenée. Elle a claqué Aristote en pleine gueule avec, à mon avis bien plus fort que nécessaire.

Al a recommencé à me dire quelque chose, mais Hester l'a arrêté. « Peut-être qu'il est effectivement tombé de la table », elle a fait. Al avait pas l'air d'apprécier. « Elle est haute, comme table », qu'elle a dit.

Elle a giflé Aristote encore une fois avec la serviette. Il s'est relevé de la table en soufflant et s'étranglant, ensuite il a passé les jambes hors de la table. Il est resté assis comme ça en bougeant sa tête d'un côté et de l'autre.

« Qu'est-ce qui s'est passé ? » Al a demandé. « Msieur Parsus, faut dire à Al ce qui s'est passé. »

Moi j'étais assis par terre derrière Al et je regardais. Quand Aristote m'a vu, sa figure s'est vidée de son sang. On aurait cru qu'il allait s'évanouir. Il m'a montré du doigt, la bouche ouverte à s'étrangler sur l'air qu'il avalait trop vite, et puis sa main est retombée sur la table.

« Je me souviens plus », il a fait. « Je me souviens... je me souviens... »

« Quoi ? »

« Sur la table », il a fait, « sur le ventre. J'étais... et pis tout d'un coup tout est deve... » Là il m'a montré. « Lui... »

Hester lui a claqué la gueule avec la serviette mouillée, à lui en décrocher la tête.

« Il est encore tout groggy », qu'elle a fait. « Il sait même pas où il est. »

Je me suis traîné sur le cul et me suis mis entre Hester et Al. « Tomber d'une table haute comme ça, c'est pas étonnant », j'ai dit.

Al a baissé les yeux sur moi. « Al veut plus rien entendre. Al veut même plus te voir pour un bout de temps. Tu vas. Va t'entraîner. »

J'ai fait un clin d'œil à Aristote, qui était toujours assis. À mon avis il était plus dans le coltard à cause des formidables claques que lui avait collées Hester avec la serviette mouillée qu'à cause des dommages que mon poing lui avait faits sur le crâne. Enfin bon, j'ai pas pu m'empêcher de lui faire le clin d'œil. Pense pas qu'il l'ait vu, mais n'empêche, ça m'a drôlement rempli d'aise. Je suis allé sur mon lit m'étendre. J'avais loupé l'entraînement ce matin, à cause de la séance au magasin de chaussures, mais j'étais trop détendu pour m'entraîner, je me sentais trop bien. Moi pour bien m'entraîner, faut toujours qu'il y ait un petit peu de tension, d'insatisfaction. Mais là, tout allait beaucoup trop *bien* pour moi. Je me sentais trop aux contrôles. On m'avait baisé la gueule, mais j'avais retourné la situation. On m'avait monté une embuscade, mais j'avais mouché l'enculé qui y avait participé.

J'ai relevé et redoublé l'oreiller derrière ma tête et j'ai attrapé le roman de Greene, *La Puissance et la Gloire*, et j'ai tourné les pages jusqu'au passage où le prêtre ivrogne tombe sur son Judas. J'étais bien installé à lire, et j'étais en train de cuire dans mon jus dans la jungle mexicaine depuis bientôt une demi-heure, avec le prêtre sur son mulet et le Judas qui lui filait le train, tout sourire, laid comme le péché et sûr comme la mort, quand Leroy s'est ramené les bras chargés de deux sacs de provisions. Pete était derrière, toujours à travailler son jeu de jambes et à se causer tout seul, expédiant des coups dans le vide de temps en temps.

Pete venait juste de sortir les provisions sur la table quand Al et Hester sont apparus à l'autre bout de la pièce avec Aristote entre les deux. Aristote était revenu à lui, il avait l'œil clair et des couleurs aux joues, mais il avait toujours l'air bizarre, parce qu'il regardait droit devant lui comme si ses os du cou s'étaient soudés. Et ses yeux avaient beau être clairs, ils avaient un drôle d'air. Pete s'est arrêté d'expédier ses punchs. Il les a regardés à la porte, surtout Aristote, qui avait remis son pantalon et ses chaussures mais qui tenait sa chemise dans la main droite et balayait par terre avec le flanquet. La série d'empreintes rouges brillait magnifiquement sur sa poitrine, ses épaules et son dos.

« Qu'il a qui va pas, lui ? » a fait Pete.

« Va chercher la voiture », Al a dit. « Al veut que tu reconduises Monsieur Parsus chez lui. »

« J'y vais toutchuite », a fait Pete. « Msieur Parsus, l'a pas l'air dans son achiette. »

Je gardais le livre devant ma figure, mais j'en perdais pas une. On apprend à bien voir, quand on entend pas. On apprend à saisir vite du coin de l'œil, choper ce qu'on peut et remplir le reste. On se trompe de temps en temps, des fois dans les grandes largeurs, mais au bout du compte on serait surpris de voir le nombre de fois où on met en plein dans le mille. Et là j'avais regardé Pete du coin de l'œil et j'avais tout saisi. Il faisait face à Al, mais c'est à moi qu'il s'adressait. Et il en disait bien plus long qu'il paraissait. Il avait vu Hester partir avec Aristote l'autre après-midi. Il m'avait conduit à Tarpon Springs. Il m'avait vu aller sur ce bateau à éponges. Il m'avait vu revenir et remonter en voiture. Maintenant il voyait Aristote devant lui couvert de mains, et cet air pincé qu'il avait. Pete savait pas ce qui s'était passé, mais il savait bougrement bien ce qui s'était passé, si vous pouvez comprendre ça. Pete, pour être un négro sonné des matines, pas grand-chose lui échappe.

Ni Hester ni Al m'ont regardé quand ils ont

emporté Aristote. Et ils avaient à peine passé la porte que j'étais de nouveau dans la jungle avec le prêtre. Sans même y penser, je m'étais dit qu'elle irait raccompagner Aristote. Et ça me dérangeait même pas. Enfin, oui ça me dérangeait, mais en même temps ça me dérangeait pas, si vous pouvez comprendre ça. S'il lui fallait à tout prix se faire troncher par Aristote, je pouvais vivre avec. Pas que ça me plaise, mais je pouvais faire avec, du moment qu'elle me revienne une fois terminé, — et ça c'était plus important que tout le reste — du moment qu'elle le fasse avec un peu de style, un peu de classe, ou, pour dire les choses autrement, avec un peu de décence. C'est ce que j'avais fait dans la salle de massage : essayé d'inculquer un peu de style à Aristote, un peu de décence. Qu'il apprenne à garer son cul hors de portée quand j'étais dans les parages. Il fallait qu'Hester et lui apprennent à pas trop me baiser la gueule. Me baiser la gueule un petit peu, je dis pas. Quand on a traîné dans les galères où j'ai traîné, on s'attend bien à se faire baiser la gueule un petit peu. Mais pas trop.

Mais elle était pas allée le raccompagner. Dix minutes plus tard elle était de retour dans la cuisine. Elle s'est arrêtée net et m'a regardé. Je gardais le livre devant ma figure, mais je l'avais sentie s'arrêter, senti ses pas s'arrêter dans le bois. Et puis elle est partie. Au bout d'un moment, Pete est revenu et s'est assis sur mon lit. Je peux pas causer avec lui, alors j'ai continué à bouquiner. Mais le cœur n'y était plus, à présent. Déjà que j'avais sauté des bouts de *La Puissance et la Gloire* — je l'ai lu tellement de fois, maintenant je l'ouvre où ça me chante — et là j'en étais à la fin, le moment où le lieutenant est sur le point d'appréhender le prêtre, et je savais où ça allait mener : à une balle dans la tête du prêtre. J'avais jamais aimé cette partie-là, même si ça pouvait finir que comme ça. Le lieutenant zigouille toujours le prêtre. Mais j'étais pas forcé d'aimer ça pour autant. Alors je lisais sans que le cœur y soit vraiment, et quand les vieux ongles bleus à Pete sont apparus sur le bord de la page, je les ai laissés écarter le livre.

« T'aurais pu le tuer », qu'il a fait.

J'ai haussé les épaules.

« Ouais, c'est comme ça qui font les gens là-bas quand on les enferme, lèvent des épaules comme ça. Tu sais pourquoi ? Peut rien faire d'aute. T'aurais pu tuer le gars. Mis mes doigts là où il s'est pris quetchose derrière la tête. J'ai pas passé vingt ans de ma vie sur le ring pour pas savoir comment que tu peux te faire tuer ni avec quoi. Et tout ça pour quoi ? J'te demande un peu, Marvin Molar ? »

J'ai roulé des yeux pour lui faire comprendre que je tenais pas à entendre ça.

« Bon. Juste un truc. Tu corriges le gars. Ça va. C'est bon. Mais tu vois, fils, c'te guerre-là tu peux pas la gagner. J'tai déjà dit, tu peux pas gagner c'te guerre. » Il s'est levé. « Je m'en vais aller voir dans la salle surveiller Al. Sais-tu ce qu'il est en train de faire là-dedans ? Elle lui fait faire le pont avec chinquante kilos sus la poitrine. Sus la poitrine! Maintenant ton avis, pourquoi qu'y ferait un truc pareil? Pas des blagues, moi préférais ête dans le ring contre Bo Jack avec une jambe cassée et aveugue des deux yeux putôt que d'avoir c'te fichue Hesta contre moi. Et ça c'est rien que la vérité vraie que je te dis. »

Il est sorti en traînant la savate et j'ai balancé mon livre sur l'étagère. Je suis resté étendu le reste de l'après-midi, d'abord sans rien ressentir de particulier, ni en bien ni en mal, juste à me laisser flotter, regarder le soleil s'allonger contre la brique de l'immeuble d'en face, et épier les sons dans le bois, main sur le mur, à sentir l'affolement sec du punching-ball et le fracas à s'en faire vibrer les os que faisait la barre olympique en tombant quand un des fous de la fonte ratait un épaulé-jeté. Et puis un petit peu avant la nuit j'ai commencé à me sentir mieux. J'ignore à partir de quand exactement, mais par contre je sais pourquoi. C'était à cause d'Hester. À un certain moment, quand les haltérophiles et les boxeurs ont commencé à se calmer et à quitter la salle un à un, le bois près de mon lit est devenu plus tranquille, et c'est là que j'ai su qu'Hester rôdait. Rôdait. Je peux pas dire mieux. Une fois elle se détachait contre la porte, presque complètement dans l'ombre. C'est quand je l'ai vue pour la première fois. Plus tard j'ai levé les yeux et elle était à la table de la cuisine en train de couper des carottes en rondelles, sauf qu'elle bougeait pas. Elle avait une carotte dans une main, rose dans le dernier rayon de soleil rempli de grains de poussière qui passait par la fenêtre, et le couteau dans l'autre main. Elle me regardait sans bouger. Sa bouche avait une expression étrange, sa figure un drôle d'air que je lui avais jamais — et je dis bien *jamais* — vu avant. Elle avait l'air si perdue, si vannée, si défaite, et c'était comme si elle me demandait de faire quelque chose, dire quelque chose, devenir quelque chose pour y remédier. Remarquez, c'est juste comme ça que semblaient les choses. Et j'ai toujours su que sembler faut pas s'y fier. Semblez dans une main et chiez dans l'autre, voyez quelle main sera pleine la première, c'est ce que je dis toujours. Mais quand même, elle avait ce drôle d'air sur la figure, et elle arrêtait pas d'aller et venir autour de mon lit dans la cuisine, les yeux sur moi.

Arrivée l'heure de souper, j'estimais que je l'avais bien docile sous ma bite. J'allais quand même attendre encore un peu, voir si elle quitterait la taule après avoir mangé.

Mais non. Elle est restée assise durant tout le repas, les yeux dans son assiette, passant quelque chose quand quelqu'un le demandait, répondant quand on lui parlait, et tout le temps à me lancer des petits regards timides par en dessous.

Moi ça me faisait triquer prodigieusement. De la voir matée comme ça, j'avais un gourdin fallait voir, de la brique. J'ai profité d'un moment où Al regardait ailleurs pour lever la main et dire : « J'ai une trique c'est de la brique. »

Je vous jure sur la Bible, je crois bien qu'elle en a piqué son fard. Peut-être pas, peut-être que c'est la lumière qui voulait ça, mais quand même j'ai eu cette impression. Elle a pressé les lèvres l'une contre l'autre et s'est mise à rosir autour des yeux, et quand Al s'est penché pour enfourner une énorme porcif, elle m'a fait : « Qu'est-ce que t'as dit ? »

« Tu m'as filé une trique c'est de la brique », j'ai dit. « J'en peux plus. »

Là elle a rejeté la tête en arrière, sa belle gorge déployée en arc sous la lumière. Sa bouche pulpeuse s'est ouverte subitement, et dans la table j'ai senti les vibrations de son rire. Quand elle m'a regardé de nouveau, sa bouche était humide et plus lourde que jamais, ses yeux brillants et noirs comme des olives mouillées.

« J'en peux plus », j'ai répété.

« T'en fais pas. Moi je peux. » Et là elle a fait un petit truc salé avec le bout de sa langue. « Je peux tout prendre, tout ce que tu pourras me donner. »

Je sais pas ce qui me retenait de donner des coups de tête dans la table. Pete était le seul à avoir suivi notre échange et le mouvement de nos doigts. Évidemment il pouvait pas comprendre, mais je savais qu'il avait suivi ça de près. Il a fait une moue et s'est mis à se mordre l'intérieur de la joue, lent et circonspect, comme quelqu'un fait des fois en suçant une allumette. Et puis il s'est levé de table et est parti.

« Qu'y lui prend ? » a dit Leroy.

Al a levé les yeux. « Hein ? »

« Pete. Qu'il a qui va pas ? »

« Al comment qu'y saurait ? Et d'abord pourquoi il aurait pas quetchose qui va pas ? Comme si c'est pas tout le monde qu'a quetchose qui va pas, dans le secteur. »

C'est moi qu'il regardait. J'ai fait rouler des petits pois sur mon assiette avec ma fourchette et fait celui qu'avait rien remarqué. Hester a tendu la main et l'a posée sur le bras du vieux Al, et que je sois pendu si elle a pas dit : « Pauvre bébé, qui s'est trop crevé la paillasse à sa séance aujourd'hui. »

Al nous a montré tous ses vieux chicots sans exception. Un bébé de soixante-douze ans qui se crevait trop la paillasse à sa séance. Hester on pouvait pas lui retirer ça. Il lui mangeait dans la main, et il était encore trop heureux.

« Tu y vas doucement demain », elle a fait.

« Bon », a fait Al.

« Tu reviens en condition au poil », elle a dit.

« Tu crois vraiment ? »

« Je te crois », qu'elle a fait.

On en était arrivés là. Al a jamais rien fait de sa vie que de s'entraîner. Et il a entraîné plus de mecs qu'Hester a de poils au con. Mais voilà. C'est là où ça frottait. Le con. Il avait beau être bien vieux, Al il avait le nez dedans même quand il savait pas qu'il avait le nez dedans. Ça me faisait mal au sein de le voir agir comme un idiot, mais ça avait l'air de le rendre heureux, et je me disais que c'était parce qu'il était retombé comme en enfance.

« Plus de ponts avant un bon moment », elle disait.

« Ça fait... » Al a compté sur ses doigts. « Ça fait plus beaucoup de temps avant le quatre juillet. »

« Essaye de pas y penser », elle a dit. « T'avances bien. »

« Mais plus de ponts ? »

« Non. Plus de ponts. »

Maintenant vous comprenez bien ce que je veux dire quand je dis *pont*, j'espère. En termes de lutte. Quand un lutteur se met sur le dos, tire ses talons sous ses fesses et arc-boute son corps en l'air de manière à ce qu'il y ait plus que sa tête et ses deux pieds qui touchent le sol ? Évidemment les lutteurs font ça pour éviter de se faire clouer au sol, pour empêcher leurs épaules de toucher le tapis. Disons qu'Al avait probablement fait que quelques millions de ponts dans sa vie. Même arrivé à son âge, il faisait toujours quarante-huit à cinquante centimètres de tour de cou. Il était tout couturé, la peau pendait par endroits, mais c'était quand même un sacré truc pour trimbaler sa tête dessus. N'empêche que maintenant il avait autant de chances de faire usage d'un de ces ponts que moi d'une paire de chaussures neuves. Ce soir-là au pieu je lui ai posé la question.

« Pourquoi tu lui fais faire tous ces ponts ? »

Elle a tourné la lampe de poche de mes mains à ses lèvres. « Je lui fais rien faire du tout, moi. »

« Il fait ce que tu lui dis de faire. Fais-moi crédit

d'un peu de jugeote, merde. Je suis pas complètement con. »

Sa bouche s'est radoucie dans le faisceau de lumière. « Il y a *quelque chose* qu'il veut faire. Des ponts il en a fait plein avant. Bon pour lui, d'abord, il peut pas s'esquinter. Mais si tu me dis d'arrêter, j'arrête. »

Toute la soirée avait été à l'avenant. Elle me cédant en tout, se frottant à moi avec des airs lèche-cul et paumés qui continuaient de me coller des triques à en fracasser les murs. Je repensais à Aristote couché là-bas sur son foutu bateau à éponges en train de soigner mes empreintes de mains sur sa peau ampoulée, avec peut-être des glaçons en compresse sur la base du crâne, là où je l'avais cogné.

Hester et Aristote m'avaient délibérément poussé à bout pour voir si j'aurais les couilles de me rebiffer, et je les avais édifiés sur la question. Lui il était raide à l'écale couché sur un lit d'éponges puantes, moi j'étais couché tout contre les cuisses d'Hester, qui elles par contre sentaient très bon. Enfin, pas tout contre exactement, mais assurément aux contrôles, pour ainsi dire à la redresse. Depuis qu'on était au lit, je l'avais pas mal brutalisée, comme jamais je l'avais fait avant, et tout le temps elle avait émis ces petits jappements de plaisir, comme si elle chantait. Je gardais ma main sur sa gorge pour pouvoir suivre la chair vibrer sous le plaisir que je lui donnais. Quand je dis que je la brutalisais, faut comprendre : je veux seulement dire que je l'aimais comme il faut. J'y allais brutal et bon et un peu cochon, mais jamais je l'aurais fait si j'avais pas senti le plaisir dans sa gorge sous ma main.

« Je crois qu'il devrait plus faire de ponts », j'ai dit.

« Comme tu veux. »

« C'est ce que je veux. »

Dans le noir le faisceau de la lampe de poche allait de ma main à sa bouche, et ainsi de suite.

« Je sais pas ce qu'il va faire sur la plage, comme démonstration », elle a dit.

« Peut-être qu'il va laisser tomber l'idée. »

« Ça m'étonnerait », elle a fait.

« Il peut que se ridiculiser. Il est trop vieux. »

J'ai mis la lumière sur sa bouche mais elle a rien dit. Ses lèvres avaient l'air enflées et légèrement décolorées. Je lui en avais fait voir, cette nuit-là.

« Enfin bon », j'ai dit, « pour Al, arrête les frais avec les séances. »

« D'accord. Mais s'il continue, je te jure que ce sera pas mon idée. »

« Je te crois », j'ai fait.

« Peut-être que ça vaudrait mieux que quelqu'un décide pour lui ce qu'il fera au concours de beauté — s'il fait quoi que ce soit, je veux dire — parce que si je décide pas pour lui, il est capable de faire un truc où il pourrait s'esquinter. »

« Non. Pas Al. L'a beau être vieux, il sait ce qu'il peut et ce qu'il peut pas faire. »

« Bon, si tu le dis. »

J'ai gardé la lumière sur sa bouche, mais elle a plus bougé. On est restés là longtemps, étendus côte à côte. Au bout d'un moment une idée m'est venue, que j'avais jamais eue avant. J'ai rallumé la lampe sur ma main.

« Tu parles en vrai ? » j'ai demandé.

« Hein ? »

« Quand on cause ensemble dans le noir, comme ça au lit, est-ce que tu fais les sons ? »

Je connaissais la réponse avant qu'elle la dise. En posant la question, j'ai réalisé que j'avais jamais senti les mots.

« Non », elle a fait. « Ils sont juste sur mes lèvres, les mots. Pas de raison de faire les sons. Même en chuchotant ça pourrait réveiller Al, si on le faisait suffisamment longtemps. »

« Non », j'ai dit.

« Ça pourrait. »

« À partir de maintenant quand tu me parles, fais les sons. »

« D'accord », elle a dit. Ensuite, après une petite pause pour se mouiller les lèvres avec sa langue : « Tu as fait mal à Aristote. »

« Oui. »

« T'aurais pu le tuer. »

« Je suppose que j'ai perdu la tête. »

« Ça peut arriver à tout le monde », elle a dit. « Moi c'est comme ça que je me sens tout le temps. »

« Comme quoi ? »

« Comme s'il *fallait* que je perde la tête. Tu vois ce que je veux dire ? »

« Non. »

« Les choses deviennent tellement... tellement... » — elle bougeait sur le lit, comme si elle luttait, presque — « ... tellement mornes. Tout meurt on dirait, et alors à ce moment-là faut que je fasse quelque chose. »

« Je pense pas qu'on parle de la même chose. »

« Je suppose que non », elle a fait. Elle s'est blottie contre moi, les mains au creux de mes reins. Elle tremblait comme un prunier. Ses doigts m'entraient dans la chair à m'en faire mal. « Je voudrais seulement que tu comprennes. Tout ce que j'essaie de faire c'est rester en vie. Quand tout se met à mourir autour de moi, je me sens horriblement seule. Enfin non, pire que seule. Comme s'il y avait plus que moi au monde. Comme si tout le reste était un désert. Les gens se ratatinent et crèvent. La bouffe a aucun goût. Les arbres perdent leurs couleurs, comme tout le reste. Le lendemain arrivera jamais. Hier c'est même pas la peine d'en parler ni de s'en souvenir. Ou si tu peux t'en souvenir tu te demandes bien comment t'as pu le vivre. » Ses lèvres ne bougeaient plus, mais je gardais la lumière sur sa bouche. Ma main tremblait. Plus que les mots, c'était l'expression sur sa figure. Dans ses yeux. L'expression de quelqu'un qui fait un cauchemar et qui n'arrive pas à en sortir. « C'est à ce moment-là que je... enfin, que je dois changer les choses. Je peux pas m'en empêcher. Ce que je veux réellement n'a plus rien à voir. Faut que je chamboule tout, et alors ça redevient intéressant. »

« Ben dis donc », j'ai fait.

« Alors je sais pourquoi t'as fait ça à Aristote Parsus. »

« C'est pas ça exactement », j'ai dit. « Je crois pas que ce soit ça. »

« Tu te défendais. » Ses yeux semblaient devenir plus opaques et impénétrables, et aussi fuir la lumière. « Je m'attends à ce que tu te défendes. Ça c'est quelque chose que j'attends toujours d'un homme. »

Je l'ai embrassée. Ensuite : « Ma poule, c'est toute ma vie que je me suis défendu. »

Elle a souri. Ce sourire lourd et lent. « Tu le fais bien. C'est ce qui te rend intéressant. Marvin Molar, t'es quelqu'un de très intéressant. »

On s'est endormis épuisés, mais je me suis réveillé en sursaut au milieu de la nuit. J'ai ouvert les yeux sur la face vide et noyée de lune de l'immeuble en briques de l'autre côté de l'allée derrière. Je l'ai fixée très longtemps avant de réaliser qu'Hester avait jamais fait le son des mots, avait pas une seule fois fait ce que je lui avais demandé. Je lui ai fait l'amour encore une fois avant de me rendormir et j'ai pu encore faire battre sa gorge de plaisir, pu encore en sentir venir la vibration dans ma main et la laisser courir jusque dans mon sang. Mais je n'ai pas senti un mot. Peut-être qu'elle savait pas que j'étais capable de sentir le bruit des choses. Elle-même était pas sourde-muette, seulement ses parents. Peut-être qu'elle savait pas ce qu'il en était avec moi. Je regardais son visage, casqué par la chevelure noire répandue sur l'oreiller près de moi, et je me suis rendormi en songeant qu'il y avait probablement des tas de choses qu'elle savait pas sur moi.

9

Al a continué les exercices. Pire que jamais. Mais il a pas repiqué aux ponts. Rien que les vieux trucs habituels : déchiqueter des balles de tennis (il a fallu qu'il commence avec des vieilles toutes lisses qu'il envoyait Leroy chercher sur les courts publics, ou quémander aux joueurs) et déchirer des jeux de cartes — il pouvait plus les déchirer en quatre à présent, mais il était encore capable de vous couper un jeu en deux, aussi net qu'avec un couteau. En fin d'après-midi il passait aux choses sérieuses : des demi-squatts avec cent kilos soulevés à partir du râtelier, des arrachés jambes tendues avec cent vingt-cinq, et des séries en utilisant la large ceinture de l'haltérophile pour supporter son dos. Il allait et venait dans le gym avec une expression mauvaise et marquée. Je l'ai vu expliquer à Leroy que c'était son masque de compétition. Mais pas quand Hester était dans le secteur. Alors là au contraire il marchait avec un déhanchement raide et souriait tout ce qu'il savait. Il se tapait des comprimés aux sels minéraux comme si c'étaient des bonbons M&M, et il prenait deux heures de bains de vapeur par jour. Sa vieille couenne grise était rose comme une peau de bébé quand il terminait l'après-midi. Mais ça lui donnait surtout l'air d'être mûr pour la crise cardiaque.

« Al, tu vas trop vite », j'ai dit.

Il avait déjà les mains en position sur la barre olympique, prêt à la soulever du râtelier. Il s'est arrêté net : « C'est toi qui dis à Al comment faire ? »

« Qu'est-ce que t'as, merde ? »

« Qu'est-ce que t'as ? Al il a une importante démonstration à Clearwater Beach. Feu d'artifice. Jolies filles. Le Maire. Et Al. Al il est pas encore fini. Pousse-toi de là. »

« Je te disais bien qu'il laisserait pas tomber », a fait Hester qui nous regardait adossée au mur.

Hester avait tenu parole. Je l'avais pas vue pousser Al à s'exercer, ni lui parler de la fête du quatre juillet à Clearwater Beach. Mais c'était du pareil au même pour Al. Il continuait comme si de rien n'était. On aurait même dit que ça avait pour effet de l'allumer encore un peu plus. Mais j'essayais de pas trop m'en faire à ce sujet. Les choses avaient l'air d'aller, autant qu'elles pouvaient aller avec nous autres au Fireman's Gym.

Hester restait à la maison le soir. J'avais plus revu ni entendu parler d'Aristote Parsus et je me disais qu'il devait être sur son rafiot avec le reste des Grecs en train de flouer des vieilles touristes du Kansas, ou est-ce que je sais ce qu'ils font à Tarpon

Springs maintenant que Dupont[1] a rendu les Grecs et les éponges périmés.

Al une fois il faisait des demi-squatts et les haltères lui ont glissé des épaules. Les disques sont allés se fracasser par terre. Les vagues sonores me couraient dans les mains à travers le plancher, je les sentais jusque dans les os des hanches. Al est resté là à regarder les haltères d'un œil mauvais. Russell Muscle s'est amené de l'endroit où il faisait des flexions sur les barres parallèles. Il s'est placé entre les haltères et Al. Il a soufflé fort une fois par le nez, s'est baissé à croupetons, le dos droit, et a fait passer directement les haltères du sol à ses épaules comme si ils avaient pesé un kilo au lieu de cent. Il les a reposés sur le support et allait pour s'en retourner aux barres parallèles, quand Al l'a agrippé par le flanquet de son sweat-shirt et l'a fait tourner sur lui-même.

« Qu'est-ce tu fais, là ? » Al demandait pas, il exigeait une réponse. Il avait la veine du cou toute raide et gonflée.

Muscle bougeait pas. Sa bouche s'est ouverte un tout petit peu.

« Al veut savoir ce que t'essayes de faire, putain », Al a dit encore.

Muscle m'a regardé. Ses yeux sont revenus sur Al. Toujours sans rien moufter. Bien sûr, faut dire que le seul mec que je connaisse encore moins cau-

1. Groupe d'industries de produits chimiques.

sant qu'Al c'est Russell Muscle. Lui son idée d'une conversation c'est : Salut.

« Séance », il a sorti finalement, et de la façon qu'il avait dit ça on savait pas s'il voulait dire que c'était ce qu'il était en train de faire, ou si c'était ce qu'Al ferait mieux de faire.

Dans le doute je me suis interposé entre les deux. Russell il admirait Al en tant qu'homme fort de la vieille école, mais suffisamment provoqué j'étais pas si sûr qu'il l'aurait pas tué quand même. Al aussi aurait été fichu de le tuer, je dois admettre. Le vieux schnock était encore dangereux.

« Arrête, Al », j'ai dit.

« Al il arrête pas », qu'il a fait, comme un mioche de dix ans dans une cour de récréation.

« T'as laissé tomber les haltères. Russell les a seulement remis sur le râtelier, bon sang. Qu'est-ce qui t'arrive ? »

Je sais pas si vous savez bien comment ça se passe avec les haltères, mais la question était la suivante : un mec est capable de soulever des poids bien plus importants s'il peut pousser par en dessous qu'il ne peut le faire en arraché jusqu'à ses épaules, donc généralement les poids qu'il va soulever il les prend à partir d'un râtelier. Mais là, merde, c'était jamais que cent vingt kilos, et même Al pouvait soulever ça à l'arraché. Donc toute cette histoire était stupide. Muscle s'en rendait bien compte, et moi aussi. Mais ce qu'on voyait pas, par contre, et je crois qu'on a réalisé ça en même temps, c'est que ce qui mettait Al sur la défensive c'était pas les haltères sur le râtelier, mais Hester qui se trouvait à cinq ou six mètres de là et qui observait. Russell m'a regardé.

« C'est pas vrai », il a fait.

J'ai fait signe que oui.

« Écœurant », Russell a dit en partant immédiatement pour les vestiaires. Apparemment, cette histoire lui avait gâché son entraînement. Al est resté planté là, toujours rouge et fumasse.

« Qu'est-ce qu'il a voulu dire par là ? » a fait Al.

« Je sais pas », j'ai dit.

« Y peut pas causer à Al comme ça. »

Et il allait foncer sur les vestiaires. Il avait à peine quitté la plate-forme qu'Hester s'interposait devant lui. « Ça va bien », elle a dit.

« Al pas si sûr. »

« Il l'a pas dit en mal. »

« "Écœurant", qu'il a dit. »

« Bon, tu sais comment c'est. »

« Bon », a fait Al. Et il est retourné aux haltères. Je les avais observés pendant qu'ils parlaient, et ça n'avait aucun sens. N'empêche qu'Al il s'est tout de suite calmé. Il est retourné sous la barre et il a recommencé à faire ses demi-squatts.

« Je voulais pas m'en mêler », a dit Hester.

« O.K. », j'ai fait.

« Non sans blague. La dernière chose que je voulais c'était y aller de mon grain de sel. »

Qu'est-ce que je pouvais dire ? Son grain de sel ? J'avais ce que je pensais, les mots, au bout des doigts : elle se fout de toi. Pire que ça : elle sait que tu le sais. On est restés à regarder Al en chier sous la barre. On aurait cru qu'il allait clamser d'une seconde à l'autre, la façon qu'il était gris de figure, les yeux glauques, les varices sur ses vieilles jambes sur le point de péter. J'étais assis près d'elle au bord de la plate-forme. Je lui ai touché la jambe. Elle m'a regardé.

« Je sais ce que t'es en train de faire », j'ai dit.

Elle a soutenu mon regard un bon bout de temps. Aucune expression sur son visage. Et puis elle a dit : « Tant mieux, comme ça t'auras pas de surprise. »

Et comme si tout ça avait été réglé d'avance, la surprise est entrée : Aristote Parsus. Il avait son équipe de volley avec lui. Tous en tenue complète et tennis. Pendant une seconde quand je les ai vus s'amener j'ai paniqué. Il y avait aucune raison — ça m'est juste venu comme ça — mais j'avais la trouille. Non, plus que ça, c'était plus de la terreur qu'autre chose. Et c'est passé aussi vite que ça m'est venu.

Aristote et ses troupes sont restés en haut des escaliers à regarder Al aux haltères. Les joueurs lançaient des vannes et bavardaient, les doigts s'activaient de tous les bords. Mais Aristote, lui, bougeait pas d'un poil, et sa figure ne trahissait aucune expression. Peut-être que c'était ça qui m'avait fichu les foies. Ou alors le fait qu'Hester paraissait totalement indifférente à Parsus et à son arrivée en fanfare. La façon qu'elle le regardait de l'autre bout de la salle, elle aurait pu aussi bien regarder un chien pisser sur une bouche d'incendie. Et lui nous regardait pareil. Al tremblait et peinait toujours sous la barre. Quand finalement Al a fait un pas en avant et a reposé la barre sur le râtelier, Aristote s'est précipité vers nous, tout sourire à présent. Un sourire de dingue. À peine Al avait remis les haltères en place que le sourire était apparu sur la figure d'Aristote, comme par magie. Il avançait les bras ouverts, la main tendue vers moi. Il avait l'air d'un vrai con.

Il s'est arrêté devant moi. « Tope là », il a fait.

Je suis resté assis à le regarder.

« Écoute, te bile pas », a dit Aristote, « j'ai oublié tout ce qui s'est passé. Serre-moi la pince. »

Al s'était retourné. Il nous regardait, toujours gris, une tache violacée sur chaque joue, artificielle et bidon, comme quelque chose qu'on lui aurait collé dessus.

Aristote avait toujours la main tendue au-dessus de moi. Il a regardé du côté de Al et lui a fait de l'autre main : « T'as bonne mine, Al. Bon Dieu, tu te remets en condition. »

Je sais pas si Al a vu ce que lui disait Aristote. Il me regardait. « Serre-la », Al m'a fait.

« Sûr », j'ai dit en serrant la pince à Aristote.

« Je pardonne tout », a fait Aristote. « Tout, bordel, je sais comment ça peut arriver ces trucs-là. »

« Pour ça je te crois », j'ai dit.

L'après-midi était suffisamment avancé pour que la salle soit à peu près vidée de clients. D'habitude, on aurait été sur le point de dîner, mais depuis qu'Al avait repris l'entraînement on mangeait de plus en plus tard.

Les joueurs d'Aristote se déplaçaient dans la salle sous la lumière incertaine qui filtrait par les vasistas. Il y en avait qui soulevaient de minuscules haltères, d'autres qui tapaient dans le sac de sable, deux qui se mettaient ensemble pour soulever une barre. Comme ça avec leurs maillots rayés et leurs chaussures à ailerons, ils me faisaient penser à des poissons dans un aquarium. Je me demandais ce qu'ils fichaient ici. Aristote avait tout de même pas fait tout ce chemin pour faire ce geste si manifestement bidon. Je savais pas trop ce qui se tramait, mais je me disais qu'il valait mieux être paré à tout, alors j'ai sauté sur mes mains et je suis allé m'appuyer contre le mur près du râtelier.

Trois des joueurs de volley étaient à l'autre bout de la salle à présent. Ils étaient montés sur le ring de boxe. L'un d'eux a tiré sur le cordon qui allume l'unique ampoule électrique qui pend du plafond. Le réflecteur en aluminium au-dessus de l'ampoule a brusquement inondé le ring d'une lumière violente. Les autres joueurs sont allés s'asseoir autour, sur le bord du tapis. Al, Hester et Aristote se sont rapprochés l'un de l'autre près du râtelier. Ils parlaient toujours, mais j'essayais même pas de voir ce qu'ils disaient.

Muscle est ressorti du vestiaire, ses cheveux blonds plaqués sur le front, tout foncés à cause de la douche. Il avait une serviette autour du cou. À peine entré dans la salle il s'est arrêté et a regardé derrière lui en direction du vestiaire. Il se tenait absolument immobile, ses belles mains larges tenant chacune un bout de la serviette. Leroy et Pete se sont ramenés par la porte, et j'ai senti les cheveux se dresser sur ma nuque. Ils étaient tous les deux en shorts et gants de boxe. Des gants de deux cent cinquante grammes, c'était. Avec des gants pareils c'était pratiquement comme de taper à poings nus. Leroy avait un protège-tête. Pete non. Quand il est arrivé au niveau de Muscle, Leroy s'est mis à feinter et boxer comme un malade, faisant du shadow-boxing autour de la tête et du ventre de Muscle, qui le regardait comme si le môme était tombé sur la tête. Leroy a souri à Muscle, et c'est là que j'ai vu qu'il portait un protège-dents aussi. Pete était déjà en train de monter sur le ring entre les cordes. Ses vieilles jambes avaient des nœuds de varices derrière les genoux qui continuaient en traînées le long des mollets. Debout sur le ring, il remuait selon un rythme à lui — sans bouger beaucoup, à peine, même, mais en gardant le rythme avec sa tête, ses pieds, ses mains. Au-dessus de la ceinture son corps bougeait à contretemps du rythme. Je me suis mis sur une main et j'ai demandé à Al ce qui se passait. Mais il a fait mine de pas me voir. Lui et Hester se dirigeaient déjà vers le ring. Leroy est passé sous les cordes et a pris sa place sous la violente lumière avec Pete. Muscle lui a filé le train et est venu regarder en s'accoudant contre le tapis du ring. Aristote et ses joueurs déconnaient autour du ring comme des gosses. C'était à qui ferait des sauts périlleux sur les cordes, sauterait dans la boîte à résine ou ferait du sparring l'un contre l'autre. Pete et Leroy se tenaient l'un en face de l'autre, l'air très sérieux.

« Qu'est-ce qui se passe, bordel ? » j'ai dit en tapant Al fort sur la jambe et lui montrant le ring. « Qu'est-ce que c'est que ça ? »

Il avait pris une chaise près du gong. Il avait un chronomètre à la main. « Hester elle a dit que Leroy fallait qui s'entraîne. »

« Al, bordel, le môme il est... »

Al s'est mis à faire sonner le gong et ne s'est arrêté que lorsque Aristote et son équipe ont dégagé du tapis et passé les cordes. Hester est montée dans un coin et Leroy est venu la trouver. Ils sont restés comme ça avec leurs têtes qui se touchaient presque. Hester me tournait le dos, mais je savais qu'elle parlait parce que je voyais Leroy faire oui de la tête constamment et jeter des regards vers Pete qui faisait toujours du surplace de son bord. Leroy arrêtait pas de montrer son protège-dents et de s'ébrouer par le nez comme un cheval. Muscle s'était séché les cheveux et avait pris une chaise de l'autre côté du ring.

« Leroy sait pas boxer », j'ai dit à Al.

« Pete, si. »

« Pete est un négro de soixante-dix balais qui s'est fait sonner la tronche une fois de trop », j'ai fait.

Il m'a regardé longuement. « Pourquoi tu nous hais tellement ? » il a dit.

« Hein ? »

« Pourquoi tu nous hais tellement ? Al il t'a jamais donné de raison. Pete et Leroy non plus. Ni Al. »

« Sois pas con », j'ai fait. « Qu'est-ce qui peut te faire croire que je... »

« Al pas con », il a fait, et là-dessus il a cogné le gong avec le petit marteau suffisamment fort pour faire une marque dessus.

Au coup de gong, Leroy a quitté Hester en pivotant sur les talons et s'en est allé, pieds plats, au centre du ring où il s'est mis en face de Pete sous la lumière. Mais c'est là que j'ai vu qu'ils allaient pas boxer. Ils allaient même pas faire du sparring pour de vrai. Leroy s'est mis à envoyer des crochets et des directs dans le vent, et Pete y est allé de son éternel refrain, lui chantonnant ses encouragements et conseils, arrêtant Leroy de temps en temps pour lui montrer comment enchaîner un crochet du droit sur une petite gauche, ou comment utiliser son épaule pour couvrir son menton. Je me suis un peu détendu. Je me foutais pas mal s'ils s'entre-tuaient, remarquez, sauf que si, si vous pouvez comprendre.

Je déteste voir quelqu'un passer pour un trouduc en essayant de faire quelque chose qu'il est pas dans sa nature de faire. On fait ce qu'on peut faire, on a le talent qu'on a, et essayer de péter plus haut que son cul c'est pour les trouducs. En plus de ça, par rapport à ce qu'on voit dans ce bas monde, Leroy et Pete étaient pas mauvais bougres. Des demeurés, d'accord, mais pas des mauvais demeurés, si vous voyez ce que je veux dire.

Ils se sont dépensés comme ça je suppose trois minutes, et Al a fait sonner le gong. Leroy est retourné pour son tête-à-tête avec Hester dans leur coin. Pete est allé dans le sien, dansant tout le long du chemin, on aurait dit un gosse tout rétréci et ratatiné, avec ses rides et ses varices et tout. Je pouvais pas m'empêcher de l'avoir lourd pour lui, à le voir porter ces shorts. Tout habillé, on avait tendance à oublier à quel point il était ratatiné. Même dans le sauna il avait pas l'air si terrifiant. Mais là sur le ring sous la lumière on pouvait pas faire plus pitoyable.

« Al », j'ai dit, « j'aurais pas dû m'en mêler. S'ils veulent s'entraîner c'est leur affaire. »

Al fixait son chrono d'un air rageur et refusait de me regarder. Les deux taches violacées sur ses joues étaient allumées. Un ligament était bandé le long de son cou gris. Il a sonné le gong à nouveau.

Pete et Leroy ont fait un autre round. Aristote et ses zigues se tenaient en ligne de l'autre côté du ring, sans bouger ni parler. Maintenant ils avaient l'air un peu déçus, ou peut-être même en colère. Muscle, lui, se dirigeait déjà vers les escaliers alors que Pete et Leroy quittaient leurs coins respectifs. À peine arrivé au centre du ring, Leroy a cueilli Pete avec un crochet du droit qui l'a fait s'affaler comme un sac vide. Muscle s'est précipité et a sauté sur le tapis et s'est mis à crier en direction de Pete, qui bougeait plus. Leroy avait regagné un coin neutre. Il exhibait son protège-dents blanc à Hester, comme un âne. Al comptait. Et à chaque coup il cognait le tapis de sa main ouverte. Pete s'était relevé à quatre pattes. Aristote et ses joueurs en pouvaient plus de sauter en l'air et d'applaudir. Sans y penser, j'avais compté moi aussi chaque fois que la main d'Al s'abattait contre le tapis, et Muscle avait eu beau s'égosiller à enjoindre Pete d'attendre jusqu'à neuf, il s'est relevé à sept, tout chancelant et dodelinant de la tête. Leroy s'est ramené en courant de l'autre bout du ring et a balancé une gauche tellement mal ajustée qu'elle l'a raté d'au moins cinquante centimètres et a bien failli le faire passer à travers les cordes encore en plus. Pete avait retrouvé ses vieilles jambes et il sautillait sur place faiblement. Il souriait. Il souriait vraiment. Leroy est revenu et a raté son coup cinq ou six fois avant d'arriver à choper Pete avec un coup bas qui l'a de nouveau fait s'écrouler. Cette fois-ci c'est le gong qui l'a sauvé.

Muscle a lancé un tabouret dans le coin, et, sautant par-dessus les cordes, il a tiré Pete. Il lui a vidé toute la bouteille d'eau sur la tête. Muscle soulevait la vieille poitrine creuse de Pete pour qu'il puisse mieux respirer. Agenouillé devant lui, il lui donnait des claques gentiment.

Ils ont duré cinq rounds comme ça et Leroy a jamais été foutu de le mettre K.O., ce que j'espérais qu'il ferait. Au lieu de ça, il a vraiment démoli Pete. Qui lui n'a pas cessé de garder le sourire, même quand il s'est mis à pisser le sang par la bouche. Muscle avait continué à lui crier des encouragements de son coin et à le soigner entre les rounds. Aristote et ses joueurs ça les faisait bien marrer, on aurait dit des clébards dans un camion de triperie. Quant à Al, il faisait sonner le gong et comptait quand Pete était au tapis. Quatre fois, c'est arrivé. Mais heureusement ce brave vieux nègre avait la tête comme une pierre, rien que de l'os massif d'une oreille à l'autre. N'empêche que c'était quand même plutôt moche comme spectacle.

Ce soir-là, Hester est partie avec Aristote. Une fois Pete et Leroy partis prendre leur douche, elle a fait : « J'ai besoin d'aller voir mes vieux. Ari peut me déposer. »

« Sûr que je peux », il a fait Ari.

Et là-dessus ils sont partis, probablement pour son baisodrome de bateau de merde et un marathon de pattes en l'air.

« L'est pas mal du tout comme choigneur, Msieur Musc », a fait Pete. Il avait la bouche tellement tuméfiée que je pouvais à peine deviner ce qu'il disait.

On était à table. Al avait préparé des steaks et des patates. Il avait fait un bol de soupe pour Pete. Mais personne mangeait bézef, sauf Leroy qui s'en donnait à cœur joie avec son couteau sur son steak saignant et engouffrait d'énormes cuillerées de purée dans sa bouche.

« Encore un mois de ce régime et je serai prêt », a fait Leroy en s'étranglant sur une bouchée de steak. « Prêt pour un combat de dix rounds. »

« Pas mauvais choigneur, Msieur Musc », Pete disait.

Pete ses yeux on aurait dit qu'ils étaient peints, tellement ils étaient éteints et hagards. Je crois pas qu'il savait où il était. Russell Muscle l'avait embrassé après le combat en lui disant que, nom de Dieu, il avait donné tout ce qu'il avait. C'est tout ce qui intéressait Muscle, ça, donner tout ce qu'on avait. Un psychopathe qui finirait bien par cisailler les nichons d'une bonne femme un de ces quatre.

Leroy disait : « Ouais Msieur. Pas d'erreur ! Encore un mois comme ça et... »

J'ai cogné la table d'une main et de l'autre j'ai fait : « Un mois comme ça et Pete il aura calenché avant longtemps. »

Leroy a regardé Al. « Qu'est-ce qu'y dit ? »

« T'occupe pas », a dit Al.

« C'est ça ! » j'ai dit. « T'occupe pas. Ce que j'en ai à branler, moi, de votre santé, bande de tarés. »

Al est resté assis avec les coudes sur la table, et finalement il a dit : « Pourquoi tu nous hais tellement ? »

Des fois je voudrais pouvoir hurler. Hurler pour de vrai. Mais au lieu de ça tout ce que j'ai pu faire c'est me laisser glisser de ma chaise et grimper sur mon lit. J'ai attrapé un roman et je l'ai ouvert et j'ai pas pu en lire une ligne. Tout se brouillait devant moi, j'étais tellement en pétard. Ça aurait aussi bien pu être écrit en russe.

Je pensais qu'Hester reviendrait tôt, mais non. Je suis resté couché sur le lit pendant que les haltérophiles qui s'entraînent le soir allaient et venaient. J'écoutais le fracas des haltères qui retombaient sur la plate-forme de l'autre côté de la cloison. Ensuite j'ai regardé la lune allonger les ombres sur les briques du mur d'en face.

À un moment durant la nuit — je sais pas quelle heure il pouvait être — j'ai pris la lampe de poche et suis descendu du lit jusqu'à la chambre où Al dormait. Pete et Leroy étaient rien que des masses dans les lits jumeaux de chaque côté du grand lit où couchait Al. Il avait le drap repoussé sur la poitrine, la peau humide et couleur de granite dans la pénombre. Je l'ai tapoté sur la hanche et j'ai allumé la lampe sur ma main.

« C'est pas vrai que je te hais », j'ai dit, et j'ai dirigé le faisceau sur sa bouche. Il a cligné des yeux dans la lumière et m'a fait signe de l'enlever. Je l'ai gardée sur sa bouche quand même.

« Hester a tout expliqué à Al », il a fait.

« Quoi ? Dis-moi un peu ce qu'elle a dit. »

« Qu'on peut faire des choses. Qu'on est capables de faire des trucs, tous qu'on est. »

« C'est ça qu'elle a dit ? »

« Al il est pas encore fini. »

« Je sais bien que t'es pas encore fini. »

« Enlève la lumière des yeux à Al. »

J'ai enlevé la lumière de ses yeux. Je l'ai mise sur ma main. « C'est pas vrai que je te hais. Tu comprends tout de travers. »

Je suis retourné m'allonger sur mon lit et j'ai attendu. Je l'ai entendue — sentie — monter les escaliers. Je l'ai sentie qui traversait la salle, puis la cuisine, et je l'ai vue dans le noir debout près du lit. Elle a pris la lampe de l'étagère et l'a allumée.

« Tu me veux dans ton lit ? »

« J'ai dit à Al il y a pas une minute qu'il comprenait tout de travers. Je crois que toi aussi tu comprends pas. »

« Fallait que je voie mes vieux. »

« Oui », j'ai dit.

Elle s'est déshabillée. Ensuite elle s'est mise contre moi dans le lit. Son long corps formidable. Ses jambes. Bon Dieu, ses jambes, qui finissaient là en haut de ses cuisses.

« Combien de temps tu vas laisser Leroy démolir le négro ? » j'ai fait.

« Je lui ai pas dit de le démolir. »

« Il est vieux, tu sais. Pete est un vieux bonhomme et tu vas le tuer. »

« Je vais pas le tuer. »

Elle avait remis ça. Elle avait remis ça, et pas moyen de l'arrêter. Tout m'est sorti de la tête. Plus rien comptait du tout sauf le fait qu'elle était en train de me perdre. Et j'étais bel et bien perdu, si vous pouvez comprendre ça. Peut-être pas. C'est dur de juger. Il y a des hommes qui sauront jamais.

Mais ceux qui savent savent, et savent que je ne peux pas l'expliquer.

Le lendemain c'était fête, le quatre juillet, et la salle était fermée — mais Leroy a démoli le négro quand même. Pete est tombé environ quatre fois en six rounds. C'est Aristote qui était dans le coin du nègre parce que Muscle n'était pas venu, rapport que c'était Fête nationale. Aristote et ses joueurs s'étaient pointés tellement tôt que Leroy avait dû sauter du lit pour descendre leur ouvrir. On était tous supposés aller ensemble à la fête de Clearwater Beach.

« Scuse d'être si bonne heure », a fait Aristote, « mais j'ai le trac. »

On attendait près du ring qu'Hester sorte avec le môme. Pete était déjà sur le ring, à sautiller sur place comme toujours.

« T'as pas le trac, toi ? »

« Non », j'ai fait.

« T'as pas envie de savoir ce qu'il va faire, Al ? »

« Non. » Là je mentais. J'étais resté éveillé une bonne partie de la nuit à penser à ce vieux schnock.

« Il a quelque chose dans sa manche », a dit Aristote.

« C'est juste un vieux bonhomme qui va faire l'idiot », j'ai dit.

« Ouais, ben. Les hommes ça perd la tête, des fois. » Là il m'a gratifié du sourire en piquets de clôture.

J'ai levé les yeux sur lui. « Des fois ils perdent

autre chose. Leur cul, par exemple. » Le sourire est resté en place.

Hester s'est amenée avec Leroy et on l'a tous regardé battre le négro comme plâtre, Pete donnant ses instructions tout du long. Des fois c'est à lui qu'il donnait des conseils. Des fois à Leroy.

Une fois terminé, j'ai laissé Aristote et ses gus panser la figure de Pete en lui appliquant de la glace sur son vieux cuir, et je suis allé trouver Hester qui parlait à Leroy. Elle avait son bras passé autour de ses épaules, leurs têtes se touchaient presque. Elle a retiré son bras quand elle m'a vu.

« Demande-lui pourquoi il fait ça », j'ai dit.

« Qu'est-ce qu'y dit ? » Leroy a demandé.

« Laisse le môme tranquille », Hester m'a dit.

« Tu lui demandes, oui ou non ? » j'ai fait.

Elle m'a regardé sans expression pendant une minute. Ensuite elle a haussé les épaules. « Sûr. Je lui demanderai tout ce que tu veux. » Elle a regardé Leroy. « Il veut savoir pourquoi tu fais ça. »

« Fais quoi ? »

Elle m'a regardé. « Ben alors ? »

« Pourquoi il démolit le nègre », j'ai dit.

« Pourquoi tu démolis le nègre », a fait Hester.

Le môme a levé les bras. Ses yeux sont passés d'elle à moi, et dans l'autre sens encore. « Marvin, merde. C'est l'entraînement. »

« T'es pas boxeur », j'ai dit.

« T'es pas boxeur », a dit Hester.

« Sûr que si, j'suis boxeur ! » Le rouge lui était

monté à la figure. « Qu'est-ce qu'il a de travers, Hester ? »

« Honnêtement, je sais pas », elle a fait.

C'était pas la peine d'insister. Aristote et sa grosse smasheuse se sont amenés avec Pete entre les deux. Il a tourné ses yeux peints sur Leroy : « La gauche faut quai vienne pas-dessus la doite. Pas-dessus la doite ! »

Le môme est venu jusqu'à Pete. Il a mis ses bras autour de lui et l'a embrassé. Ils se sont regardés, souriant comme des idiots, les lèvres de Pete enflées sur ses gencives bleues.

« Merci », a fait Leroy.

« Tu vas macher épatant », a fait Pete. « Et comment ! » Ils sont allés se doucher ensemble. Leroy soutenait pas Pete exactement, mais il le guidait. Ils continuaient à parler, mais je doute que Pete ait su où il se trouvait. Il naviguait juste à l'instinct. Ça faisait la seconde fois en deux jours qu'il se faisait rétamer. Il avait beau avoir rien que de l'os massif entre les deux oreilles, il était qu'un vieux bonhomme avec de la bouteille.

J'étais pour le dire à Hester quand Al s'est pointé à l'entrée. Il était en maillot collant, du faux léopard avec une bretelle qui lui passait par-dessus l'épaule gauche. Un truc pareil ça s'achète pas dans le commerce. C'est probablement Hester qui l'avait fabriqué. Il se tenait jambes écartées, poings fermés sur les hanches. J'ai senti le plancher vibrer et je me suis retourné pour voir l'équipe de volley au grand complet, y compris Aristote, arrangée en ligne en train d'applaudir, de sauter en l'air et de se marrer.

Al est resté immobile un long moment, et puis, en prenant tout son temps, je vous jure qu'il a salué.

« C'est l'heure d'y aller », a crié Hester en se précipitant vers les escaliers.

On est allés à Clearwater en famille, tous dans la voiture. Pete était à l'arrière avec Leroy et Al — Al au milieu — parce que personne voulait se fier à Pete pour conduire. Pete d'ailleurs était en plein combat contre un môme du nom de Sugarstick Johnson. On voyait de la façon qu'il se démenait et se trémoussait sur la banquette et de la façon dont il s'encourageait à tenir le coup contre Sugarstick que ça devait être un combat qu'il avait réellement livré dans le temps, à l'époque lointaine où il était encore classé poids welter. Depuis qu'il était sorti de la douche avec Leroy, Pete avait pas arrêté de passer en revue les rencontres qui l'avaient finalement mené au second rang dans sa catégorie. Il s'en payait une vraie tranche avec Sugarstick. Je me suis retourné sur le siège avant pour regarder Pete. À travers la lunette arrière je pouvais voir le minibus d'Aristote et de son équipe qui nous filait le train. Certains joueurs se penchaient par les fenêtres et nous faisaient des grands signes. Ils s'en payaient une tranche eux aussi. Hester conduisait la vieille Dodge à fond la caisse sur la route qui menait à la plage. Elle blindait d'une file à l'autre. Mais Aristote restait collé à son pare-chocs.

« Tu ferais bien de faire quelque chose pour Pete », j'ai dit.

Je savais pas si Al m'avait vu lui parler. Il avait des petites gouttes de sueur qui lui perlaient sur la figure. Sans tourner la tête il a allongé le bras et posé une main sur l'épaule de Pete. Il l'a secoué une fois doucement, puis a tiré Pete contre lui, comme pour le bercer.

« Pete », il a fait. « Pete. »

Pete est devenu aussi sage qu'un lapin, il a laissé ses poings retomber sur ses genoux, il a cessé de gigoter. Mais le combat continuait. Il n'a pas cessé de parler.

« L'est coupé Sugarstick. Tavaille-le sus la coupure. Sus la coupure. Brusque rien. Doite. L'aute. Crochet. »

Derrière Pete, Aristote était en train d'essayer de mettre son pare-chocs sur la Dodge, quand Hester a brusquement changé de file sur la gauche pour doubler un camion. Le temps qu'on quitte l'expressway, les rues étaient bloquées par la circulation. Il pouvait pas être plus tard que onze heures, mais les trottoirs étaient remplis de moutards avec ballons, barbe à papa, pop-corn et hot dogs, pendant que leurs parents cuisaient dans leur jus en agitant de minuscules drapeaux américains. Hester avait l'air de savoir où elle allait. Environ deux rues de l'Ocean Club, une plate-forme aussi haute et large qu'une scène avait été construite en plein sur la plage. Hester s'est engagée sur le sable. Le minibus s'est mis à rouler à ses côtés. Il y avait des voitures garées n'importe comment, dans tous les sens, même sur les trottoirs.

Hester s'est retournée sur son siège et a regardé Al. « C'est là qu'ils vont avoir le concours de beauté à une heure. »

On a regardé la plate-forme.

« Qu'on va faire jusqu'à une heure ? » Leroy a demandé.

« Des démonstrations », elle a dit. Aristote et ses joueurs étaient pendus aux fenêtres de la Dodge à présent. « Ils ont un expert en karaté qui va casser un billot avec sa tête. »

« Nom de Dieu d'bois », qu'il a fait Leroy.

« Et un avaleur de sabres, et un cracheur de feu. »

« Mieux qu'au cirque », Leroy a dit.

« Al, qu'est-ce qu'il va faire ? » j'ai demandé.

« Qu'est-ce qu'y dit, Marvin ? » a demandé Leroy.

« Il veut savoir ce qu'Al va faire. »

« Quequ'y va faire ? » a demandé Leroy.

« C'est un secret. Je suppose qu'il va falloir attendre pour savoir », elle a dit. « Pas vrai, Al ? » Elle lui a fait un clin d'œil. Mais Al la regardait pas. Je crois pas qu'il l'ait seulement entendue. Il restait assis à bercer Pete, qui continuait à bavacher. Al regardait droit devant lui.

On a créé un attroupement à peine descendus de la Dodge. Mais j'avais l'habitude, sauf que je me faisais jamais à cette habitude, si vous pouvez comprendre ça. On est allés du côté de l'estrade, où comme promis un mec était en train d'enfourner un sabre au fond de sa gorge, et un autre type se mettait de l'essence dans la bouche et crachait du feu. Pete s'est remis à s'agiter sur place en feintant et esquivant — ce coup-ci il faisait du sparring contre un gars nommé Battling Kid Felix, et il a encore fallu qu'Al le restreigne de la main pour qu'il se calme. Il y avait un homme costumé en Oncle Sam qui haranguait la foule au micro sur une petite estrade construite juste à droite de là où Hester avait dit que se tiendrait le concours de beauté. Je me suis assis dans le sable pendant qu'Hester est allée parler au type habillé en Oncle Sam. Elle nous a indiqués du doigt. Oncle Sam aussi. Et tout de suite après il s'est remis à clamer de plus belle dans le micro. Il avait beau s'égosiller, on était trop loin et je pouvais pas voir ce qu'il disait, mais je savais que c'était d'Al qu'il s'agissait et j'avais vaguement mal au ventre, là dans le sable près des énormes jambes à varices du père Al, aussi blanches et crénelées que du granite, pendant que les joueurs de volley d'Aristote s'ébaudissaient autour de nous comme des mioches. La foule s'est resserrée.

Ce qui s'est passé ensuite s'est passé aussi vite qu'une exécution. C'est comme ça que je m'en souviens. Comme d'une exécution. Al a marché en plein centre de la foule et s'est couché sur le sable. Deux jeunes gars sont arrivés en courant de derrière la plate-forme en portant de lourdes planches. Ils les ont posées sur Al en travers de la poitrine.

Comme si elle avait passé la matinée à répéter chaque mouvement, la foule s'est écartée et une Ford Maverick rouge vif à pneus lisses est arrivée droit sur nous à toute blinde sur la plage. Environ à dix mètres d'Al, les pneus ont patiné dans le sable et la voiture a ralenti considérablement, on aurait dit qu'elle faisait du surplace. Le conducteur portait des lunettes-miroirs. Il paraissait très jeune. Il a pas hésité une seconde. Fait rouler la Ford en plein sur la poitrine à Al. Moi je pouvais pas bouger. Je regardais Al, sa figure. Il avait les yeux fermés et il les a jamais rouverts. Mais sa bouche s'est ouverte en grand et sa langue est sortie de huit centimètres.

10

Al a mis trois jours pour mourir. Je suis jamais allé le voir. Leroy pourra vous le dire. Pete — pour ce que ça vaut — vous dira probablement la même chose. Pouvais pas supporter l'idée de le regarder. J'ai fermé le Fireman's Gym et je suis resté couché.

Leroy est resté à l'hôpital, sauf une fois quand il est rentré se changer — une infirmière qui l'a forcé parce qu'il commençait à puer — et deux fois pour bouffer. Il était toujours soit sur le point de chialer, soit en train de finir de chialer. Il voulait me parler mais n'y arrivait pas. Sa bouche se mettait à trembler ou baver. Pete pleurait pas, lui. Il souriait beaucoup en parlant tout seul et filait le train au môme dans ses navettes entre ici et l'hosto.

Hester est bien revenue le premier jour, mais elle est pas restée.

« Tu crois tout de même pas que j'ai voulu ça, dis ? » elle m'a fait.

« Non. » Je restais couché à regarder le plafond. Elle a mis la main sur ma figure.

« Les bagnoles d'aujourd'hui elles sont plus lourdes qu'à l'époque où il faisait ça. »

« Il faisait ça il y a bien longtemps », j'ai dit.

« C'était pas mon idée. »

« Je veux pas causer de ça. »

« Moi non plus », elle a fait. « Les docteurs disent qu'il a aucune chance. »

« Je suppose que non. »

« Tu vas venir à l'hôpital ? »

« Non. »

« Tu veux que je revienne ici ce soir ? »

« Fais comme tu veux. »

« Bon », elle a fait.

Je l'ai sentie traverser la salle et descendre l'escalier. J'ai traîné ma couenne durant les deux jours qui ont suivi en essayant de réfléchir. Mais je pouvais pas. Pas une fois je me suis entraîné. J'ai pas pris de douches, et je me rappelle pas avoir mangé plus de deux fois en trois jours.

À un moment donné le téléphone a sonné. Je l'ai regardé de l'autre bout de la pièce, je le sentais à travers le bois. Il continuait de sonner. Il y avait personne d'autre dans la taule. Il a sonné encore comme ça un long moment, jusqu'à ce que je me laisse glisser du lit et que j'envoie valser le combiné du reste de l'appareil. Je l'ai ramassé et je l'ai mis contre mon oreille. Je pouvais entendre la voix dans ma peau. J'ai arraché tout le bazar du mur et l'ai reposé sur la table. Ça aurait pu être Muscle qui appelait. Ça aurait pu être n'importe qui. C'était la première fois que je pleurais. J'avais honte.

J'aurais voulu pouvoir crier. J'aurais voulu pouvoir faire *quelque chose*. Mais il n'y avait rien à faire que de traîner à attendre que la poitrine défoncée d'Al le tue. Et quand c'est arrivé finalement, Hester est venue au Fireman's Gym nous inviter tous à venir sur le *Parthénon*. Elle voulait à tout prix nous emmener, Pete, Leroy et moi, faire un tour dans le Golfe sur le rafiot d'Aristote. Soi-disant que c'était morbide de rester prostrés comme ça au Gym. La mort, qu'elle disait, c'est inévitable. Le soleil et l'air marin, rien de tel pour nous rappeler qu'on est vivants. Ça nous donnerait du tonus, qu'elle disait.

« On l'aimait tous », Hester disait encore.

Moi je disais rien.

« Moi je l'aimais », faisait Leroy.

« Punch au cœur, c'est le knock-out », disait Pete. « Commence bas, finis haut. Et pan, une droite sus le cœur. »

« Enfin bref, Aristote, là, dit qu'on peut tous aller faire un coup de pêche sur le *Parthénon*, pour la journée. Il dit que ça nous changera les idées », Hester a continué.

Aristote, qui était venu avec elle, avait l'air sérieux comme Baptiste, ce qui lui donnait l'air con. Moi j'étais comme figé, je savais pas ce que j'allais faire. Une chose semblait en valoir une autre.

« Bon alors c'est décidé », a décrété Hester.

« Je l'aimais », faisait Leroy.

« Cogne et retire-toi », faisait Pete, « cogne et recule. »

Aristote et Hester sont venus nous chercher en

minibus à l'aube le lendemain. Hester avait préparé un déjeuner. Elle m'a montré le panier. Aristote avait acheté plusieurs bouteilles de vin blanc et une demi-caisse de bière. Il m'a montré la glacière.

Al était mort un petit peu avant midi la veille. Leroy et Pete étaient là. J'ai même pas été le voir avant qu'ils se débarrassent de lui. C'était fait et il y avait rien là-bas que je tenais à voir.

Al avait laissé des instructions par écrit comme quoi il voulait être brûlé et éparpillé. Brûlé et éparpillé. Pas d'enterrement. Pas de cérémonie. Pas d'exposition ni de chapelle ardente. Rien. C'était aussi mon sentiment. Il restait plus rien.

Le bateau à éponges faisait environ onze mètres de long. J'étais jamais allé en mer sur un bateau. Ça puait le Grec et l'odeur musquée des éponges. Il y avait une petite cambuse comme un placard construite au-dessus du pont d'où on conduisait le fichu truc. Aristote a insisté pour que je jette un œil dès qu'on s'est éloignés du quai et qu'on s'est trouvés dans le Golfe. On faisait cap au sud, vers Clearwater Beach. Le bateau était vieux et très lent. Il grinçait tant et plus.

« Belle vue, d'ici, hein ? » a fait Aristote.

J'étais assis sur la chaise à côté de la barre. Il m'a flanqué une tape sur l'épaule d'un air bon enfant. Je me suis tourné et j'ai regardé par la fenêtre derrière la barre. Hester était contre la rambarde à l'arrière du bateau. Leroy et Pete étaient sur des chaises de camping avec cannes et moulinets. Hester avait ouvert une bouteille de vin blanc et buvait au goulot.

« Tu navigues au compas, là, tu vois ? » a dit Aristote après m'avoir touché l'épaule pour me faire retourner. Il montrait : « C'est le cap, là, tu vois ? Et si tu restes aligné dessus, y'a rien d'autre à faire. »

J'avais rien à répondre à Aristote, et comme j'en pouvais plus de le regarder m'expliquer comment marchaient les choses sur son putain de rafiot à la grecque, je me suis laissé glisser de la chaise et j'ai pris l'échelle de fer pour redescendre sur le pont. Hester finissait la bouteille quand je suis arrivé à l'arrière du bateau. Elle est allée en prendre une autre dans la glacière. Le soleil tapait dur, là, en plein calme plat, dans le Golfe. Elle avait une jolie petite ligne de sueur qui brillait sur la lèvre supérieure.

Elle a tiré le bouchon. « T'en veux un coup ? »

« Je bois pas de vin », j'ai dit.

« Tu devrais. »

« Je sais. »

Elle a tendu la main et m'a touché la joue. « Pauvre bébé. L'est tout triste. »

Je poussais ma joue contre sa main. Je pouvais pas m'en empêcher.

Pete a tourné sa tronche toute tuméfiée vers moi et a fait : « Pourquoi que tu te prends pas une canne pour pêcher ? »

« Dis-lui pas maintenant », j'ai dit à Hester. « Dis-lui que j'ai pas envie. »

Hester lui a dit, puis à moi : « Je vais aller porter un peu de ce vin à Ari. »

« Sûr », j'ai fait en regardant ses mirifiques jambes cliqueter sur le pont, régulières comme un mouvement d'horloge. Comme elle grimpait l'échelle, sa croupe s'est arrondie encore un peu plus au-dessus des cuisses. Elle laissait voir un bon pouce de raie au-dessus du slip de bikini jaune. Je me suis allongé sur le pont et j'ai regardé trois oiseaux argentés qui planaient en demi-cercles dans le sillage du bateau. Le soleil faisait comme un trou blanc dans le ciel. Pete et Leroy en bavaient au-dessus de leurs moulinets tout emmêlés, et ils se donnaient un coup de main mutuellement avec les poissons gluants qu'ils utilisaient comme appât. Ils étaient concentrés pareil que des gamins, langue prise entre les dents, figures tordues. Je me demandais bien ce qu'il adviendrait d'eux maintenant qu'Al était parti, mince.

On avait dû faire quinze bons kilomètres le long de la côte et on n'était plus très loin de l'Ocean Club à Clearwater Beach. Hester est revenue. Je crois qu'elle était un peu bourrée. Ses yeux brillaient et elle souriait.

« Tu veux prendre la barre ? » elle a fait.

« Hein ? »

« Ari te fait dire de prendre la barre. »

« Non. »

« Oh, allez. Moi je l'ai déjà fait. C'est amusant. Tu vas drôlement te marrer. »

Elle titubait légèrement. À cause du roulis ou du

vin, j'en sais rien. Je crois que c'est là que j'ai su ce qui allait se passer. Ça servait à rien de lutter contre. Restait plus rien qui valait la peine de se battre, alors je suis monté avec elle dans la petite cambuse où était la barre. Aristote m'a montré ses dents et m'a expliqué encore une fois comment maintenir la barre pour garder le cap sur le compas. Il y avait un fauteuil boulonné au sol devant la barre. J'ai grimpé dessus.

« On retourne à l'arrière essayer notre chance avec le poisson », a dit Hester.

« Sûr », j'ai dit.

Elle me regardait d'en bas. « T'as l'air drôlement bien comme ça sur ce fauteuil. Bien comme tout. »

J'ai indiqué la roue et les instruments d'un geste large. « C'est intéressant. »

« Je trouve aussi », elle a dit. « Foutrement intéressant. »

Ils ont descendu l'échelle. Il faisait plus frais là-haut dans la cambuse, et je ne prêtais absolument pas attention au compas. Des marsouins se roulaient dans l'eau bleue sur la droite. Finalement j'ai vu l'Ocean Club arriver sur la gauche et j'ai viré plus près du rivage jusqu'à ce que je puisse voir les poteaux sur lesquels ils tendaient le filet de volley, et la tour de maître nageur d'où j'arbitrais. J'ai jeté un œil derrière moi par la vitre. Peter et Leroy étaient assis tranquillement à regarder le point où leur ligne sortait de l'eau. Aristote et Hester n'étaient pas à l'arrière du bateau. Je m'attendais pas à ce qu'ils le soient non plus.

Je les avais sentis à travers le bois. Le bruit montait du bateau par la barre et passait dans mes mains. Alors même si je ne pouvais pas exactement les *sentir* à travers le bois, je les sentais là-dedans quand même. Je pouvais pas, mais je pouvais. Hester des fois elle cogne contre la cloison avec ses talons quand elle jouit. Je sentais ses talons aussi clairement que si j'avais été sur elle.

Il y avait un bout de corde sur un banc près de là où j'étais assis. Je l'ai prise et j'ai attaché la barre avec. J'ai dû m'y reprendre à plusieurs fois avant d'attacher la barre de façon à ce que le bateau continue en tournant en rond, un long cercle lent à environ quarante mètres juste en face de l'Ocean Club. Ensuite je me suis laissé glisser du fauteuil et j'ai descendu l'échelle.

J'avais vu la hachette quand on était montés à bord. Elle était fixée au mur par une petite languette en cuir. Je suppose qu'ils s'en servaient pour couper les cordages, ou les poissons, ou est-ce que je sais.

J'ai décroché la hachette. J'ai même pas regardé par le hublot pour vérifier si ce que je savais être vrai était vrai.

J'ai ouvert la porte et j'ai pénétré dans un petit couloir. J'ai ouvert la porte suivante et ils étaient nus.

Hester cognait dans la cloison avec ses talons. C'est probablement pour ça qu'ils m'ont entendu seulement quand j'ai tapoté Aristote sur l'épaule avec mon doigt. Sa tête s'est relevée brusquement et sa bouche s'est ouverte pour crier, mais je pense pas qu'il ait pu, et il a roulé de sur elle et il est tombé du lit se réfugier à quatre pattes dans un coin par terre. Je me suis hissé sur la couchette.

Hester me regardait droit dans les yeux et souriait.

Je l'ai frappée en plein dans le sourire avec la hachette. Dans le bois du manche j'ai senti les os craquer. Je me souviens de rien d'autre, sauf d'avoir regagné la porte. J'étais couvert de sang. La cabine entière était pleine d'éclaboussures. Aristote avait autant de sang sur lui, bien que je l'aie jamais touché avec la hachette.

Je suis passé sur le pont. Pete et Leroy étaient toujours assis à regarder leurs lignes dans l'eau. Il y avait une échelle pour monter sur le toit de la cambuse où se trouvait la barre. J'ai grimpé ça. Au sommet du bateau je me suis mis en équilibre sur une main. Le bateau continuait ses cercles lents. Quand il est passé au plus près de la plage, je me suis mis sur deux doigts. Il y avait déjà un attroupement sur le sable. Je pouvais voir les gens montrer du doigt. Au tour suivant je suis passé à mon impossible équilibre sur un doigt et j'ai vu du coin de l'œil que la foule s'était mise à applaudir à tout rompre.

Un nageur a repéré que j'étais couvert de sang. Le bateau tournait toujours. Pete et Leroy pêchaient toujours, et j'étais toujours sur un doigt quand les garde-côtes sont arrivés.

Le type qu'on m'a collé comme avocat d'office

m'a fait passer un message de son père. Le baveux pensait qu'on pourrait peut-être s'en servir comme défense.

Son père disait qu'il m'en voulait pas. Qu'il ne comprenait pas, mais qu'il m'en voulait pas. Il disait qu'il avait regardé dans ses affaires. Il y avait un journal intime plein des trucs habituels. Mais il y avait une chose dedans qu'il pensait qu'il fallait que je sache. Elle avait écrit — et là je cite texto : « Un jour je trouverai quelqu'un qui m'aimera suffisamment pour me tuer. Et un jour je trouverai quelqu'un que j'admire suffisamment pour le forcer à le faire. »

L'avocat pensait qu'on pourrait s'en servir comme défense. Je lui ai dit d'aller se faire mettre. Défense pour quoi ? Enfin, c'est quand même quelque chose à emporter avec moi quand je m'en irai. Comme ces neuf vieux jetons[1] ont décrété qu'on pouvait plus électrocuter personne, je suppose que c'est perpette qui m'attend.

Il paraît qu'ils ont une sacrée bonne salle d'exercice à la prison de Raiford. Mais je vais vous dire une chose : je parie qu'il y a pas un zigomar dans la taule qui fait cinquante de tour de bras.

1. Cour suprême. Le roman a été écrit en 1974. La plupart des États — dont la Floride — ont rétabli la peine de mort depuis lors.

DU MÊME AUTEUR

Aux Éditions Gallimard

Dans la collection Série Noire

LA FOIRE AUX SERPENTS, *n° 2359.*

LE CHANTEUR DE GOSPEL, *n° 2396.*

Dans « La Noire »

LA MALÉDICTION DU GITAN.

BODY.

CAR.

DES MULES ET DES HOMMES. *Une enfance, un lieu.*

PARUTIONS FOLIO POLICIER

1. Maurice G. Dantec — *La sirène rouge*
2. Thierry Jonquet — *Les orpailleurs*
3. Tonino Benacquista — *La maldonne des sleepings*
4. Jean-Patrick Manchette — *La position du tireur couché*
5. Jean-Bernard Pouy — *RN 86*
6. Alix de Saint-André — *L'ange et le réservoir de liquide à freins*
7. Stephen Humphrey Bogart — *Play it again*
8. William Coughlin — *Vices de forme*
9. Björn Larsson — *Le Cercle celtique*
10. John Sandford — *Froid dans le dos*
11. Marc Behm — *Mortelle randonnée*
12. Tonino Benacquista — *La commedia des ratés*
13. Raymond Chandler — *Le grand sommeil*
14. Jerome Charyn — *Marilyn la Dingue*
15. Didier Daeninckx — *Meurtres pour mémoire*
16. David Goodis — *La pêche aux avaros*
17. Dashiell Hammett — *La clé de verre*
18. Tony Hillerman — *Le peuple de l'ombre*
19. Chester Himes — *Imbroglio negro*
20. Sébastien Japrisot — *L'été meurtrier*
21. Sébastien Japrisot — *Le passager de la pluie*
22. Pierre Magnan — *Le commissaire dans la truffière*
23. Jean-Patrick Manchette — *Le petit bleu de la côte Ouest*
24. Horace McCoy — *Un linceul n'a pas de poches*
25. Jean-Bernard Pouy — *L'homme à l'oreille croquée*
26. Jim Thompson — *1 275 âmes*
27. Don Tracy — *La bête qui sommeille*
28. Jean Vautrin — *Billy-ze-Kick*

29.	Donald E. Westlake	*L'assassin de papa*
30.	Charles Williams	*Vivement dimanche!*
31.	Stephen Dobyns	*Un chien dans la soupe*
32.	Donald Goines	*Ne mourez jamais seul*
33.	Frédéric H. Fajardie	*Sous le regard des élégantes*
34.	Didier Daeninckx	*Mort au premier tour*
35.	Raymond Chandler	*Fais pas ta rosière*
36.	Harry Crews	*Body*
37.	David Goodis	*Sans espoir de retour*
38.	Dashiell Hammett	*La moisson rouge*
39.	Chester Himes	*Ne nous énervons pas!*
40.	William Irish	*L'heure blafarde*
41.	Boileau-Narcejac	*Maléfices*
42.	Didier Daeninckx	*Le bourreau et son double*
43.	Sébastien Japrisot	*La dame dans l'auto avec des lunettes et un fusil*
44.	Jean-Patrick Manchette	*Fatale*
45.	Georges Simenon	*Le locataire*
46.	Georges Simenon	*Les demoiselles de Concarneau*
47.	Jean Amila	*Noces de soufre*
48.	Walter Kempley	*L'ordinateur des pompes funèbres*
49.	Tonino Benacquista	*Trois carrés rouges sur fond noir*
50.	Dashiell Hammett	*Le faucon de Malte*
51.	Hervé Jaouen	*Connemara Queen*
52.	Thierry Jonquet	*Mygale*
53.	Auguste Le Breton	*Du rififi chez les hommes*
54.	Georges Simenon	*Le suspect*
55.	Emmanuel Errer	*Descente en torche*
56.	Francisco Gonzáles Ledesma	*La dame de Cachemire*
57.	Raymond Chandler	*Charades pour écroulés*
58.	Robin Cook	*Le soleil qui s'éteint*
59.	Didier Daeninckx	*Le der des ders*
60.	Didier Daeninckx	*La mort n'oublie personne*
61.	Georges Simenon	*L'assassin*
62.	Howard Fast (E.V. Cunningham)	*Tu peux crever!*
63.	Maurice G. Dantec	*Les racines du mal*
64.	René Barjavel	*La peau de César*
65.	Didier Daeninckx	*Lumière noire*

COLLECTION FOLIO

Dernières parutions

2965.	Gilbert Sinoué	*Le Livre de saphir.*
2966.	Junichirô Tanizaki	*Quatre sœurs.*
2967.	Jeroen Brouwers	*Rouge décanté.*
2968.	Forrest Carter	*Pleure, Géronimo.*
2971.	Didier Daeninckx	*Métropolice.*
2972.	Franz-Olivier Giesbert	*Le vieil homme et la mort.*
2973.	Jean-Marie Laclavetine	*Demain la veille.*
2974.	J.M.G. Le Clézio	*La quarantaine.*
2975.	Régine Pernoud	*Jeanne d'Arc.*
2976.	Pascal Quignard	*Petits traités I.*
2977.	Pascal Quignard	*Petits traités II.*
2978.	Geneviève Brisac	*Les filles.*
2979.	Stendhal	*Promenades dans Rome.*
2980.	Virgile	*Bucoliques. Géorgiques.*
2981.	Milan Kundera	*La lenteur.*
2982.	Odon Vallet	*L'affaire Oscar Wilde.*
2983.	Marguerite Yourcenar	*Lettres à ses amis et quelques autres.*
2984.	Vassili Axionov	*Une saga moscovite I.*
2985.	Vassili Axionov	*Une saga moscovite II.*
2986.	Jean-Philippe Arrou-Vignod	*Le conseil d'indiscipline.*
2987.	Julian Barnes	*Metroland.*
2988.	Daniel Boulanger	*Caporal supérieur.*
2989.	Pierre Bourgeade	*Éros mécanique.*
2990.	Louis Calaferte	*Satori.*
2991.	Michel Del Castillo	*Mon frère L'Idiot.*
2992.	Jonathan Coe	*Testament à l'anglaise.*
2993.	Marguerite Duras	*Des journées entières dans les arbres.*
2994.	Nathalie Sarraute	*Ici.*
2995.	Isaac Bashevis Singer	*Meshugah.*
2996.	William Faulkner	*Parabole.*
2997.	André Malraux	*Les noyers de l'Altenburg.*
2998.	Collectif	*Théologiens et mystiques au*

Moyen-Age.

2999. Jean-Jacques Rousseau — *Les Confessions (Livres I à IV).*
3000. Daniel Pennac — *Monsieur Malaussène.*
3001. Louis Aragon — *Le mentir-vrai.*
3002. Boileau-Narcejac — *Schuss.*
3003. Le Roi Jones — *Le peuple du Blues.*
3004. Joseph Kessel — *Vent de sable.*
3005. Patrick Modiano — *Du plus loin de l'oubli.*
3006. Daniel Prevost — *Le pont de révolte.*
3007. Pascal Quignard — *Rhétorique spéculative.*
3008. Pascal Quignard — *La haine de la musique.*
3009. Laurent de Wilde — *Monk.*
3010. Paul Clément — *Exit.*
3011. Léon Tolstoï — *La Mort d'Ivan Ilitch.*
3012. Pierre Bergounioux — *La mort de Brune.*
3013. Jean-Denis Bredin — *Encore un peu de temps.*
3014. Régis Debray — *Contre Venise.*
3015. Romain Gary — *Charge d'âme.*
3016. Sylvie Germain — *Eclats de sel.*
3017. Jean Lacouture — *Une adolescence du siècle : Jacques Rivière.*
3018. Richard Millet — *La gloire des Pythre.*
3019. Raymond Queneau — *Les derniers jours.*
3020. Mario Vargas Liosa — *Lituma dans les Andes.*
3021. Pierre Gascar — *Les femmes.*
3022. Pénélope Lively — *La sœur de Cléopâtre.*
3023. Alexandre Dumas — *Le Vicomte de Bragelonne I.*
3024. Alexandre Dumas — *Le Vicomte de Bragelonne II.*
3025. Alexandre Dumas — *Le Vicomte de Bragelonne III.*
3026. Claude Lanzmann — *Shoah.*
3027. Julian Barnes — *Lettres de Londres.*
3028. Thomas Bernhard — *Des arbres à abattre.*
3029. Hervé Jaouen — *L'allumeuse d'étoiles.*
3030. Jean D'Ormesson — *Presque rien sur tout.*
3031. Pierre Pelot — *Sous le vent du monde.*
3032. Hugo Pratt — *Corto Maltese.*
3033. Jacques Prévert — *Le crime de Monsieur Lange...*
3034. René Reouven — *Souvenez-vous de Monte-Christo.*
3035. Mary Shelley — *Le dernier homme.*
3036. Anne Wiazemsky — *Hymnes à l'amour.*

3037.	Rabelais	*Le Quart Livre.*
3038.	François Bon	*L'enterrement.*
3039.	Albert Cohen	*Belle du seigneur.*
3040.	James Crumley	*Le canard siffleur mexicain.*
3041.	Philippe Delerm	*Sundborn ou les jours de lumière.*
3042.	Shûzaku Endô	*La fille que j'ai abandonnée.*
3043.	Albert French	*Billy.*
3044.	Virgil Gheorghiu	*Les Immortels d'Agapia.*
3045.	Jean Giono	*Manosque-des-Plateaux* suivi de *Poème de l'olive.*
3046.	Philippe Labro	*La traversée.*
3047.	Bernard Pingaud	*Adieu Kafka ou l'imitation.*
3048.	Walter Scott	*Le Cœur du Mid-Lothian.*
3049.	Boileau-Narcejac	*Champ clos.*
3050.	Serge Brussolo	*La maison de l'aigle.*
3052.	Jean-François Deniau	*L'Atlantique est mon désert.*
3053.	Mavis Gallant	*Ciel vert, ciel d'eau.*
3054.	Mavis Gallant	*Poisson d'avril.*
3056.	Peter Handke	*Bienvenue au conseil d'administration.*
3057.	Anonyme	*Josefine Mutzenbacher : Histoire d'une fille de Vienne racontée par elle-même.*
3059.	Jacques Sternberg	*188 contes à régler.*
3060.	Gérard de Nerval	*Voyage en Orient.*
3061.	René de Ceccatty	*Aimer.*
3062.	Joseph Kessel	*Le tour du malheur I : La fontaine Médicis. L'affaire Bernan.*
3063.	Joseph Kessel	*Le tour du malheur II : Les lauriers roses. L'homme de plâtre.*
3064.	Pierre Assouline	*Hergé.*
3065.	Marie Darrieussecq	*Truismes.*
3066.	Henri Godard	*Céline scandale.*
3067.	Chester Himes	*Mamie Mason.*
3068.	Jack-Alain Léger	*L'autre Falstaff.*
3070.	Rachid O.	*Plusieurs vies.*
3071.	Ludmila Oulitskaïa	*Sonietchka.*
3072.	Philip Roth	*Le Théâtre de Sabbath.*

3073. John Steinbeck — *La Coupe d'Or.*
3074. Michel Tournier — *Éléazar ou la Source et le Buisson.*
3075. Marguerite Yourcenar — *Un homme obscur – Une belle matinée.*
3076. Loti — *Mon frère Yves.*
3078. Jerome Charyn — *La belle ténébreuse de Biélorussie.*
3079. Harry Crews — *Body.*
3080. Michel Déon — *Pages grecques.*
3081. René Depestre — *Le mât de cocagne.*
3082. Anita Desai — *Où irons-nous cet été ?*
3083. Jean-Paul Kauffmann — *La chambre noire de Longwood.*
3084. Arto Paasilinna — *Prisonniers du paradis.*
3086. Alain Veinstein — *L'accordeur.*
3087. Jean Maillart — *Le Roman du comte d'Anjou.*
3088. Jorge Amado — *Navigation de cabotage. Notes pour des mémoires que je n'écrirai jamais.*
3089. Alphonse Boudard — *Madame... de Saint-Sulpice.*
3090. Pline — *Histoire naturelle (choix).*
3091. William Faulkner — *Idylle au désert et autres nouvelles.*
3092. Gilles Leroy — *Les maîtres du monde.*
3093. Yukio Mishima — *Pèlerinage aux trois Montagnes.*
3094. Charles Dickens — *Les Grandes Espérances.*
3095. Reiser — *La vie au grand air 3.*
3096. Reiser — *Les oreilles rouges.*
3097. Boris Schreiber — *Un silence d'environ une demi-heure I.*
3098. Boris Schreiber — *Un silence d'environ une demi-heure II.*
3099. Aragon — *La semaine sainte.*
3100. Michel Mohrt — *La guerre civile.*
3101. Anonyme — *Don Juan (scénario de Jacques Weber).*
3102. Maupassant — *Clair de lune et autres nouvelles.*
3103. Ferdinando Camon — *Jamais vu soleil ni lune.*

3104.	Laurence Cossé	*Le coin du voile.*
3105.	Michel del Castillo	*Le sortilège espagnol.*
3106.	Michel Déon	*La cour des grands.*
3107.	Régine Detambel	*La verrière.*
3108.	Christian Bobin	*La plus que vive.*
3109.	René Frégni	*Tendresse des loups.*
3110.	N. Scott Momaday	*L'enfant des temps oubliés.*
3111.	Henry de Montherlant	*Les garçons.*
3113.	Jérôme Charyn	*Il était une fois un droshky.*
3114.	Patrick Drevet	*La micheline.*
3115.	Philippe Forest	*L'enfant éternel.*
3116.	Michel del Castillo	*La tunique d'infamie.*
3117.	Witold Gombrowicz	*Ferdydurke.*
3118.	Witold Gombrowicz	*Bakakaï.*
3119.	Lao She	*Quatre générations sous un même toit I.*
3120.	Théodore Monod	*Le chercheur d'absolu.*
3121.	Daniel Pennac	*Monsieur Malaussène au théatre.*
3122.	J.-B. Pontalis	*Un homme disparaît.*
3123.	Sempé	*Simple question d'équilibre.*
3124.	Isaac Bashevis Singer	*Le Spinoza de la rue du Marché.*
3125.	Chantal Thomas	*Casanova. Un voyage libertin.*
3126.	Gustave Flaubert	*Correspondance.*
3127.	Sainte-Beuve	*Portraits de femmes.*
3128.	Dostoïevski	*L'Adolescent.*
3129.	Martin Amis	*L'information.*
3130.	Ingmar Bergman	*Fanny et Alexandre.*
3131.	Pietro Citati	*La colombe poignardée.*
3132.	Joseph Conrad	*La flèche d'or.*
3133.	Philippe Sollers	*Vision à New York.*
3134.	Daniel Pennac	*Des chrétiens et des Maures.*
3135.	Philippe Djian	*Criminels.*
3136.	Benoît Duteurtre	*Gaieté parisienne.*
3137.	Jean-Christophe Rufin	*L'Abyssin.*
3138.	Peter Handke	*Essai sur la fatigue. Essai sur le Juke-box. Essai sur la journée réussie.*
3139.	Naguib Mahfouz	*Vienne la nuit.*
3140.	Milan Kundera	*Jacques et son maître, hom-*

mage à Denis Diderot en trois actes.

3141. Henry James — *Les ailes de la colombe.*
3142. Dumas — *Le Comte de Monte-Cristo I.*
3143. Dumas — *Le Comte de Monte-Cristo II.*
3144. — *Les Quatre Évangiles.*
3145. Gogol — *Nouvelles de Pétersbourg.*
3146. Roberto Benigni et Vicenzo Cerami — *La vie est belle.*
3147. Joseph Conrad — *Le Frère-de-la-Côte.*
3148. Louis de Bernières — *La mandoline du capitaine Corelli.*
3149. Guy Debord — *“ Cette mauvaise réputation... ”*
3150. Isadora Duncan — *Ma vie.*
3151. Hervé Jaouen — *L'adieu aux îles.*
3152. Paul Morand — *Flèche d'Orient.*
3153. Jean Rolin — *L'organisation.*
3154. Annie Ernaux — *La honte.*
3155. Annie Ernaux — *« Je ne suis pas sortie de ma nuit. »*
3156. Jean d'Ormesson — *Casimir mène la grande vie.*
3157. Antoine de Saint-Exupéry — *Carnets.*
3158. Bernhard Schlink — *Le liseur.*
3159. Serge Brussolo — *Les ombres du jardin.*
3160. Francisco Gonzalez Ledesma — *La dame de Cachemire.*
3161. Philippe Meyer — *Le progrès fait rage. Chroniques 1.*
3162. Philippe Meyer — *Le futur ne manque pas d'avenir. Chroniques 2.*
3163. Philippe Meyer — *Du futur faison table rase. Chroniques 3.*
3164. Ana Novac — *Les beaux jours de ma jeunesse.*
3165. Philippe Soupault — *Profils perdus.*
3166. Philippe Delerm — *Autumn.*
3167. Hugo Pratt — *Cour des mystères.*
3168. Philippe Sollers — *Studio.*
3169. Simone de Beauvoir — *Lettres à Nelson Algren. Un amour transatlantique. 1947-1964.*
3170. Elisabeth Burgos — *Moi, Rigoberta Menchú.*

3171. Collectif — *Une enfance algérienne.*
3172. Peter Handke — *Mon année dans la baie de Personne.*
3173. Marie Nimier — *Celui qui court derrière l'oiseau.*
3175. Jacques Tournier — *La maison déserte.*
3176. Roland Dubillard — *Les nouveaux diablogues.*
3177. Roland Dubillard — *Les diablogues et autres inventions à deux voix.*
3178. Luc Lang — *Voyage sur la ligne d'horizon.*
3179. Tonino Benacquista — *Saga.*
3180. Philippe Delerm — *La première gorgée de bière et autres plaisirs minuscules.*
3181. Patrick Modiano — *Dora Bruder.*
3182. Ray Bradbury — *... mais à part ça tout va très bien.*
3184. Patrick Chamoiseau — *L'esclave vieil homme et le molosse.*
3185. Carlos Fuentes — *Diane ou la chasseresse solitaire.*
3186. Régis Jauffret — *Histoire d'amour.*
3187. Pierre Mac Orlan — *Le carrefour des Trois Couteaux.*
3188. Maurice Rheims — *Une mémoire vagabonde.*
3189. Daniel Sallenave — *Viol.*
3190. Charles Dickens — *Les Grandes Espérances.*
3191. Alain Finkielkraut — *Le mécontemporain.*
3192. J.M.G. Le Clézio — *Poisson d'or.*
3193. Bernard Simonay — *La première pyramide, I : La jeunesse de Djoser.*
3194. Bernard Simonay — *La première pyramide, II : La cité sacrée d'Imhotep.*
3195. Pierre Autin-Grenier — *Toute une vie bien ratée.*
3196. Jean-Michel Barrault — *Magellan : la terre est ronde.*
3197. Romain Gary — *Tulipe.*
3198. Michèle Gazier — *Sorcières ordinaires.*
3199. Richard Millet — *L'amour des trois sœurs Piale.*
3200. Antoine de Saint-Exupéry — *Le petit prince.*
3201. Jules Verne — *En Magellanie.*
3202. Jules Verne — *Le secret de Wilhelm Storitz.*
3203. Jules Verne — *Le volcan d'or.*
3204. Anonyme — *Le charroi de Nîmes.*

Composition Nord Compo.
Impression Société Nouvelle Firmin-Didot
à Mesnil-sur-l'Estrée, le 27 mai 1999.
Dépôt légal : mai 1999.
Numéro d'imprimeur : 47304.

ISBN 2-07-040842-6/Imprimé en France.

89525